國家圖書館藏清人詩文集稿本叢書

第五輯

一

陳紅彥　主編

北京大學出版社
PEKING UNIVERSITY PRESS

國家圖書館藏清人詩文集稿本叢書

主　編　陳紅彦

副主編　謝冬榮　董馥榮

國家古籍整理出版專項經費資助項目

《國家圖書館藏清人詩文集稿本叢書》出版前言

陳紅彦

詩文集，也就是傳統目録學中所稱的「别集」，是個人的文學作品集，記録了作者的經歷、情感和思想，反映出作者所生活的時代和地區的社會面貌、風土民情，對後世的研究者而言，是關於作者本人和當時社會的第一手資料，可以勾勒出豐富真實的歷史畫面。

有清近三百年，學術文化集前代之大成，詩文作品蔚爲大觀。據統計，清人的各類著述有約二十二萬種，其中詩文集逾七萬種，現存四萬餘種。清人編選的本朝詩文總集，有官修《皇清文穎》《皇清文穎續編》、沈德潛《國朝詩别裁集》（又稱《清詩别裁集》）、王昶《胡海詩傳》《胡海文傳》、曾燠《國朝駢體正宗》及張鳴珂《續編》、李祖陶《國朝文録》及《續編》、沈粹芬《國朝文匯》等等，這些詩文總集涵蓋年代不同、編選宗旨相异，各有千秋。

近代以來，清人詩文集主要作爲大型叢書（如《四庫全書存目叢書》《續修四庫全書》等）中集部的一部分整理出版。近年上海古籍出版社出版的《清代詩文集彙編》是首部清代斷代詩文總集，但以收録刻本爲主，仍有大量珍貴的稿鈔本分藏各地，未見整理。這些材料如果能夠得到充分地發掘和利用，將爲清史研究開闢新的天地。

有鑒於此，我們整理了國家圖書館收藏的稿鈔本清人詩文集，選取近百種二百餘册，分輯出版。每輯内以作者的生卒年代爲序（生卒年不詳者，以大致活動時期爲序排在最末）；每種附以簡略的解題；如有夾條、貼簽等，局部放大附於原頁之後。我們相信，詩文集等基礎資料的整理出版具有深遠的學術價值和文獻意義，可以給學術研究帶來便利，豐富我們對清代社會歷史、思想文化等各領域的認識，也有助於珍稀文獻的保護和利用。

目録

晉齋詩草

昇寅撰。毛裝。一册。

昇寅（一七六二—一八三四），字賓旭，滿洲鑲黄旗人。道光六年（一八二六），出爲熱河都統。後歷任寧夏成都綏遠將軍、左都御史、工部尚书等職。十四年起，奉命閲兵山東、河南、廣東、湖南等省。贈太子太保，謚勤直。任職期間勤勉剛直，頗有政績。

《晉齋詩草》收録昇寅各個時期的詩約四百首。部分詩題下綴時間，跨度較廣。題材涉及較廣，有日常生活記録、詠物、寫景、節日、感懷、詠史、紀游等，可以説一切皆可入詩。作者所見所想，均立即形成詩句，書於紙上，多以「口占」「即景」「偶成」爲題。其次，詩歌的生活氣息濃厚，有的反映了對生活的熱愛，如《種菊》《詠新居雙槐》《垂釣》等；有的是其一生奔波歷程的寫照，如《昌平道中》《渡瓦和木河》《生病回都除夕作》《風雨過黄河喜至寧夏》《過雞頭關》《過劍門懷古》《夏月巡邊》《游七星巖》《郴州永興道中》等。再次，作者愛民思想也經常流露於詩句間，如《游大青山晚歸見田稼豐收喜而有作》。最後，部分詩作給我們提供了風土人情的描述，令人大開眼界，如《烏拉草》題名下注：「烏拉，革履也。遼東山中産烏拉草，性能禦寒，農人以之納烏拉中，赤足履之，行冰雪上，暖勝絲綿。」

《晉齋詩草》以律詩和絶句爲主，也有個别古體詩。詩歌語言明白曉暢，親切自然。詩行間有修改，頁眉有評點。書中偏貼浮簽，當爲後期補入。

（彭文芳）

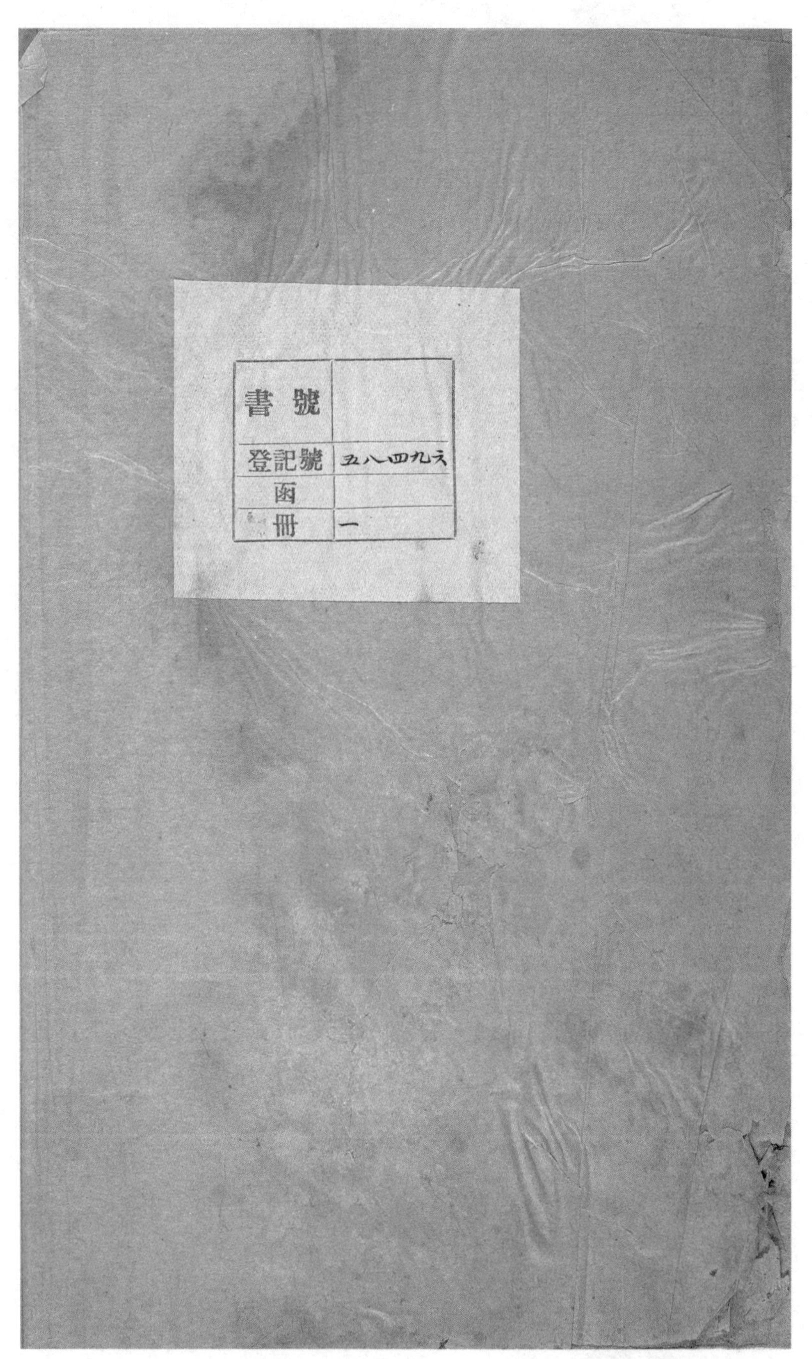
書號
登記號 五八四九
函
冊 一

晉齋詩草卷一

長白昇

代吃草自序

余拙于質鈍廣學弱臣困於境遊嬉勤學讀書

時假吟咏以自遣然於唐宋諸

業以寒士無力藏書且事無但從此處尋幽

以此卷所作詩多鄙俚之　渚意一竿殘照富

且剛才意到存此舊號　送到廬

且雖一二俚語閣目陋酒以繼晷敢擬匡衡

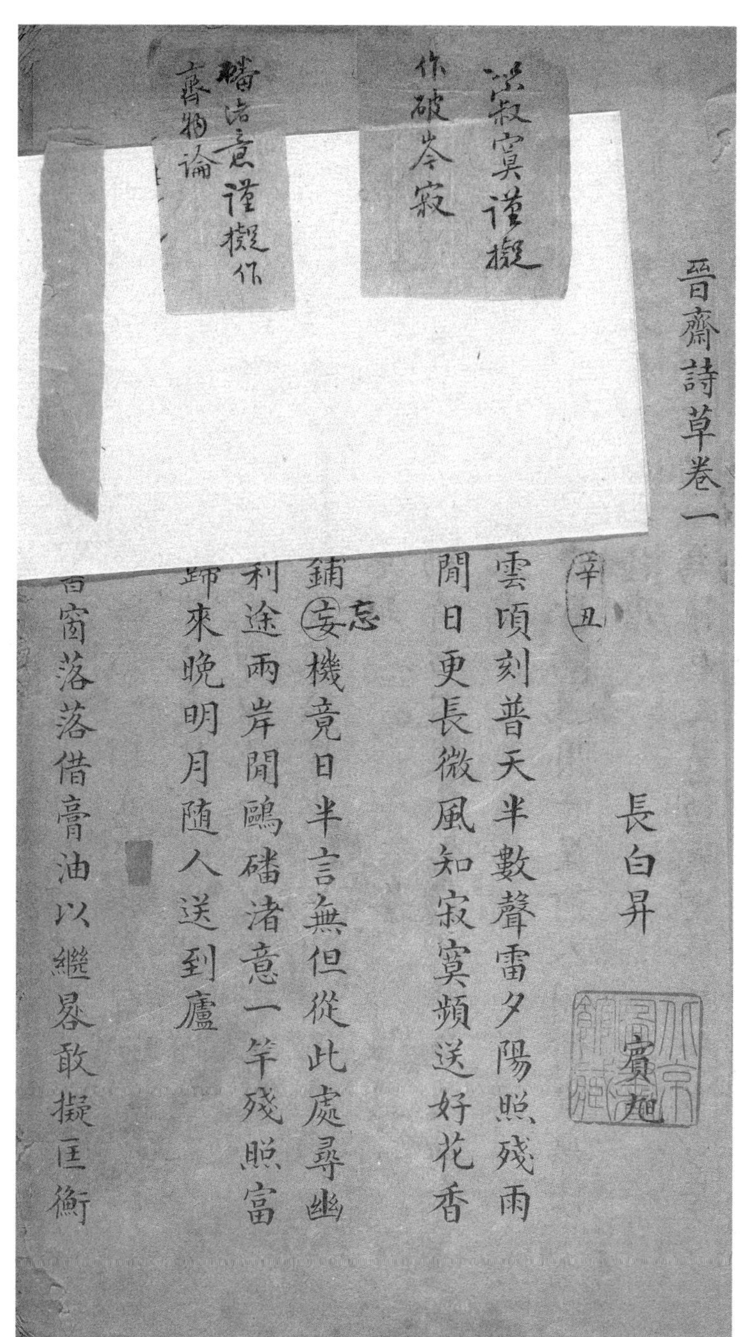

滋寂寞謹擬作破岑寂

播渚意謹擬作齊物論

晉齋詩草卷一

長白昇寅

辛丑

雲頃刻普天半數聲雷夕陽照殘雨
閒日更長微風知寂寞頻送好花香

忘
鋪妄機竟日半言無但從此處尋幽
利途兩岸閒鷗礵渚意一竿殘照富
跡來晚明月隨人送到廬

晉窗落落借膏油以繼晷敢擬匡衡

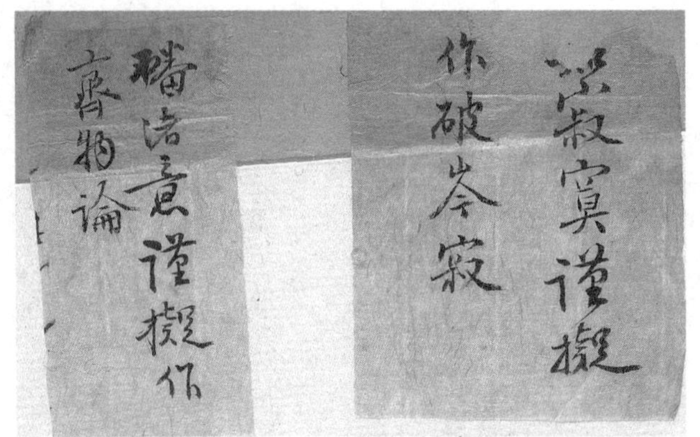
寂寞謹擬
作破岑寂
意謹擬作
物論

晉齋詩草卷一

長白昇

夏日閒居（辛丑）

赤日正炎炎黑雲頃刻普天半數聲雷夕陽照殘雨
雲散天逾靜身閒日更長微風知寂寞頻送好花香

垂釣

風靜絲沉浪似鋪妄（忘）機竟日半言無但從此處尋幽
趣不向人間覓利途兩岸閒鷗儲渚意一竿殘照富
春圖莫愁釣罷歸來晚明月隨人送到廬

月夕讀書

小院沉沉書窗落落借膏油以繼晷敢擬匡衡

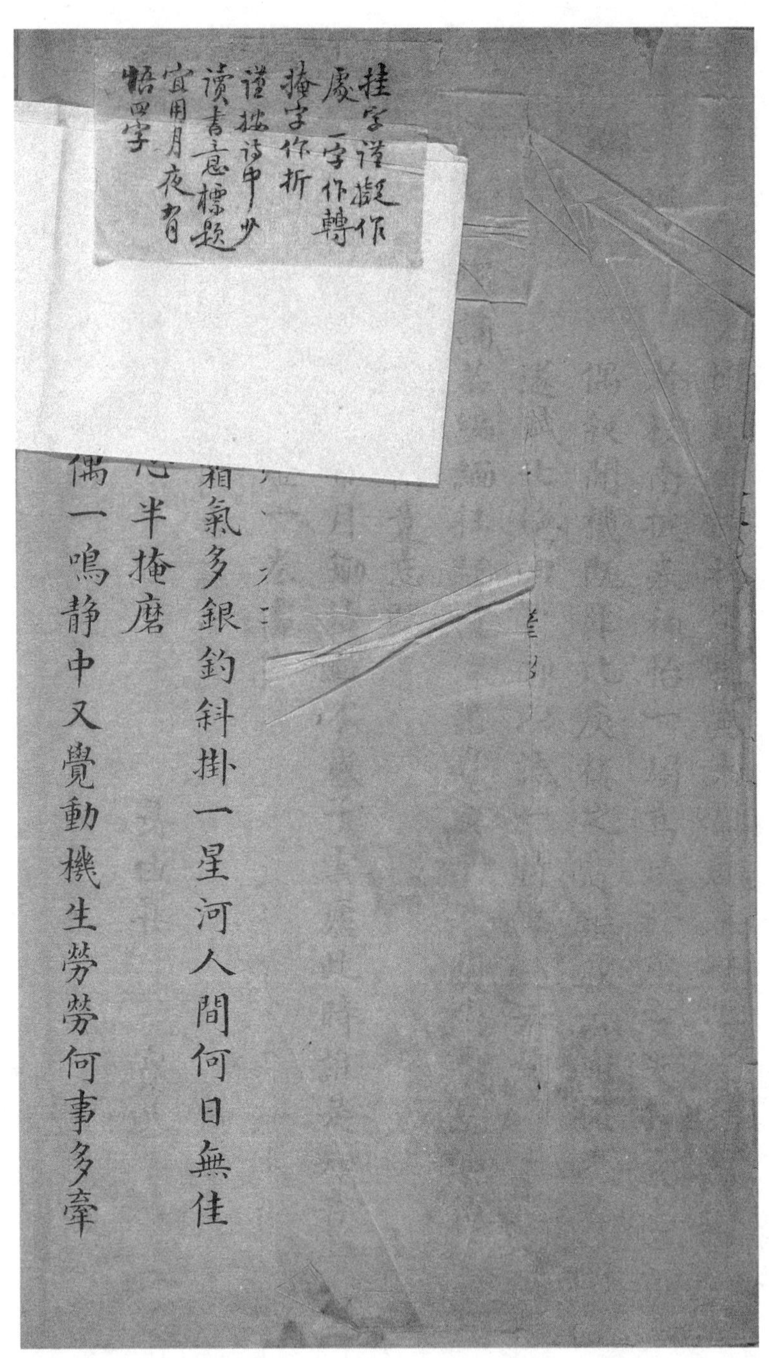

挂字謹擬作
磨一字作轉
掩字作折
謹按詩中步
讀書意標題
宜用月夜有
悟四字

霜氣多銀鈎斜掛一星河人間何日無佳
心半掩磨
偶一鳴静中又覺動機生勞勞何事多牵

挂字謹擬作
慶一字作轉
擒字作折
謹按詩中步
讀書意標題
宜用月夜智
悟四字

博經史於長宵愧無太乙啟扉情遠半鉤斜掛於枝南披卷神怡一燭高燒於座右爰舒素志偶叙閒機既非比庾樓之賞詎敢云謝客之吟遂賦七絶四首聊以誌一時之趣云爾

獨誦芸編緬往賢夜深倍覺興酣然開門又見如鉤月釣起詩情竟忘眠

學圃朝朝帶月鋤清幽不減子雲廬此時誰是知音者一盞青燈一卷書

烏鵲南飛霜氣多銀鉤斜掛一星河人間何日無佳境只被塵心半掩磨

宿鳥空林偶一鳴静中又覺動機生勞勞何事多牵

又字謹擬作喜
今日字作猶恐
不字作望

[illegible]慚夢亦清

見家書 癸卯

[illegible]千里餘迢迢又（喜）見數行書翁姑聚首多新
[illegible]螺舅談經免索居鄉夢幾回蟬噪後離情
[illegible]初生兒自古蓬桑志今日（猶恐）高堂不（望）倚閭

感懷 甲辰

人生誰無艱苦境不似吾生真可[illegible]
扶十年就傳甚鄭重舅氏教我如己[illegible]
母共雁行雖有我四人餬口四方[illegible]
阿母悲啕兒何故多憂病天既留我[illegible]
我相為命[illegible]

又字謹擬作喜
今日字作猶恐
不字作昨

又字謹擬作喜
今日字作猶恐
不字作胙

掣余影無慚夢亦清

京師見家書 癸卯

遼海燕京千里餘，迢迢又（喜）見數行書。翁姑聚首多新慶，家嫂是年回家。甥舅談經免索居。鄉夢幾回蟬噪後，離情一片雁聲初。生兒自古蓬桑志，今日（猶恐）高堂不（望）倚閭。

感懷 甲辰

人生誰無艱苦境，不似吾生真可憫。三歲而孤舅氏扶，十年就傅甚鄭重。舅氏教我如已生，青燈口授有母共。雁行雖有我四人，餬口四方葛藟咏。呱呱而啼阿母悲，問兒何故多憂病。天既留我未亡人，不過爾我相為命。虀鹽夢與氷霜清，揩工忙向分陰競。總角

歌詩入泮宮竭歷提策真善聖物不終散必有歸歸
我叔父家差慶弟兄聚首方四年家鳴又折鶯鴻陣
我生不辰何若斯伶仃孤苦言難竟憶昔初歸舅氏
家手栽果木閒荒徑出門果結已盤餐我無成立本
不勝迴顧高堂髮蒼蒼盡因育吾恩勤自早年筋骨
為我摧桑榆暮景已斜映吁嗟乎施報本自論平情
胡獨昧之於天性

○秋夜聞雁

嘹唳霜天夜半逢歸程漸達直破楚雲封銜蘆一瞬應千
里知却在到瀟湘第幾重

○恕字吟 丙午

歌詩入泮宮竭歷提策真善聖物不終散必有歸歸
我叔父家五慶弟兄聚首方四年哀鳴又折鶺鴒陣
我生不辰何若斯伶仃孤苦言難竟憶昔初歸舅氏
家手栽果木閒荒徑出門果結已盤餐栽無成立本
不勝迴顧高堂髮蒼蒼盡因育兒恩勤并早年筋骨
為我摧桑榆暮景已斜映吁嗟乎施報本自論乎情
胡獨昧之於天性

歌詩入泮宮竭蹷提策真善聖物不終散必有歸歸
我叔父家差慶弟兄聚首方四年哀鳴又折鶺鴻陣
我生不辰何若斯伶仃孤苦言難竟憶昔初歸舅氏
家手栽果木開荒徑出門果結已盤餐我無成立木
不勝迴顧高堂鬢蒼蒼盡因育子恩勤并早年筋骨
為我摧桑榆暮景已斜映吁嗟乎施報本自論平情
胡獨昧之於天性

○秋夜聞雁

嘹唳霜天夜半逢（歸程）漸遠直破楚雲封銜蘆一瞬應千
里知（却）在（到）瀟湘第幾重

○恕字吟 丙午

諠字謹擬作閧　羊觸句作善觸有羝羊　鬬豕作苦鬬　望羊作觀者

昔恕字行終身己所不欲者亦勿施諸人
諠誶語必反脣狠戾交逞勇所傷兩必均
角鬬豕有奔鶉況人靈萬物誰讓我獨伸
贊萬古享明禋河海不擇流望洋嘆迷津
克斯結聖賢鄰

嬌其頎生富貴一自嫁寒門縫裳師唐魏
頓釋紈綺心何識糟糠味謀生良獨難丈夫尚志氣

盧峯口

山前山後水涓涓牧唱樵歌野雀喧車出盧峰回首
望方知身入白雲邊

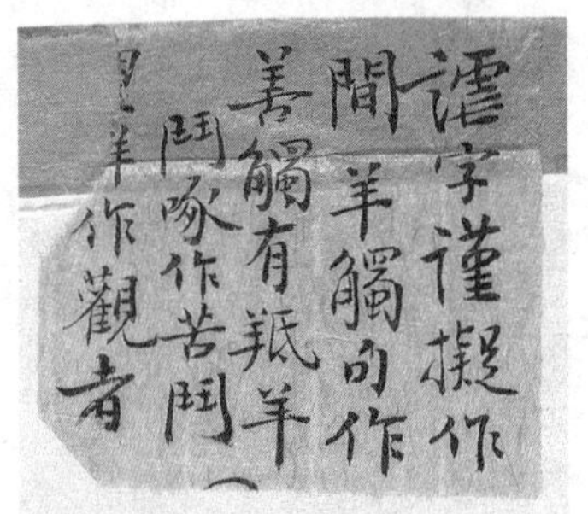
[illegible]字謹擬作
閒羊觸句作
善觸有羝羊
鬦啄作苦鬦
[illegible]羊作觀者

名言箴在昔恕字行終身已所不欲者亦勿施諸人試觀里巷讙辞語必反脣狠戾交逞勇所傷兩必均羊觸蠻以角鬬豕有奔鶉況人靈萬物誰讓我獨伸泰山收一簣萬古亭明禋河海不擇流望洋嘆迷津人生能自克斯結聖賢鄰

東鄰

東鄰有阿嬌其頎生富貴一自嫁寒門縫裳師唐魏頓釋紈綺心何識糟糠味謀生良獨難丈夫尚志氣

盧峯口

山前山後水涓涓牧唱樵歌野雀喧車出盧峰回首望方知身入白雲邊

名利羈人四字謹擬作別有愁腸梅花作交莠識字作愁

途中題壁

晓雲侵名利羈人豈自禁暮嶺蒼烟尋舊葉報秋音曾題橋柱長卿志已盡囊金季歸家隣里笑梅花本不識春深

州塔

欲擬何一枝斑管碧霄摩山如筆架河為毫作浩歌

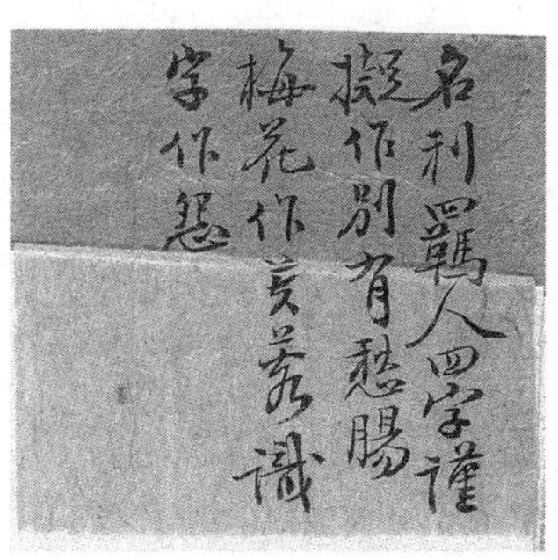
名利羈人四字謹
擬作別有愁腸
梅花作黃葉識
字作愁

玉田題壁用壁間原韻

歌喉婉轉繞承塵故裊腰肢啓絳脣莫道多情宜客
夢伊生豈料此中人

落第途中題壁

征車日日曉雲侵名利羈人豈自禁暮嶺蒼烟尋舊
路空崖落葉報秋音曾題橋柱長卿志已盡囊金季
子心莫道歸家隣里笑梅花本不識春深

題錦州塔

古塔凌雲欲擬何一枝斑管碧霄摩山如筆架河為
硯誰把霜毫作浩歌

憂心耿耿倩誰憐并贊烟霞能[illegible]

菜根

世最讀書資味最菜根濃余家無長物豈敢望[illegible]

剩多謀一飽胡為養身人[illegible]

[illegible]淡農

[illegible]日因思未别前有杯皆共酌得句即同聯

[illegible]蘭美箴規藥石賢品曾端白壁技自選青錢

[illegible]榜笙簧奏玉筵飄蓬傷我獨折桂喜君先

[illegible]道西風送客天家山從北望馬首向東還

[illegible]酒荒橋落月烟登堂無長物舊座剩陳編

皆字謹擬作常 馬首作古驛 烟作鸛 無作之 舊座句作入座有陳編 分袂句作把袂知何日 似作恍

時字謹擬作常
馬首作古驊
烟作鸛 無作乏
舊座句作入座有
陳編分袂句作把
袂知何日 似作恍

寄孫淡農

不久相依日因思未別前有杯習（常）共酌得句即同聯
臭味芝蘭美箴規藥石賢品曾端白璧技自選青錢
名姓題金榜笙簧奏玉筵飄蓬傷我獨折桂喜君先
黃葉離京道西風送客天家山從北望馬（古驛）首向東還
野店殘陽酒荒橋落月烟（蘼）登堂無（之）長物舊（入）座剩芸（有陳）編

分（把）袂猶如昨（知何日）遥情似隔年關河千里雪迢遞一紅箋

天衢

[illegible]士禦窮無他計啼號依在側詩書惟自勵

[illegible]虹奔走低於隸已識漂母恩未報千金惠

[illegible]金有時亦難制

丁未

[illegible]紅全憑軟飽中心閒惟愛月力弱不禁風

[illegible]帶詩腸萬古同朦朧思往代濁酒寄英雄

[illegible]芳曹氏拂珠樓詩集

[illegible]停披偶得閨吟取次窺一種天香吹大

[illegible]著新詩

依字謹擬作常　如虹作長虹　於隸作下隸

及字謹擬作詩　可作離

取次窺　擬作快賞奇　或作绝妙辭　尚須酌定

依字謹擬作常
如虹作長虹　於
隸作下隸

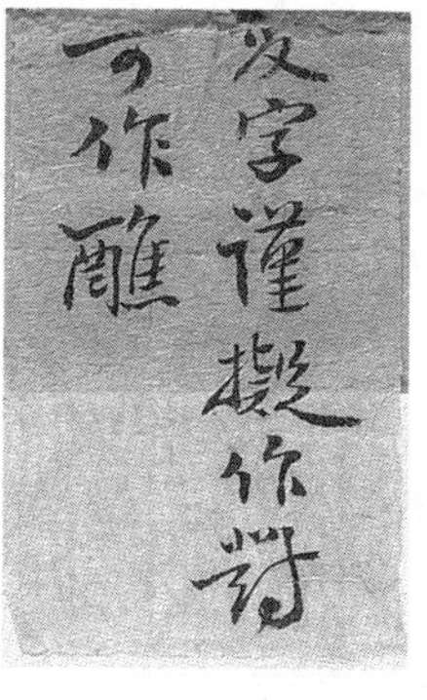
及字謹擬作對
可作離

取次窺　擬作快賞奇
或作絶妙辭　尚須酌定

分袂猶如昨遥情似隔年關河千里雪迢遞一紅箋

天衢

天衢有一士禦窮無他計啼號依在側詩書惟自勵
志氣高如虹奔走低於隸已識漂母恩未報千金惠
男子淚如金有時亦難制

醉吟 丁未

能駐此頹紅全憑軟飽中心閒惟愛月力弱不禁風
世事一時却詩腸萬古同朦朧思往代濁酒寄英雄

題閨秀曹氏拂珠樓詩集

芸編日日不停披偶得閨吟取次窺一種天香吹大
界拂珠樓上著新詩

第一首大字謹擬作下

第二首退字作入

第三首悅字作勝 幽閒作性情

曾姑作詩仙

……慎遲綺窗獨坐繡芳蕤停針細把殘絨

百折時

……艷辭恍如携酒聽黄鸝幽閒風雅兼雙

美人……姑是女師

即事 余家舊僕三人忽而散去自炊以奉庭饌有感賦此

寒牕呵凍鬬尖叉何意青蠅集碧紗新水三人踪既

邈詩書一几與彌賒鴻程應自遺雞鶩虎氣何曾藉

爪牙手具旨甘人不識這般風味董生家

踪已邈謹擬作留不住 人不識作纔領畧

萬泉口占

萬派泉邊獨自遊河(水)風初夏冷如秋綠陰環岸皆成

抱不見當年得月樓 舊有得月樓今廢久矣

河字謹擬作水

第一首大字謹擬作下

第二首退字作入

第三首悦字作勝　幽閒作性情

曾牯作詩仙

踪已邈謹擬作留不住 人不識作纔領畧

河字謹擬作水

拜罷慈姑退幔遲綺窗獨坐繡芳蕤停針細把殘絨嚼正是文心百折時

高曠胸懷少艷辭恍如携酒聽黄鸝幽閒風雅兼雙美不是曹姑是女師

即事 有感賦此 余家舊僕三人忽而散去自炊以奉庭饌

寒牕呵凍鬭炎又何意青蠅集碧紗薪水三人踪既邈詩書一几興彌賒鴻程應自遺雞鶩虎氣何曾藉爪牙手具吉甘人不識這般風味董生家

萬泉口占

萬派泉邊獨自遊河（水）風初夏冷如秋綠陰環岸皆成抱不見當年得月樓 舊有得月樓今廢久矣

首謹擬從刪

紀遊

同遊三五雁行斜綠樹陰中醉落霞不是雨雲催返
駕定邀明月送還家

秋夜長

夜半不能寐始知秋夜長披衣坐秉燭更漏何迢迢
霜清地欲白淅瀝西風涼助予長吟者促織在東墻
為語促織聲毋到戍婦旁

為語二字謹擬作顧爾

布字謹擬作暮 晚涼作涼思

暮望

一片秋雲布鴉噪歸何處颯如風雨聲晚涼動林樹

題二老圖 戊申

洪範五福一曰壽天地鍾靈在耄年韓幹丹青大手

起首兩句謹擬作我聞上古
多大壽黃石赤松難問年
第三句擬作韓辞去今亦
千載 姸作傳 踏作周 朝
看兩句作不計紅羊歷小劫
安問滄桑爲海桑田

何翩翩嘯傲乾坤忘歲月星眸鶴髮丰
盧不死藥足下麻鞋踏大千龍鍾鳩杖
化龍飛上天朝看桑田變滄海暮乘白
烟香茗坐相對仙耶神耶兩茫然

向晨西窓栗烈響沙塵原來一陣梅花
帶酒人

起首數語謹擬作三十里程，
三日雨纔出城來即逢阻脫
驂撥出泥中車抱火炙乾
衣內絮 居作然 秀民句作
不問販夫及傭豎 樵夫與農
四字作行歌有漁

雨宿大石橋三日
日程出城日遇連綿雨脫驂盈力出泥
衣如土羣居跼蹐宿茅簷秀民不惜雜
日只三餐淩晨又怕商羊舞薄暮橋邊

起首兩句謹擬作我聞上古

多大壽黄石赤松難問年

第三句擬作韓幹去今亦

千載 妍作傳 踏作周朝

看兩句作不計紅羊歷小劫

安問滄桑爲海桑田

起首數語謹擬作三十里程

三日雨纔出城來即逢阻脫

驂撤出泥中車抱火炙乾

衣内絮 居作然 秀民句作

不問販夫及傭豎 樵夫與農

四字作行歌有漁

筆圖成二老何翩翩嘯傲乾坤忘歲月星眸鶴髮丰
神妍腰間壺盧不死藥足下麻鞋踏大千龍鍾鳩杖
並肩倚何時化龍飛上天朝看桑田變滄海暮乘白
雲歸日邊爐烟香茗坐相對仙耶神耶兩茫然

醉醒

颯颯飄風夜向晨西窓栗烈響沙塵原來一陣梅花
雨吹醒君山帶酒人

○出城遇雨宿大石橋三日

三十里路（程）三日程（雨纜）出城日（未即途阻）遇連綿雨脫膝盈（掀）力出泥（問販夫）
中（車抱火炙乾）僕夫況瘁衣如（內絮然）土羣居踽踏宿茅簷秀民不惜雜（及傭豎）
丑賈無聊一日只三餐凌晨又怕商羊舞薄暮橋邊

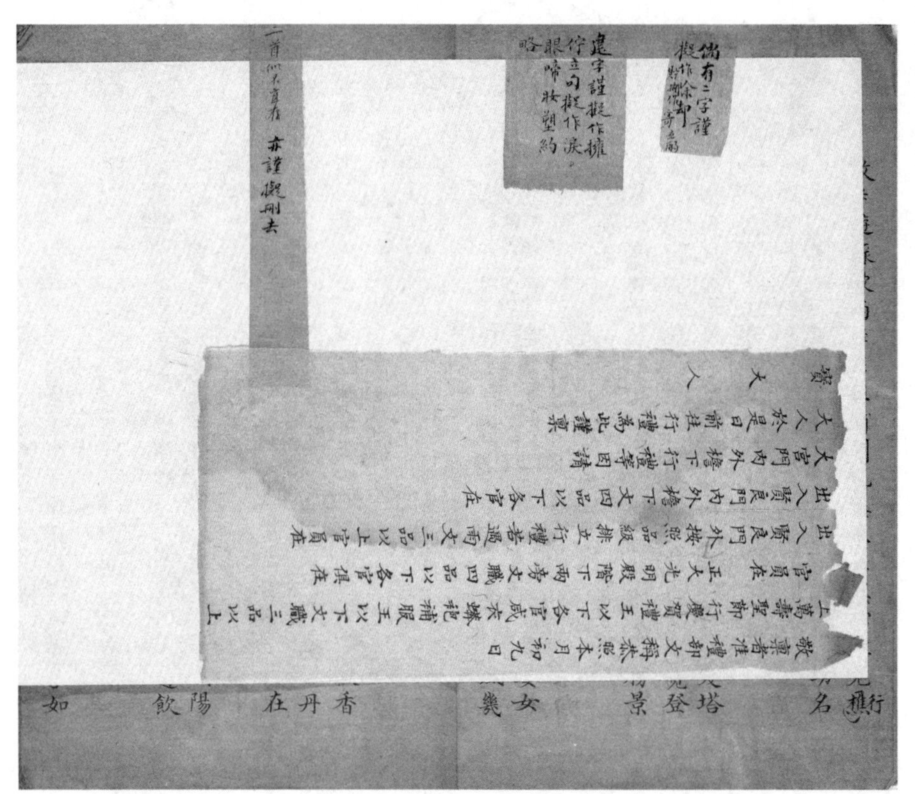

敬稟者准禮部文稱恭照本月初九日
上萬壽聖節行慶賀禮王以下各官咸衣蟒袍補服王以下文職三品以上
官員在正大光明殿階下兩旁文職四品以下各官俱在
出入賢良門外接照品級排立行禮若遇兩文三品以上官員在
出入賢良門內外檐下文四品以下各官在
大宮門內外檐下行禮等因請
大人於是日前往行禮為此謹稟
寶大人

一首似不宜存　亦謹擬刪去

敬稟者准禮部文稱恭照本月初九日

上萬壽聖節行慶賀禮王以下各官咸衣蟒袍補服王以下文職三品以上

官員在　正大光明殿階下兩旁文職四品以下各官俱在

出入賢良門外按照品級排立行禮若遇雨文三品以上官員在

出入賢良門内外檐下文四品以下各官在

大宫門内外檐下行禮等因請

大人於是日前往行禮爲此謹稟

賓　大　人

倘有二字謹擬作除却婀娜倚竒　立蔚

建字謹擬作擁佇立句擬作淚眼啼妝塑約略

二首似不宜存　亦謹擬删去

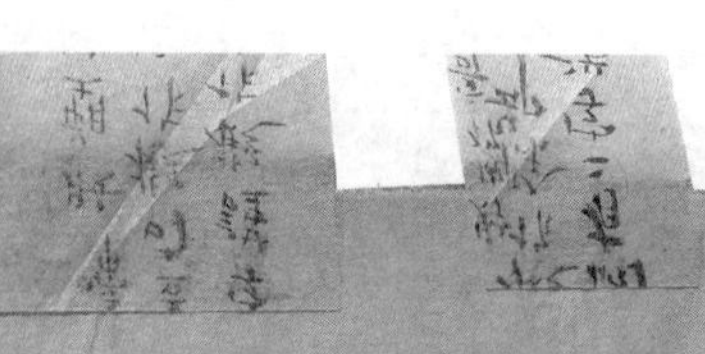

散步遊綠波兩岸苔生浦閒花無主草無心惟見樵行
歌有漁與農父歸來半杯且自酌回望城中隔烟樹功名
自古壯夫為曠懷忘却登途苦

遊閭山不果

層巒穹窿碧摩天北鎮醫巫不計年一水遶圍雙塔
影城外有河四面皆山城中有雙塔千峰深鎖萬家烟長途難覔登
山屐逆旅惟吟落日篇倘有荊關傳畫本好將勝景
貯花箋

姜女廟山海關外

突兀北山凌碧落蒼茫南海連天脚海山中建擁姜女
祠佇淚眼啼妝望約略立凝眸哭如昨山光海影日悠悠苦雨淒風幾

度秋剎有天邊秦塞月夜深來照舊山頭

遊夷齊廟二首

孤竹遺蹤萬古留清風苦節振商周山圍故國薇香
杳草滿空城灤水流（廟外有城額曰孤竹城四面皆山下即灤河）千古丹
心推伯仲一抔白骨繫共球扁舟乘興閒登覽如在
華胥世裏遊

三代衣冠今日逢夷齊古廟歷鴻濛女牆蕭瑟殘陽
裏畫棟荒涼蔓草中北海難回叩馬志西山遠邁飲
牛風灤河不斷滔滔水猶似呼號恨壹戎

○有感

山徑崎嶇險若彼遊者不顧前後齒誰知周道平如
前+折股後顛趾　識　本

子履陳平俎上分甘吉茅容樹下嚴

識賢士後車同載今已矣不顧鄉里

音賢哲毀訾吁嗟乎長途惟有耽書癖耳

已

第二句謹擬作

前者折股後顛

趾　知擬作識

平作本　毀作訾

癖作耳

歸途口占

數日雨濛濛白雲冷碧空征車秋霧裏行客曉烟中

樹雜紅楓影人歸黃葉風如何東去路不見日曈曈

白雲謹擬作陰雲

晚至通州河爭渡者積岸候至三更方渡

夕陽看渡口士女競登舟幾處船歸岸長空月入流

銀濤千片捲金鏡一輪秋犬吠孤村遠行人可暫投

秋朝野望

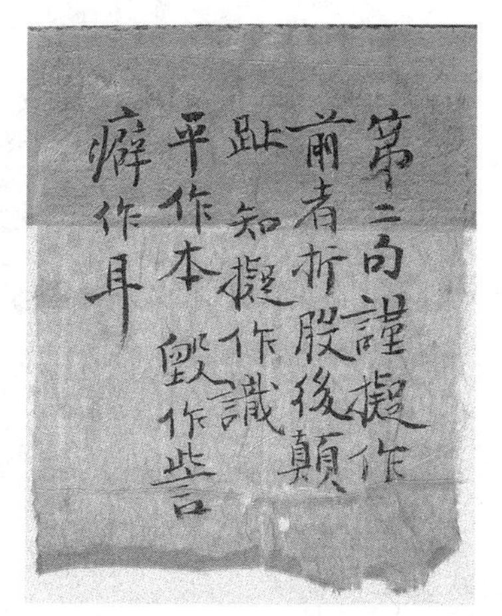

第二句謹擬作
前者析股後顛
趾 知擬作識
平作本 臥作呰
癖作耳

白雲謹擬作陰雲

砥千古惟讓君子履陳平俎上分甘旨茅容樹下嚴
跋踦風塵之中識賢士後車同載今已矣不願鄉里
婦孺美不受古昔賢哲毀譽吁嗟乎長途惟有耽書癖
天涯落落誰知己

歸途口占

數日雨濛濛白雲冷碧空征車秋霧裏行客曉烟中
樹雜紅楓影人歸黃葉風如何東去路不見日曈曈

晚至通州河爭渡者積岸候至三更方渡

夕陽看渡口士女競登舟幾處船歸岸長空月入流
銀濤千片捲金鏡一輪秋犬吠孤村遠行人可暫投

秋朝野望

西風蕭瑟曙雲連村舍迢遥一抹烟捧日紅霞纔入
海埋山白霧欲浮天半林黃葉迷空谷幾樹丹楓照
冷泉最愛結廬塵境外曉窗閒眺意陶然

遇雪（欲）

店依霜威栗烈西更歸三秋河水翻鯨（深猶自滯征騑）
點客衣朔氣驚人裘不暖狂風吼地石
日驅車至好咏新詩擬謝闌

首二句謹擬作
省識天公試雪
威更深猶自滯
征騑
題擬至大凌河
欲雪六字

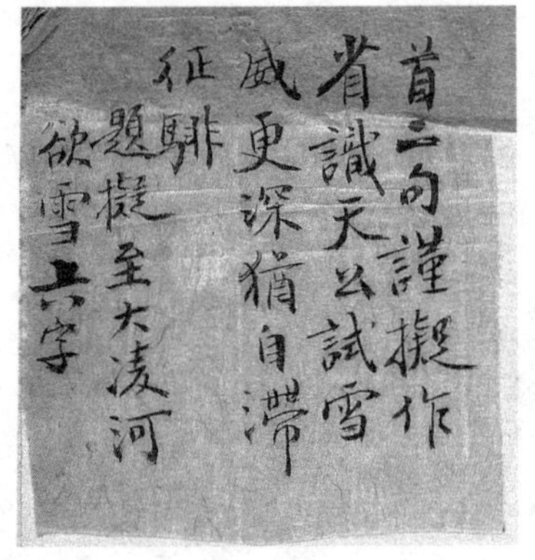
首二句謹擬作
省識天公試雪
威更深猶自滯
征騑
題擬至大凌河
欲雪五六字

西風蕭瑟曙雲連村舍迢遥一抹烟捧日紅霞繞入
海埋山白霧欲浮天半林黃葉迷空谷幾樹丹楓照
冷泉最愛結廬塵境外曉窗閒眺意陶然

大凌河遇雪 [至] [欲]

日日征鞍草店依霜威栗烈五更歸三秋河水翻鯨 [省識] [天公試雪] [深猶自滯征騑]
浪九月寒花點客衣朔氣驚人裘不暖狂風吼地石
皆飛衝門指日驅車至好咏新詩擬謝闌

新民屯遇雪有懷　佩蘭業師

我車村烟知是近鄉閭孤燈一夜風飄

雪壓廬歸宿鳥飛瓊樹杪題詩人在玉

作程門立回憶晴窗讀異書

中口占

秋雲護遠谿峰高得日早海濶識天低

新詩月下題最憐歸夢好促起是鳴雞

枕上忽如醉如何一寸心長憶百年事

盡萬籟寂無聲不必觀太極天地靜中生

書懷

可去

亦謹擬酌删

鼓字謹擬作簧

次句擬作全無

物籟聲不必

觀三字擬作湛

然通

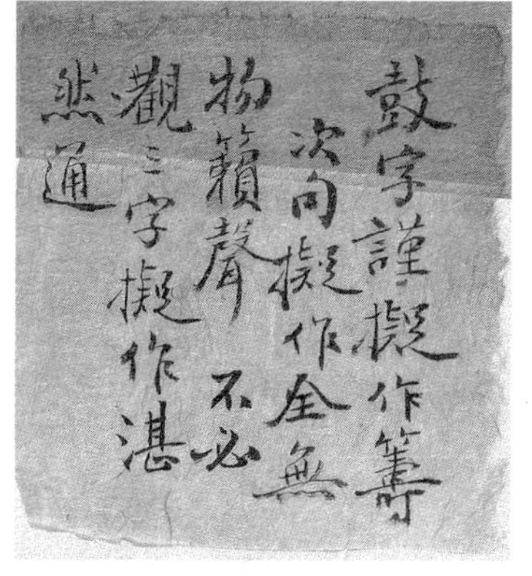

鼓字謹擬作籌
次句擬作全無
物籟聲 不必
觀〻字擬作湛
然通

可去
亦謹擬就刪

新民屯遇雪有懷　佩蘭業師

迢遞關河瘴我車村烟知是近鄉閭孤燈一夜風飄牖客舍明朝雪壓廬歸宿鳥飛瓊樹杪題詩人在玉庭除當年曾作程門立回憶晴窗讀異書

關外道中口占

秋草望萋萋秋雲護遠谿峰高得日早海濶識天低濁酒村中醉新詩月下題最憐歸夢好促起是鳴鷄

不寐

五更猶未睡枕上忽如醉如何一寸心長憶百年事卧聽更鼓盡萬籟寂無聲不必觀太極天地靜中生

燈下書懷

此首從刪

何字謹擬作誠 陷字作恐 軌字作似

不知二字謹擬作而昧

燭跋攤書夜未闌，圍爐火息雪窗寒。蕭齋清苦雖如許，熊膽還應戀一丸。

己酉

自箴 視聽言動常在過中書以儆心亦猶内訟

晨光漸熹微，鷄鳴猶未已。偶觸自警心，處世何多恥。
口誦伯夷言，身陷盜跖軌。如何白璧躬，甘作含污士。
六十四卦中，凶悔吝多紀。雖知今日非，未必明日是。

果箴

理貴研心，過當决志。勇斷未能，終身為累。魚啖餌來，蛾不火避。人不知幾，靈蠢何異。

松山遇　梓亭舅父呈句

憶字謹擬作訴舍字作分

恩誼由來屬父師，相逢不敢憶（訴）相思。一肩行李江原路，兩袖清風博邑詩（初任博白再任大邑俱有循聲）。不為世情舍（分）所學，難言天道必無知（舅父年七旬缺嗣）。半杯松葉書千卷，名教完人允在茲。

四月十三日夢雪中嚼花晨起情景宛然歌以

題中且自解之四字謹擬從刪 詩中素字作銀 起作棲 細細嚼作細咀嚼

之且自解之

素銀光寒蕭蕭窮巷起棲袁安忽聞香風雪中

天樹楓林丹脚踏仙雲折雨枝枝枝馥郁清

細花枝細細咀嚼嚼時味壓三山芝折花天風

嚼花天香盈我口東郭先生不久貧換骨何

酒

春園八景 庚戌

野花

一番春色在謹擬作一般閒意態

野花開徧小園中無數深紅間淺紅別有一番春色在不隨桃李笑東風

眉柳

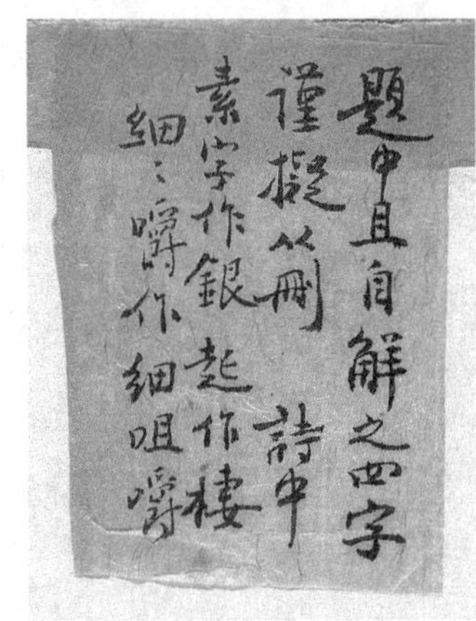

題中且自解之四字
謹擬从刪 詩中
素字作銀 趁作棲
細〻嚼作細咀嚼

誌之（且）自解之

仙雲盈尺（素）銀光寒蕭蕭窮巷（起）棲袁安忽聞香風雪中起奇花幾樹楓林丹脚踏仙雲折兩枝枝枝馥郁清詩脾手拈花枝細（細）咀嚼嚼時味壓三山芝折花天風吹我手嚼花天香盈我口東郭先生不久貧換骨何事飲天酒

春園八景 庚戌

野花

野花開徧小園中無數深紅間淺紅別有一番春色在不隨桃李笑東風

一番春色在渲擬作一般閒意態

眉柳

第二句謹擬作綠陰深處寄遐思

千絲萬縷拂離宮，眉黛依依淡翠籠。幾度欲眠鶯喚起，春愁無限付東風。

遠山

萬笏峥嶸黯淡春，烟光雲影拂微皴。倩誰點染山容秀，雨後青螺抹未匀。

曲水

繞岸環橋逐遠陂，綠陰紅雨漾清池。無情最是桃花渡，日送春光十二時。

曉月

曉起清光透絳紗，瑩瑩皓魄浸朝霞。素娥應惜千金刻，猶照春宵一院花。

方塘

曉起臨流照眼明，方奩半畝素波清。自從夢破池塘
草，誰賦庭前水一泓。

新苗

勃勃芳苗滿翠陂，新畬又遇雨知時。綠楊村外人驅
犢，一幅豳風畫裏詩。

嫩篁

檀欒未賦梁園水，沃若先歌淇澳雲。不待干霄能免
俗，東風日日已傳芬。

恭祝　榮鐵齋夫子年
白山毓秀鍾奇精天遣名臣

方塘

曉起臨流照眼明方奩半畝素波清自從夢破池塘
草誰賦庭前水一泓

新苗

勃勃芳苗滿翠陂新畬又遇雨知時緑楊村外人驅
犢一幅豳風畫裏詩

嫩篁

檀欒未賦梁園水沃若先歌淇澳雲不待干霄能免
俗東風日日已傳芬

恭祝　榮鐵齋夫子華誕

白山毓秀鍾奇傑天遣名臣出耆耋先生誕降應尾

荻灰二字謹擬作熊丸

此題謹擬作題雨中漁樵耕讀四圖

生日偶吟

杯盤談笑盡知音念及承歡感自深三載異鄉生我日一時千里憶親心荻灰（熊丸）苦志酬無地烏哺私情負至今四里莫將離緒告思兒白髮早相侵

春夜雨 辛亥

故園今夜雨如絲新綠亭亭傍短籬摘得嫩蔬供早飧奉盤應憶未歸兒

題春雨四樂

得魚釜內烹濕覔前村路沽酒醉蓬臆唱過桃花渡

箕裘奕世冑綿瓜瓞文章早歲學西京下筆縱橫四座驚談理自能空釋部說經未肯泥儒生初隷秋曹勤且敏丹書奏議多平允定國清名　聖主知屛藩任重籌民瘼蜺旌遥降鎮中州八載兒童識細侯節度公庭烏集戟再向遼東司爽鳩僕本遼東一寒士孤貧久息淩雲趾河潤䱊生拜賜金扶摇特借程千里寸心久已感深恩深恩欲報轉無門昨奉
天書歸　帝里丹鉛又幸侍晨昏朝勤案牘暮講道程朱罅漏常探討朽質慚居桃李班時霖化遍三春草今日欣逢鶴算辰榴有焰兮竹有筍庭砌芝蘭紛茁秀華筵並坐齊眉人沆瀣香濃進兕觥瓣香拜祝瑶池旁君不見千秋大壽集大德坡公著論三槐堂

荻灰二字謹擬作熊丸

生日偶吟

杯盤談笑盡知音念及承歡感自深三載異鄉生我日一時千里憶親心荻灰（熊丸）苦志酬無地烏哺私情負至今回里莫將離緒告思兒白髮早相侵

春夜雨　辛亥

故園今夜雨如絲新綠亭亭傍短籬摘得嫩蔬供早餧奉盤應憶未歸兒

此題謹擬作題雨中漁樵耕讀四圖

題春雨四樂

得魚釜内烹濕覓前村路沽酒醉蓬艫唱過桃花渡

箕皐夔世胄綿瓜瓞文章早歲學西京下筆縱橫四
座驚談理自能空釋部說經未肯泥儒生初隸秋曹
勤且敏丹書奏議多平允定國清名　聖主知屏
藩任重籌民疹蜺旌遥降鎮中州八載兒童識細侯
節度公庭烏集戟再向遼東司爽鳩僕本遼東一寒
士孤貧久息凌雲趾河潤䲡生拜賜金扶搖特借程
千里寸心久已感深恩深恩欲報轉無門昨奉
天書歸　帝里丹鉛又幸侍晨昏朝勤案牘暮講
道程朱鏄漏常探討朽質慚居桃李班時霖化遍三
春草今日欣逢鶴算辰榴有焰兮竹有筠庭砌芝蘭
紛茁秀華筵並坐齊眉人沆瀣香濃進兕觥辯香拜

祝瑤池旁君不見千秋大壽集大德坡公著論三槐堂

生日偶吟

杯盤談笑盡知音念及承歡感自深三載異鄉生我日一時千里憶親心荻灰（熊丸）苦志酬無地烏哺私情負至今回里莫將離緒告思兒白髮早相侵

荻灰二字謹擬作熊丸

春夜雨 辛亥

故園今夜雨如絲新綠亭亭傍短籬摘得嫩蔬供早餼奉盤應憶未歸兒

題春雨四樂

此題謹擬作題雨中漁樵耕讀四圖

得魚釜內烹濕覓前村路沽酒醉蓬牕唱過桃花渡

雲氣滿空山荷擔雲山東傍晚下山坡綠漲前溪水午鷄樹上鳴鄰叟來相賀正好試新蒭犁動溪烟破寺無閒客來長晝千編送蕭蕭暮色寒知有西堂夢

晉齋詩草卷二

蘭省草

辛亥當月偶吟

長白昇寅旭東甫

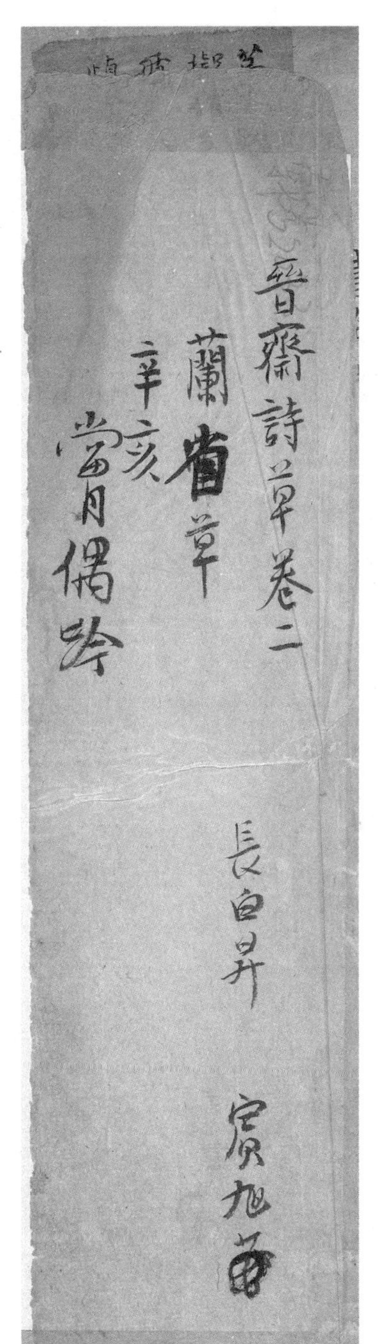
晉齋詩草卷二
蘭省草
辛亥當月偶吟
長白昇
寅旭甫

第三聯擬作克勤循己分以慎度幾宜

雲氣滿空山荷擔雲山東傍晚下山坡綠漲前溪水
午鷄樹上鳴鄰叟來相賀正好試新蓑犁動溪烟破
喜無閒客來長晝千編送蕭蕭暮色寒知有西堂夢

當月偶吟

備員蘭省日值宿禮闈時雀噪堂前樹人敲月下詩
克勤惟(循)己分以慎總(度)相(幾)宜不待彈冠日官箴久自持

送張暮青前輩乞假歸宣城

廿載瀛洲雨露深一肩行李出都門秋風非憶鱸魚
美應羡山家舊菜根
記否江頭手植梅十年應遍曲江隈歸來正好巡簷
索為報寒花且漫開先生返旆時正孟冬、

名已過三字謹擬作未磨滅

携字謹擬作握

此題謹擬作歸感二字 詩中擁字作翔

○七月七日訪城南得碩亭先生偕遊宏善寺觀

辟閭陳香泉墨跡 乙卯

短籬矮屋板橋前幾樹槐陰接豆田今古大觀存典

籍乾坤卓識寄林泉不須天上偷織巧惟向人間訪

大顛土壁留題名已過（未磨滅）緣蘿烟雨自年年

關今日相看鬢已班待得他年重携

朱顏

凡 丁巳

天涯東去關河望轉賒三十六年如昨

是吾家空餘風木翻斜照徒見白雲擁（翔）

携字謹擬作握

此題謹擬作歸感
二字　詩中推字作翔

名已過三字謹擬作未磨滅

七月七日訪城南得碩亭先生偕遊宏善寺觀辟閻陳香泉墨跡 乙卯

短籬矮屋板橋前，幾樹槐陰接豆田。今古大觀存典籍，乾坤卓識寄林泉。不須天上偷纖巧，惟向人間訪大顛。土辟留題名已過，緣蘿烟雨自年年。

留別二家兄 丁巳

去時灑淚別西關，今日相看鬢已班。待得他年重携手，面思今日尚朱顏。

丁艱歸里

思親灑淚向天涯，東去關河望轉賒。三十六年如昨日，二千里外是吾家。空餘風木翻斜照，徒見白雲翔

此首謹擬從刪

暮鴉蠟炬有心悲往事夜深還結訓兒花

歸家見同輩中白髮者甚多感而賦此

八載京華轉瞬然凄風吹我返鄉阡青山不改舊顏
色眼下白頭盡少年

晉齋詩草卷二

長白昇寅旭

題中鄉好二字擬改作同鄉諸好

立秋日偕鄉好遊慶豐閘 戊午

北人從未試輕舟，欵乃初聞白鷺洲。雨岍綠陰遊客靜，萬蟲聲裏報新秋。

微雲淡淡雨濛濛，溽暑初消兩岍風。波上遠觀堪畫處，葦塘烟裏一漁翁。

閘下濤聲萬鼓鳴，糧艘來往任縱横。兒童近水習魚躍，三五成羣蹴浪行。

細雨恨抱二首亦謹擬節刪

細雨微雲襯逝波，百年荏苒隙駒過。如何久凜臨淵訓，空對重泉哭蓼莪。

秋燈紅處謹擬作秋花深處

恨抱終天久廢吟今朝攜客復登臨長河不斷呼號
水應與思親淚共深

家居即事

家居城市結踈籬人在蒹葭水一湄本作閒官非吏
隱為消長晝豈書癡門無多客眠常早梦有清吟醒
故遲到晚呼僮烹茗待秋燈紅處課兒詩

偶成

眼看老幼紛紛死今告長生知有幾百歲光陰彈指
中喜怒哀樂賊其躬稍不自愛趨死道斷岸回頭滴
及早寤寐不忘惜三寶洗盡塵緣不知老呼嗟吁一
生無病即神仙何必乘鸞上九天

矮屋席封謹擬作蒲越墻藩 氈作茵

孱顏二字謹擬作嵯峩

奉使出京驛館題壁

矮屋席封五色施猩紅氈褥飾茅茨十年前事分明
記土壁曾題下第詩

不寐

人生樂不似愁多方寸難禁萬慮磨最喜夢中都忘
却夜來無夢復如何

晚過巨流河

斜日下前坡歸鴉没餘暈山瘦雲作幃木乾風有韻
凍雪馬難前平沙途莫問蒼茫不見人犬吠知村近

登閭山清安寺

孱顏石磴鎖松烟轉出寒林即梵天人類飛猿穿澗

此題謹擬作劉松嵐
抱病在署過訪出見并
示塞外集留飲即席
賦此　詩中細意擬作
剌意粗談作常談

過僧如野鶴伴雲眠相逢泉石皆堪友但得登臨即
是山富貴浮雲今日悟歸家應積買山錢
剌史抱病在署過訪讀出見并示塞外集因留小飲
談逾時病亦霍然即席賦贈此
風流似此無抱痾仍好客別饌出私厨
粗談味亦殊半生勤物色今日識驪珠

暮即景

急景催年盡依然道路身氷霜疲馬怯衣帽小兒新
市賣迎神紙門喧索負人吟懷方儌兀對此忽眉顰

頻年抱病至太平莊謁長親克公告以養生之
術燈下賦此誌之

此題謹擬作劉松嵐
抱病在署過訪出見并
示塞外集留飲即席
賦此　詩中細意擬作
刻意粗談作常識

過僧如野鶴伴雲眠相逢泉石皆堪友但得登臨即是仙富貴浮雲今日悟歸家應積買山錢

劉松嵐刺史抱病在署過訪出見并示讀塞外集因留小飲酌暢談逾時病亦霍然即席賦贈此

循吏盡吾儒風流似此無抱痾仍好客别饌出私廚細意吟常苦粗談味亦殊半生勤物色今日識驪珠

途中歲暮即景

急景催年盡依然道路身冰霜疲馬怯衣帽小兒新市賣迎神紙門宣索負人吟懷方傲兀對此忽眉顰

頻年抱病至太平莊謁長親克公告以養生之術燈下賦此誌之

憐我句謹擬作贈我以歌謳 籌韻二語擬芟去 羞修韻二語擬節去 十洲二字擬作仙傳

常作十里遊芒鞋不策杖鶴髮映星眸問翁何術修老翁顧予嘆致此良有由羸僂多病憂路遇一道者憐我贈歌謳海屋添壽籌避風如避箭防色如防仇常起五更頭自聞此語後行不懈春秋詩不覺背汗流予生未四十頻年病不瘳修身尚未解戴履徒包羞人生如秉燭遲速宜預謀燒燭向深屋永夜照無休持燭向風地倏忽光不留危哉此軀殼幻如泡影浮果能悟此理安用訪丹洲

宿神祠 己未

一庵暫寄等閒雲門掩蒼苔寂寂春對戶有槐陰伴

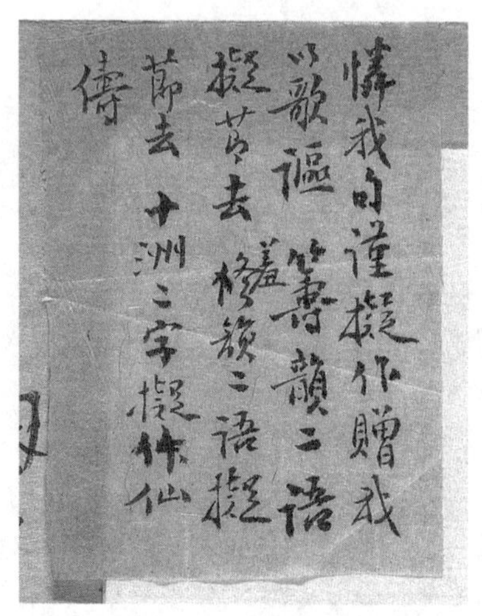
憐我的謹擬作贈我
以歌謳　簫韻二語
擬節去　蓋修額二語擬
節去　十洲二字擬作仙
傳

有客八十二，常作十里遊。芒鞋不策杖，鶴髮映星眸。
我見駭且敬，問翁何術修。老翁顧予嘆，致此良有由。
憶昔廿餘歲，羸尫多病憂。路遇一道者，憐我贈（我以）歌謳。
言能如我語，海屋添壽籌。避風如避箭，防色如防仇。
莫吃申後飯，常起五更頭。自聞此語後，行不懈春秋。
我聽老翁說，不覺背汗流。予生未四十，頻年病不瘳。
修身尚未解，戴履徒包羞。人生如秉燭，遲速宜預謀。
燒燭向深屋，永夜照無休。持燭向風地，倏忽光不留。
危哉此軀殼，幻如泡影浮。果能悟此理，安用訪丹洲（仙傳）。

宿神祠 己未

一庵暫寄等閒雲，門掩蒼苔寂寂春。對戶有槐陰伴

我穿窗來月色窺人燈留孤影參禪趣卷閱奇文療
病身此際情懷清似水黃冠不戴亦超塵

移居

奇蹟塵囂近十年揮鄰重貨數椽居風
雨又苦催租月索錢
舊時小屋似漁舟雨後波濤月不收今愛斯居多
樹陰朧隨意聽鳴鳩

□□□□□□□□□

出城吟

山光豁我眸草香快我鼻入城行五里香光猶未畢
我生自有涯清景實無極終日處塵氛如坐荊與棘
人生譬无缶朽索繫并汲攜持稍不慎索斷缶碎繫

欲避此危途去紛守靜寂隰草疊翠茵山嵐聳翠辟

日坐翠陰中我言勝九錫

心箴

萬境全從一念開靈臺此地要栽培聖人仙佛無他

巧神化都從勉強來

枕上因病偶成

萬病皆從欲字來我生無欲病堪哀愛花不識寬痴

艷眺欲常辭帶醉杯許為空盡難好奈因無徒御攜

登臺要知天愛蒼生處月不常圓花暫開

題畫鷹

石蓮道人頗好古百年舊畫常葺補何處搜來白鷹

驚添二字謹
擬作初驚
周史擬作柱史
告擬作上 到日
作到處

圖淩雲奇氣毫間吐棲身惟在最高枝羽族三千盡
小兒須知萬古英雄志獨立風霜自賞時

四十見白髮 辛酉

年纔四十力寧[甯]疲白髮忽[初]驚見幾絲畢世榮枯人未
定半生辛苦鬢先知延齡周[柱]史追無術寡過蘧賢學
未遲預告[上]朱顏翻不信名山到日[處]自題詩

戒色口占 壬戌

因色生身色死身金丹悟此便通神縱然不得長生
術俾得康強也勝人
對此人誇寡欲能真能寡欲我何曾東風一陣花渚
到百尺危樓帶病登

僧人畫僧

和尚畫和尚，真假一模樣。留得身外身，叅透相中相。

賀詹邸襲爵 時授嗣王學

孔翠龍章對冕旒，恩榮遠勝衆諸侯。聰明書似前生讀，忠孝風從上代留。馬識雖能知舊路，鷄談殊愧有嘉猷。聖朝豈重雕蟲技，典籍心源遜志求。

[批注：諸侯謹擬作公侯；知字擬作道；愧有二字擬作少補；恩榮向宜與聖朝同作平抬。平抬項格寫。]

[批注：村字謹擬作田；知字擬作羨。]

雲罩寺

一登雲罩寺，雲沒寺浮空。入目孤峰小，當頭落日紅。鳥飛深澗下，人語半天中。幾點濃烟裏，山腰雨趁風。

和介亭大家兄五十咏懷原韻

日下依光幾度秋，性如頑石境如舟。書村有稼何須

土心地無兵不用矛憐我孤雲飛白雁知君紫氣護

青牛大兄近日談元他年欲暢平生曲携手閶峰最上頭

乙丑十二月夢為蘭亭故事余作主人諸賓客

持一物或書或畫或鼎或鐏無者罰酒晨

以詩誌之 乙丑

集詞壇上（中）古風流入夢觀廿載俗塵今洗

紀晉衣冠

曲水連（濱）崇山猶（如）抱（畫）晉（黛）雲眠（皴）無端一枕山陰

羽作主船（人）

景最奇高懷此日一羲之千秋佳會鷄鳴

却是夢時

第一首上古謹擬作中古
第二首擬改真韻 連作濱 晉雲眠作黛雲皴 船作人

第一首擬刪

第一首上古謹
擬作中古
第二首擬改真
韻連作濱晉
雲眠作黛雲皴
船作人

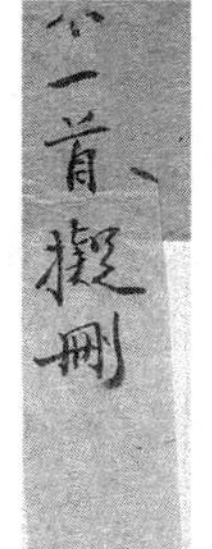
一首擬刪

土心地無兵不用矛憐我孤雲飛白雁知君紫氣護
青牛大兄近日談元他年欲暢平生曲携手閭峰最上頭

乙丑十二月夢為蘭亭故事余作主人諸賓客
各持一物或書或畫或鼎或鐏無者罰酒晨
興以詩誌之 乙丑

永和修禊集詞壇上(中)古風流入夢觀廿載俗塵今洗
盡醒来詩紀晉衣冠

修竹叢叢曲水連(濱)崇山猶抱(如畫黛)晋雲眠(皴)無端一枕山陰
夢中有賓翁作主船(人)

蓬島羣仙聚最奇高懷此日一羲之千秋佳會鷄鳴
散莫道邯鄲是夢時

起首四字謹擬作土山四面　層嶝作仄徑　若劍閣作誰開鑿　孤山作春風　疑作身

周官謹擬作郎曹　文心作文機

夜夢自土山緣穴而登見梅花一株詩以
之丙寅

如辟削層嶝蜿蜒若劍閣上有天光耿耿
上出幽壑出壑別有一洞天天光雲影共
一樹梅如雪疑是羅浮夢裏仙

元旦丁卯

侍筆周官又一春文心應與歲俱新俸錢頻借毛錐
長始信詩書可療貧是年陞祠祭司員外郎奏充會典館總纂修官
鳳城徹夜響春雷祝歲人醺栢葉杯眼看上林花似
錦何須羯鼓又頻催

和翁覃溪重赴鹿鳴

起首四字謹擬作
土山四面 層磴作
仄徑〻若劍閣作誰
開鑿 孤山作春風
疑作身

二月夜夢自土山緣穴而登見梅花一株詩以紀之丙寅

四面土山如劈削層嶝蜿蜒若劍閣上有天光耿耿明攀援而上出幽壑出壑別有一洞天天光雲影共悠然孤山一樹梅如雪疑是羅浮夢裏仙

元旦丁卯

侍筆周官又一春文心應與歲俱新俸錢頻借毛錐長始信詩書可療貧是年陞祠祭司員外郎奏充會典館總纂修官

周官謹擬作郎曹文心作文機

鳳城徹夜響春雷祝歲人醺柏葉杯眼看上林花似錦何須羯鼓又頻催

和翁覃溪重赴鹿鳴

臺擬寫作台 一庭擬作相看

此首謹擬中間兩聯節去作為絕句

鳩杖扶來賦鹿鳴龍門佳會有耆英曾於翰苑推前輩又向文壇領後生白髮可能逢再甲朱顏無復論同庚登雲重入瀛洲路桃李芳菲滿玉京

咏新居雙槐 戊辰

玉樹雙株挺十尋書牕日午碧雲深邀來明月留清影借與春禽送好音光映三臺（台）常旦旦地非五沃自森森一一庭（相看）咫尺成槐市對此還應惜寸陰

清明出城

油壁青驄西復東游人一似戲雲鴻綠陰匝地槐衙雨紅意牽人杏苑風酒有青蓮杯漫舉詩無子美句難工年年消遣清明路總在濃烟淡靄中

面字謹擬作扇
終教作終歲畏
作怯

咏扇

炎凉司柄在鴻濛一面偏能轉化工赫赫三庚雖炙
手終教袖底畏清風

○喜二兄至京

薄宦身如不繫船秋風腸斷雁行連兄來遠海三千
里弟隔燕山十九年夢裏相逢猶怕別客中難遇莫
言旋一樽共祝身康健攜手閒峰有舊田

晉齋詩草卷三

諫垣草　長白昇寅旭

己巳

題王方川墓圖並課孫小照

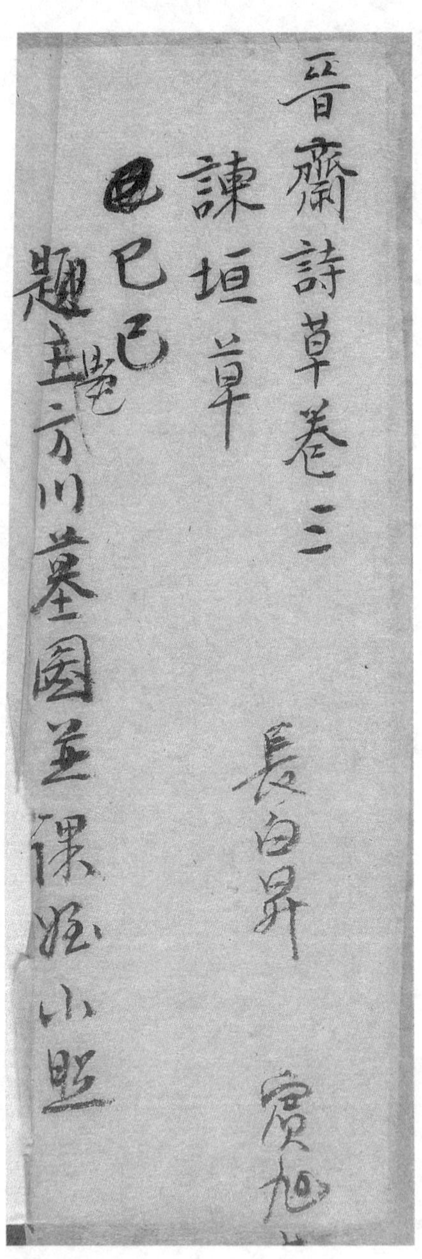
晉齋詩草卷三
諫垣草
長白昇寅旭
己巳
題主事方川墓園並課經小照

面字謹擬作扇
終教作終甚畏
作怯

詠扇

炎涼司柄在鴻濛一面偏能轉化工赫赫三庚雖炙手終教由我是清風

○題王方川墓圖並謁姪小照 己巳

善葬之家必不昌斯言俗論足披靡父貴子貧有不齊生前一氣猶如此況復枯骨黃土中何能代代綿福祉王季之墓灤水齧周家氣運八百紀綦京之父

第二句謹擬作足令俗論皆披靡第三句作父貴莫救子貧寠膏粱二語擬刪去書盈几作真猶子福地句作福地且来近尺咫○註中訓課上擬加為字十餘邀三字可刪去

秀江山禍接趾膏粱文繡此能為孔孟子
方川先生見道深獨重倫常輕風水諸兄
言玉樹飄零棺累累藐孤一綫姪與孫恩
盈猶子几公之居心伯道心猶子果然善續似
文正學福地果且来然賜近尺咫灌溉栽培即性
柱森然起披圖使我嘯也歌此地不發無
天理方川方川諸兄確信風水改葬為不數年諸兄相繼而亡兩世惟餘一姪一孫方川訓課焉後於墓旁得地于餘邀改葬家遂安昌

遊文會堂園林

石磴彎環疊翠籠一亭孤立小山中莫嫌山下清泉
少時有松濤帶晚風

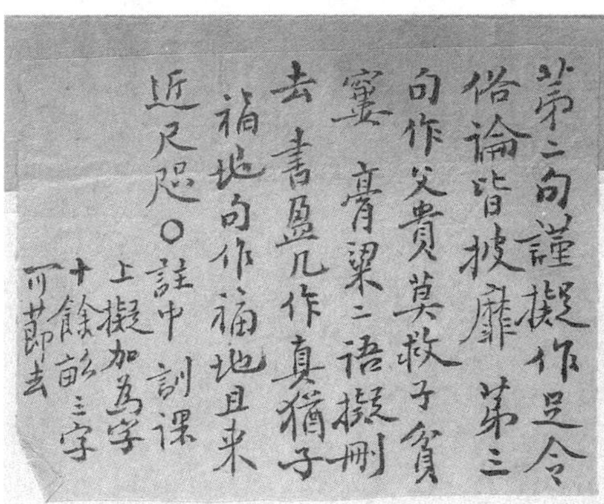

第二句謹擬作是令俗論皆披靡　第三句作父貴莫救子貧寠　膏粱二語擬刪去　書盈几作真猶子　福地句作福地且来近尺咫○註中訓課上擬加爲字　十餘齡三字可節去

葬錢塘極秀江山禍接趾膏粱文繡此能為孔孟子
編亦可毀方川先生見道深獨重倫常輕風水諸兄
競尚形家言玉樹飄零棺累累藐孤一綫姪與孫恩
勤訓課書盈几公之居心伯道心猶子果然善續似
公之勵學文正學福地果然賜尺咫灌溉栽培即性
田三槐五桂森然起披圖使我肅也歌此地不發無
天理方川旁川諸兄確信風水改葬不數年諸兄相繼而亡兩世惟餘一姪一孫方川訓課焉後於墓旁得地千餘畝改葬家遂安昌

遊文會堂園林

石磴彎環疊翠籠一亭孤立小山中莫嫌山下清泉
少時有松濤帶晚風

閑花謹擬
作花堆

別置林泉小苑東禽聲百轉綠陰中山風幾陣無人
掃落地閒花數尺紅

四圍寬廠午風涼繞閣新花到處香蜀杞數攢高一
丈綠紗窗外立紅粧

春日感懷 庚午

東風澹澹日遲遲獨坐空堂趣亦奇伴我終年惟硯
友逢人一話愧書癡春花秋月愁難斷舞榭歌樓樂
易疲細想浮生歡笑事黃金抛擲少年時

圓明園途中口占

迢迢城郭綠雲封麥浪無聲積翠中滿路軒車馳宦
海數椽桑柘隱高蹤槐陰人洒清塵水墻角僧敲乞

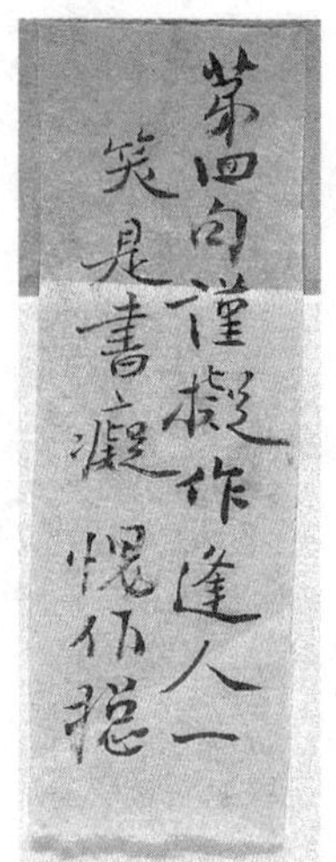
第四句謹擬作逢人一
笑是書癡　愧仍罷

閑花謹擬
作花堆

别置林泉小苑東禽聲百轉緑陰中山風幾陣無人掃落地閑花數尺紅

四圍寬厰午風凉繞閣新花到處香蜀杞數攢高一大緑紗窗外立紅粧

春日感懷 庚午

東風澹澹日遲遲獨坐空堂趣亦奇伴我終年惟硯友逢人一話愧書癡春花秋月愁難斷舞榭歌樓樂易疲細想浮生歡笑事黄金抛擲少年時

圓明園途中口占

迢迢城郭緑雲封麥浪無聲積翠中滿路軒車馳宦海數椽桑柘隱高蹤槐陰入洒清塵水墻角僧敲乞

米鐘幾點歸鴉啼遠樹落霞紅抹一螺峰

中秋望月

中庭如白晝雲際湧金波萬古明如此百年對幾何

沉盃光的皪照眼影婆娑今夕難成寐清歌贈素娥

病中偶成

宦海奔馳未佇騖病中無事檢書函手抄舊帙重新

讀十載良朋又面談

無事擬作贏得

第三句謹擬作似同予

素食飲啄擬作穩

宿頡頏擬作高鳴

對酒濃似同憐予素食儉德特整爾脩容

聽倚節比鄰應不惱守夜勝烏龍

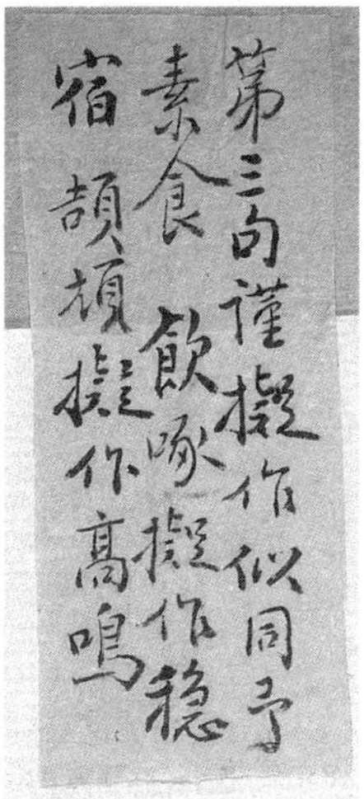
第三句謹擬作似同于
素食　飲啄擬作穩
宿　頡頏擬作高鳴

米鐘幾點歸鴉啼遠樹落霞紅抹一螺峰

中秋望月

中庭如白晝雲際湧金波萬古明如此百年對幾何

沉盃光的皪照眼影婆娑今夕難成寐清歌聘素娥

病中偶成

無事擬作贏得

宦海奔馳未佇驂病中無事檢書函手抄舊帙重新

讀十載良朋又面談

家居四詠

鵝

不假黃庭換鵝兒對酒濃似憐予儉德特整爾脩容

素食　國

飲啄看依砌頡頏聽倚節比鄰應不惱守夜勝烏龍

穩宿　高鳴

貓

搏噬威堪用，貪饞性亦偏。只緣空雀鼠，誰復惜腥膻。
乏食巡簷索，防寒傍火眠。饑依仍不去，似戀主人賢。

犬

缺黍未嫌貧，誰能似爾馴。多情羞狡僕，作意吠旁人。
豈有傳書智，非無共碗仁。數旬如不見，搖尾倍相親。

鷄

意不在烹鮮，常憐五德全。呼羣花影地，報午日中天。
曾益文人慧，還催志士鞭。何年歸十畝，倚杖聽桑顛。

哭幼女八月痛嬌兒

入戶啼聲斷寧惟淚眼無說言猶慰內還有弄璋時

日夜雨　耕耤侍直辛未

天衢典重農祥首　帝都天識

先教四野灌醍醐

同年題殘編斷簡圖凡四首語不雷用

心花變幻有悟運古之法因步原韻

嗟餘靈樞一點別清腴文心幻處如人

自愛吾

此首照式捷寫則字不成行　下一首似於題意有未盡處且題中明說原作本有四首既步原韻斷無僅二首〻理但抄錄時遺却三首也應刪與否並宜詳酌

甘秋齋艳羨予餽以肉復慰以詩

追隨鎖院真如蔵經濟文章總佩韓

尾官庖一片識楮所詩　才骨應瘦人淡於梅韻

此首照式抬寫則字
不成行下一首似於題
意有未盡處且題中
明說原作本有四首既
步原韻詎無僅四首
之理恐抄錄時遺却三
首也應刪與否並宜
詳酌

入户晴暉斷虐帷淚眼真說言猶慰內還有弄璋時

三月三日夜雨　耕耤侍直 辛未

青箱玉未事天衢典重農祥首　帝都天識

聖人勤稼穡先教四野灑醍醐

甘秩齋同年題殘編斷簡圖凡四首語不雷同

頗見心花變幻有悟運古之法因步原韻

陸海潘江盡唾餘靈樞一點别清腴文心幻處如人

面畢竟吾廬自愛吾

甘秩齋抱恙詩餽以肉復慰以詩

道隨鎖院真如蘭經濟文章總佩韓奏牘五條驚馬

尾官庵一片識猪肝詩清似水骨應庾人淡於梅韻

自實遺矣不須和緩術屠門大嚼一盤餐

○出郊口占

出郭雙眸豁春光處處妍山桃紅作雨溪柳綠浮烟老栢禿於筆長河直若絃玉泉山不遠身近翠微邊

○同五弟游白雲觀

[illegible]真洞口桃花樹樹春雨甜自消千古[放眼……三里][illegible]年塵（余京官廿年矣）庭前鷄犬疑仙侶門外[illegible]丹爐無定象世間何處有迷津

[illegible]捲地山風吼樹狂脚底雷聲催客騎一天梅雨宿良鄉

第三句謹擬作放眼自消三里霧

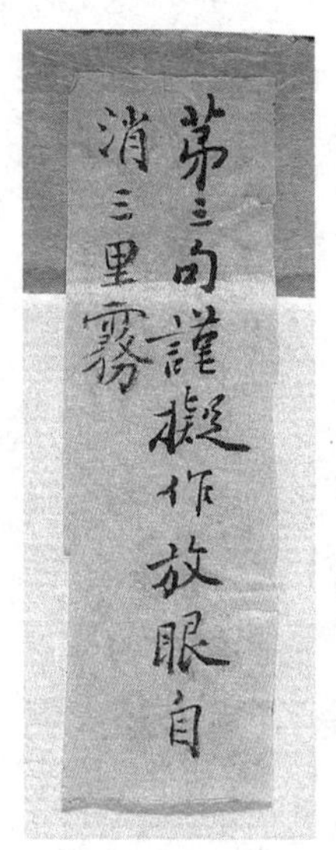

第三句謹擬作放眼自
消三里霧

出郊口占

出郭雙眸豁，春光處處妍。山桃紅作雨，溪柳綠浮烟。
老栢禿於筆，長河直若絃。玉泉山不遠，身近翠微邊。

同五弟游白雲觀

白雲深處覓元真，洞口桃花樹樹春。小憩（放眼）自消千古（三里）恨（霧），清談頓洗廿年塵（余京官廿年矣）。庭前鷄犬疑仙侶，門外漁樵亦上人。解得丹爐無定象，世間何處有迷津。

雨至良鄉

揷空塔影淩岡峙，捲地山風吼樹狂。脚底雷聲催客騎，一天梅雨宿良鄉。

此地以下四語謹擬節去不知句擬作古来豈少力戰士汗牛倏忽二語亦擬節去秦字作嬴

鐵篙歌

章二百觔重二鐵槍一置鞍中一在知方琉璃河旁存古蹟鐵篙焜燿三素所執相傳此説殊荒唐抑或鐵槍勇蓋世時人鑄此存甘棠此地古稱涿鹿野黃帝蚩尤大戰場何以不存決勝策後世攻擊徒猖狂不知古人（古来豈少力戰士）意深遠惟藉忠義長流芳豈儒但解寄詩酒也欲傳（傳）世名不朽豈解雕蟲壯夫非汗牛充棟拱（共）覆瓿倏忽變滅如雲烟言非實用傳難久此篙縱無一字鐫忠勇之氣達青天物雖無據人稱傑婦孺贊美千餘年但願此篙歷刼永不毀直如秦碑漢簡之流傳

此地以下四語謹擬節去 不
知句擬作古來豈少力戰士
汗牛倏忽二語亦擬節去
黍字作媲

王彦章鐵篙歌

梁招討使王彦章二百觔重二鐵槍一置鞍中一在手絶倫驍勇能知方琉璃河旁存古蹟鐵篙焜燿三丈强云是将軍素所執相傳此説殊荒唐抑或鐵槍勇蓋世時人鑄此存甘棠此地古稱涿鹿野黄帝蚩尤大戰場何以不存決勝策後世攻擊徒猖狂不知古意深遠惟藉忠義長流芳豎儒但解寄詩酒也欲傳世名不朽豈解雕蟲壯夫非汗牛充棟掀覆瓿倏忽變滅如雲烟言非實用傳難久此篙縱無一字鐫忠勇之氣達青天物雖無據人稱傑婦孺贊美千餘年但顧此篙歷刼永不毁直如秦碑漢簡之流傳

此首擬刪

吁嗟乎朝為梁臣暮唐將此語實可媿前賢鐵槍史稱不識字何與泰山渤海相綿延

重陽

詩到重陽不可無雲山攬處興偏孤書生負郭無餘土終歲何嘗有索租

除夕咏雪有悟出處之道書以自警

色香聲臭渺難尋溥博清明合智仁惕厲最宜氷作性磨礱應借玉為鄰高低有象皆因物長養無形不炫人元日曈曨歌見晛功先霖雨溥新春

晉齋詩草卷[illegible]

長白[illegible] [illegible]

增約亭三弟寄贈絨氈答以七絶 壬申

一氈豈解范公寒情契同袍卻締歡昨夜涼風吹作雨醉眠遲到日三竿

高堂在日慮兒行襆被裝綿至四更今日贈氈秋正暮因思風木倍傷情

獨行獨卧幾經秋五十心同老比邱從此擁得應更穩蕭齋寒榻亦溫柔

三月十四日席間聞多大司成山壽辰[illegible]

同年為製壽文予愧無以祝獻聊以[illegible]

代之無呈二絶句

傳聞申甫誕坤隅倉猝稱觥一物無昨日神都來瑞
草獻公先捧淡巴菰

綵筆爭看祝壽筵也隨方朔聽鈞天蟠桃會上添佳
話座有瀛洲班外仙

舒扶雲表弟昇顥東歸題畫芍藥以贈之

我年皆幼庭前芍藥花的的如鋪繡
桑驚一驟好風送君來都門欣邂逅
別匆匆又寫此將離花贈君如覯舊
鄉柳且為君綿大壽人生百歲如三
獨秀他年共醉此花叢應勝歐公誇

滄桑句謹擬作光陰如此驟

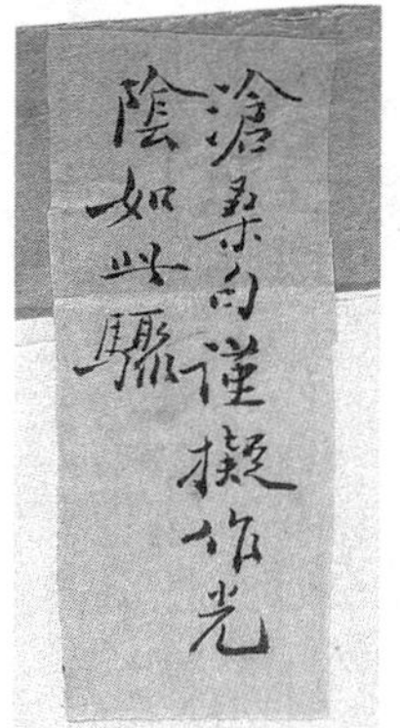

滄桑自謹擬作光陰如此驟

代之氣生之絕句

傳聞申甫誕坤隅倉捽稱觥一物無昨日神都未悟
草獻公先捧淡巴菰
綵筆爭看祝壽箋已隨方朔聽釣天嫏嬛會上添佳
話座有瀛洲班外仙

舒扶雲表弟升頵東歸題畫芍藥以贈之

憶昔課讀時爾我年皆幼庭前芍藥花的的如鋪繡
廿載雁分飛滄桑驚一驟好風送君來都門欣邂逅
重逢話未終握別匆匆又寫此將離花贈君如覯舊
不獨為君卜公卿抑且為君綿大壽人生百歲如三
春此花歲歲稱獨秀他年共醉此花叢應勝歐公誇

錦畫

夏日家居

几净窓明事事宜墨池惟許燕來窺片雲帶雨兩三
點庭樹含風十二時攤飯初回臨晉帖澆書纔罷誦
唐詩自慚報稱無他技願借生花筆一枝

迨哀鬢鏡中滿

大又抱稽康懶

卅草去 早行一首 北窗花 卅卷之 係

晉齋詩草卷四

使喀二服客化程草 癸酉

古今幅員 乙乙

下人話萬山中

石屋墻堆翠荊籬户映紅四圍森峭壁翻不辨西東

居庸關懷古

奇峯已可固金湯疊翠崗頭又女墻燕趙戍樓猶迤

邐漢唐石柱久蒼涼由來尚德共球遠未必窮兵帶

礪長多少英雄悲逝水空留萬笏對斜陽

清水河落馬書此自謔

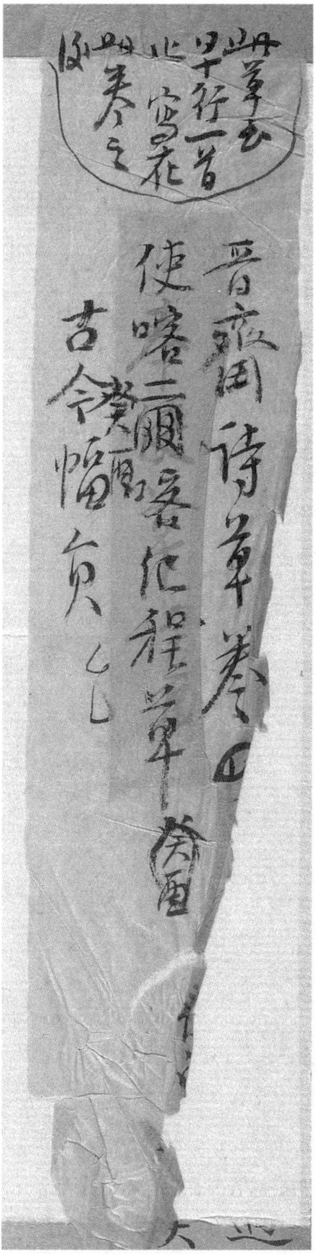
此草在
早行一首
北 寫花
此冊 卷之
晉齋詩草卷四
使喀二圓咨化程草 癸酉
古今幅貞 乙乙

馳驅廿餘年歲月不我緩朱顔夢裏過哀鬢鏡中滿
雖然紫綬身畢竟黄鬣臉況多維摩疾又抱稽康懶
若待髦而昏三休豈不晚

宿居庸

颯颯聲如雨千林嘯晚風酒傾一燈下人話萬山中
石屋墻堆翠荆籬户映紅四圍森峭壁翻不辨西東

居庸關懷古

奇峯已可固金湯叠翠崗頭又女墻燕趙戍樓猶迤
邐漢唐石柱久蒼凉由來尚德共球遠未必窮兵帶
礪長多少英雄悲逝水空留萬笏對斜陽

清水河落馬書此自詛

此首謹擬删去

康侯錫庶

特恩濃難繪星曹隧騎容絳節又添黃綬色宮袍重見紫泥封井眠似倣唐仙客笑影非同晉士龍莫怪僕夫休怪馬斯文不墜在温恭

昌平道中

碧落迢迢翠黛横一邱半壑足關情怪聲山鳥如人語絶壁晴雲似馬行鄉夢遠隨流水去征鞍晚照斷霞明驛樓紅處輪蹄歇獨坐還須仗步兵

關溝歌

居庸關四面列崇山山横怪石疑無路崎嶇有如蜀道難未見居庸關門柳先入居庸關溝口鵞卵小石

漸似句謹擬作滑達馬蹄低馬首
駿馬擬作馬行 徒貽句擬作青史具在無良謀 皇家句擬平擡

響琤琤漸似車輪迎馬首倏忽千幢勢崢嶸幽鑿天[旁改：滑達馬蹄低]
流泉漱石子却疑猛虎林中行駿馬行
殘缺駕石棧凸凹四十五里程貪
心是女媧鍊石補天都羿弓射倒三
萬千丈棄擲雲根西北隅天心本無
共資地利地利豈若得人心防禦無
術空攜貳宣王中興元老猷薄代猶勞着兜鍪秦漢
以下何足數徒貽百世青編羞[旁改：青史具在無良謀]皇家[頂格抬寫]德化百餘載八
荒臣僕朝宗海君不見長城墻下盡桑麻邊氓不識
將軍鎧

○立秋日出張家口

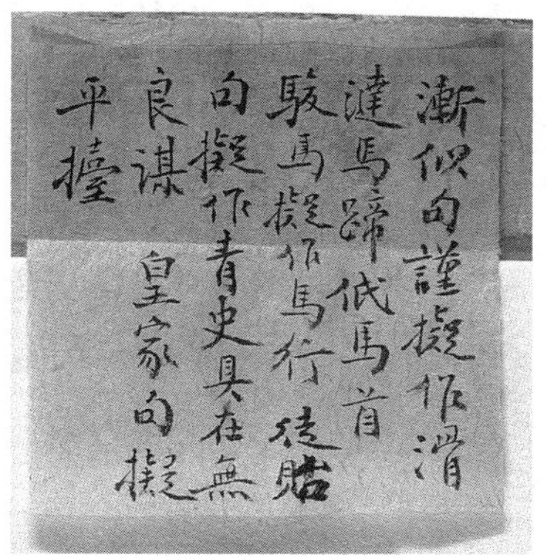
漸似句謹擬作滑
達馬蹄低馬首
駮馬擬作馬行 徒賠
句擬作青史具在無
良謀 皇家句擬
平檯

響琤琤漸似車輪迎馬首倏忽千嶂勢崢嶸幽壑天
風挾雨聲澗底流泉漱石子却疑猛虎林中行驟馬行
縮足人迷眼峻梁殘鈌駕石棧凸凹四十五里程貪
名牽利皆行險想是女媧鍊石補天都羿弓射倒三
足烏青天撑起萬千丈棄擲雲根西北隅天心本無
設險意後代鏖兵資地利地利豈若得人心防禦無
術空攜貳宣王中興元老猷薄代猶勞着兜鍪秦漢
以下何足數徒貽百世青緗羞皇家德化百餘載八
荒臣僕朝宗海君不見長城墻下盡桑麻邊氓不識
將軍鎧

○立秋日出張家口

淨無瑕三字謹擬作潤平沙下絳紗三字擬作館客家

初秋塞外氣含霜日午征鞍頓覺涼圍舍沉沉低燕雀平沙渺渺下牛羊迎人野草連天碧過眼閑花滿地香本是屏藩非異域莫因遼闊認他鄉

……車秋晴碧草淨無瑕一天雨氣收餘……接落霞有鴈寄愁來海外無山望眼到……指斜陽路何處今宵下絳紗

……中竹枝詞

夏月炎涼無定時綿衣猶怯早風吹片雲頭上來如掌赤日曈曈雨似絲

不見園林不見花良田萬頃不桑麻問渠何事為生

淨無瑕三字謹擬作潤平沙下絳紗三字擬作館客家

初秋塞外氣含霜日午征鞍頓覺涼圍舍沉沉低燕雀平沙渺渺下牛羊迎人野草連天碧過眼閑花滿地香本是屏藩非異域莫因遼濶認他鄉

戈壁雨晴

晨起銜泥御小車秋晴碧草淨無瑕一天雨氣收餘暑幾片波光接落霞有鴈寄愁來海外無山望眼到天涯吟鞭遥指斜陽路何處今宵下絳紗

戈壁道中竹枝詞

夏月炎涼無定時綿衣猶怯早風吹片雲頭上來如掌赤日瞳瞳雨似絲

不見園林不見花良田萬頃不桑麻問集何事為生

雨似絲三字謹擬作
照雨絲
不憚沾塗四字擬
作赤脚泥塗
駿如飛三字擬作
馬如飛
欽差二字不便擡寫
又不便不擡擬易作
差官二字
三五一首擬刪
請安驛吏句擬作
出迎驛吏多恭謹
自到擬作親到
未音似無須加註

牧是家
養同無虧水草即年豐試看婦子多無
上古風
[illegible]徐雨驂對御駕杆車更兼草地平如
白里餘駕杆車惟蒙古部落最宜他處難行
初肥無數驊騮牧落暉信是北人能射
駿如飛五六歲童男女俱善馳馬
太勞牽羊汲水刈青蒿莫嫌終日無廬
家古包
日支腥紅蓋頂上官儀晨昏俯首折腰
[illegible]策時

雨似絲三字謹擬作
驟雨絲
不憚泥塗四字擬
作赤脚泥塗
駿如飛三字擬作
馬如飛
欽差二字不便擡寫
又不便不擡擬易作
差官二字
三五一首擬删
請安驛吏句擬作
出迎驛吏多恭謹
自到擬作親到
末首似無須加註

計草是禾苗牧是家

處處生涯牧養同無虧水草即年豐試看婦子多無履赤脚泥塗上古風

騎馬胡兒執轡徐雨驂對御駕杆車更薫草地平如砥頃刻能行百里餘（駕杆車惟蒙古部落最宜他處難行）

雨晴塞上草初肥無數騂騮牧落暉信是北人能射獵蓬頭童子馭馬如飛（五六歲童男女俱善馳馬）

迎候欽差也太勞牽羊汲水刈青蒿莫嫌終日無廬舍前站先支蒙古包

三五氊廬向日支腥紅盖頂上官儀晨昏俯首折腰入彷彿風簷射策時

千里何曾見酒家口乾正厭路途賒請安（出迎）驛吏出迎（多茶）
（謹）罷進帳先斟奶子茶
皮冠冬夏總無殊皮帶皮靴潤酪酥也學都城時樣
子見人先遞鼻烟壺
怪他氈氣日相隨自（親）到銀牀濯茗卮此味誰知來井
底汲泉小甕是羊皮茶飯俱氈是日自到井干汲水見以柳杆繫羊皮袋日夜浸於
（井底）

晚宿沙克珠爾嘎

馬嘶荒野客星孤遠水遥岑黯欲無行近吠聲如豹
處一天霜露濕氊廬
牧廠

北：字擬作初寒
欲眠作眠餘　如
睡作妝試　禦寒不
貴擬作解裘先取
今應眩作應搖眩
山光作天光

北壯驪黃色色殊頓教伯樂眼模糊日斜風細青莎
長卧看元人八駿圖
寒甚午後大雪
虬飄零鱗甲滿荒陬欲眠餘短柳猶青
白頭遣興久拋鸚鵡盞禦寒不貴鷫
今應眩雲影山光辨末由
閱月餘至三音諾彥愛滿山水奇秀
極壯麗者名翁塌啞瑪啞山作長古以誌之
出塞三十天未見高山過眼前行路已數千未聞流
水聲涓涓有如陸地走郭索志在江海空茫然忽見
雨雲西北起想像娥眉覺色喜須臾雲散露峯巒黛

〻〻字擬作初寒
欲眠作眠餘 如
聽作粧試 禦寒不
貴擬作解裘先取
今應盼作應搖盼
山光作天光

北壯驪黃色色殊頓教伯樂眼模糊日斜風細青莎
長卧看元人八駿圖

八月八日寒甚午後大雪

八月凡溟鬭玉虬飄零鱗甲滿荒陬欲眠短柳猶青
眼如睡羣山忽白頭遣興久拋鸚鵡盞禦寒不貴鷫
鷞裘生花銀海今應眩雲影山光辨末由

入杭蓋山行月餘至三音諾彥愛滿山水奇秀
極壯麗者名翁塌啞瑪啞山作長古以誌之

出塞三十天未見高山過眼前行路已數千未聞流
水聲涓涓有如陸地走郭索志在江海空茫然忽見
雨雲西北起想像娥眉覺色喜須臾雲散露峯巒黛

俍若二字語擬
初若　却教形狀
四字擬作形狀離奇
如猛虎擬作鬬猛
虎猙獰萬獸四字
擬作其旁百獸
五百袈裟擬作前
後袈裟　更使作
使　蒼翠四語宜
節去　末四語擬作
安得八駿日馳千萬
里手持彩筆圖且
紀搜羅四海以外之
雲巖始笑神州五
岳太窄適

間紫俍(初)若鷩風水面過一伏一起千百波
高數丈岧嶢直上冲銀河如此名山名未
瑚啞瑪啞蜿蜒千里萬變圖却教形狀殊(離奇)
如夔方若牀或蹲或卧如牛羊或立平沙
旁萬(百)獸逡巡藏又若跏趺老佛様五(前)百(後)袈
眩神遊數里間頓然更使逸(我)情暢蒼翠
俔迓踈畧見天真淡粧濃抹無不稱五
神上有流泉飛百道聽泉勝聽絲竹妙
謖來疑是赤松發長嘯車馬日日行山
山長眠四千餘年古人内曽有幾人留
去不復見青山不改舊葱蒨白雲明月

依若二字語擬作
初若　卻教形狀
四字擬作形狀離奇
如猛虎擬作鬭猛
虎猙獰萬獸四字
擬作其旁百獸
五百袈裟擬作君前
後袈裟　更使作
使　蒼翠四語宜
節去　末四語擬作
安得八駿日馳千萬
里手持彩筆圖且
紀搜羅四海以外之
雲巖始笑神州五
岳太密邇

色黍天青間紫佽[初]若鶩風水面過一伏一起千百波
陡若狂瀾高數丈岧嶢直上冲銀河如此名山名未
雅但云翁塌啞瑪啞蜿蜒千里萬變圖却教形狀殊[離奇]
難寫圓者如甕方若牀或蹲或卧如牛羊或立平沙
如[闞]猛虎猙[其旁]獰萬[百]獸逡巡藏又若跏趺老佛樣五[前後]百袈
裟拱而向目眩神遊數里間頓然更使逸[栽]情暢蒼翠
南宮點子皴倪迂踈畧見天真淡粧濃抹無不稱五
丁開闢何其神上有流泉飛百道聽泉勝聽絲竹妙
松濤萬頃謖謖來疑是赤松發長嘯車馬日日行山
巔問山不語山長眠四千餘年古人內曾有幾人留
題箋古人已去不復見青山不改舊葱蒨白雲明月

不嫌擬作亦知
未知可否須酌

古如今見山如見古人面吁嗟乎天地毓秀不拘方八埏以外多仙鄉列木濬川有未到山經遺漏殊荒唐安得八駿[日馳千]三萬里手持彩筆[圖且紀]生花美搜羅四海[以]外之靈巖[始]應笑神州五岳[太]隘

○路遇友人論詩問余主何家書此答之

詩原悦性靈吐我所欲吐鑿句與騁奇適性心先苦……山譏杜甫搜枯東海波難免後人侮……乏昌黎腑立意傚前人不成如畫虎……盡文人伍里巷婦孺謳登之郊廟舞……得有所主興到如秋蟲唧唧鳴環堵……不[亦知]嫌庸腐清景紀一時未虛余所覯

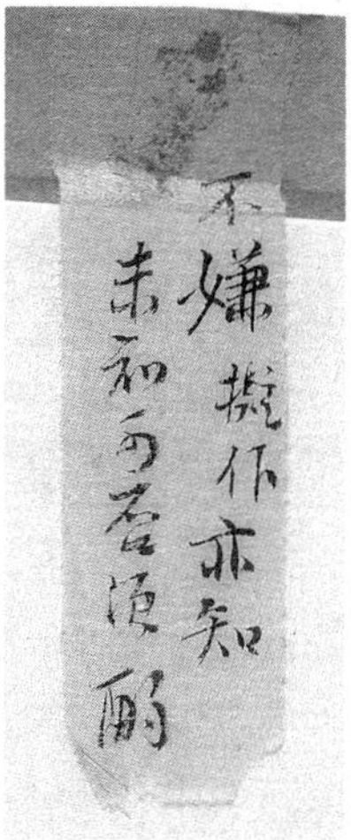
不嫌擬作亦知
未和句否須酬

古如今見山如見古人面吁嗟乎天地毓秀不拘方
八埏以外多仙山鄉刊木濬川有未到山經遺漏殊荒
唐安得八駿三（日馳千）萬里手持彩筆生（圖且紀）花美搜羅四海外（以）之
靈巖應（始）笑神州五岳逼（太窄）

路遇友人論詩問余主何家書此答之

詩原悦性靈吐我所欲吐鑿句與騁奇適性心先苦
獺祭詆西崑飯山譏杜甫搜枯東海波難免後人侮
況無謫仙才又乏昌黎腑立意傚前人不成如畫虎
古詩有三千豈盡文人伍里巷婦孺謳登之郊廟舞
余本未學詩安得有所主興到如秋蟲唧唧鳴環堵
人自誚粗疎我不（亦）嫌（知）庸腐清景紀一時未虛余所覩

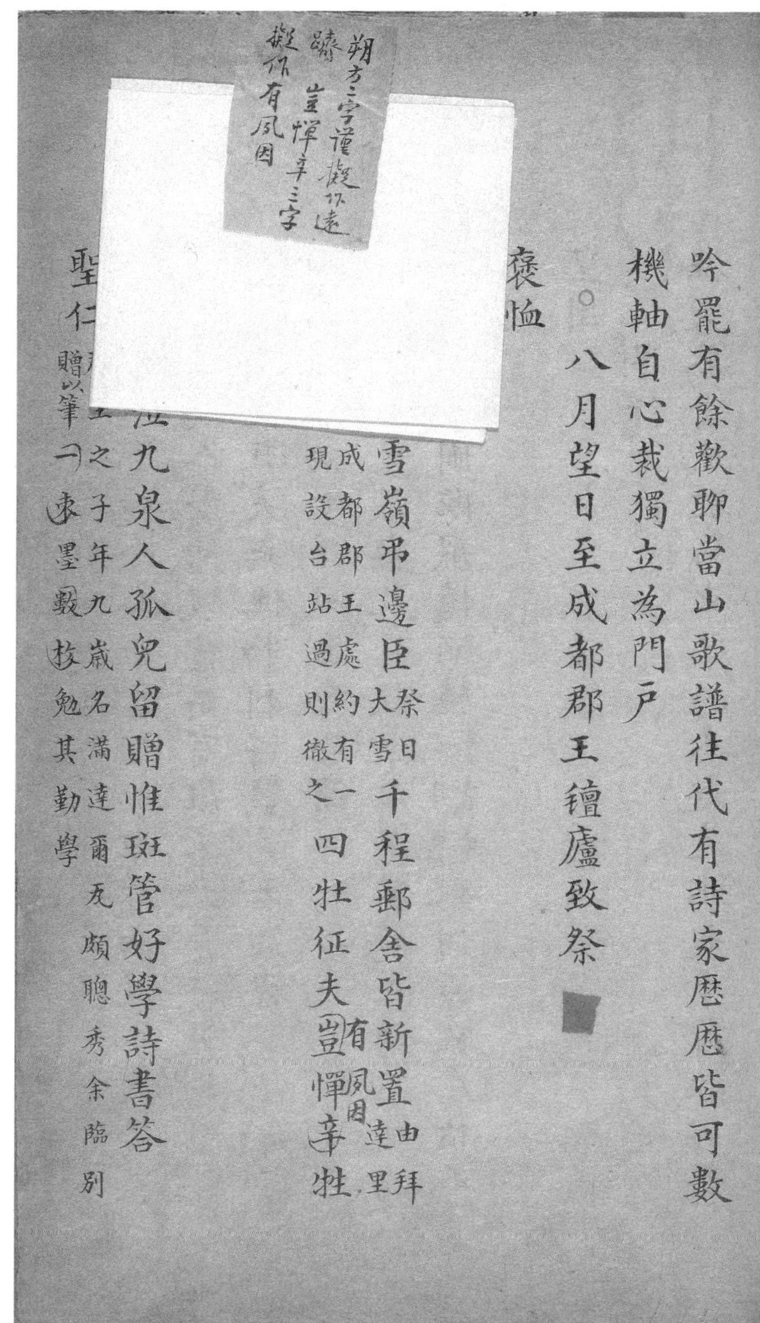

朔方三字僅擬作遠蹤　豈憚辛三字擬作有夙因

吟罷有餘歡聊當山歌譜往代有詩家歷歷皆可數
機軸自心裁獨立為門戶

八月望日至成都郡王鐔廬致祭

褒恤[…]

雪嶺弔邊臣（祭日大雪）千程郵舍皆新置（由拜達里成都郡王處約有一[…]現設台站過則撤之）四牡征夫豈憚辛（有夙因）牲

聖仁[…]恤九泉人孤兒留贈惟斑管好學詩書答（郡王之子年九歲名滿達爾瓦頗聰秀余臨別贈以筆一束墨數挺勉其勤學）

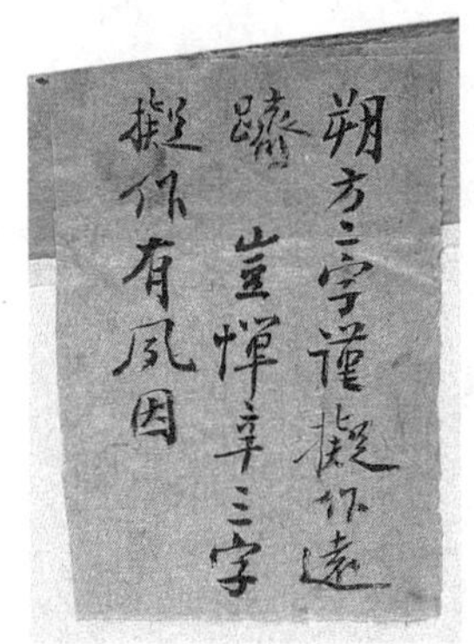

朔方二字謹擬作遠
蹻　豈憚辛三字
擬作有風因

吟罷有餘歡，聊當山歌譜。往代有詩家，歷歷皆可數。
機軸自心裁，獨立為門户。

○八月望日至成都郡王鐔爐致祭

褒恤
天章下，紫宸朔方雪嶺弔邊臣（祭日大雪）。千程郵舍皆新置（由拜達里克岔路至成都郡王處約有一千餘里，皆現設台站，過則撤之）。四牡征夫豈（有凤因）憚辛。牲酒尚勞
三殿慮，
恩榮應泣九泉人。孤兒留贈惟斑管，好學詩書答
聖仁（郡王之子年九歲，名滿達爾瓦，頗聰秀，余臨別贈以筆一束、墨數枝，勉其勤學）。

第四句謹擬作鬢亦因人點雪侵獨字擬作惟字因作如點作塞

○對鏡

櫛沐全拋攬鏡吟本來色相渺難尋面疑非我邊風染天（鬢亦如）不饒人鬢（塞）雪侵豐瘠有誰來致意憂歡獨（惟）爾是同心歸家應笑無他物剩得龍荒土滿襟

九月初十日回至奔巴圖

衰草寒煙裏歸鞍九月秋車聲時駭兔人語不驚鷗舉箸思蔬圃臨風憶酒樓（三月未見青菜並酒）何須頻屈指不日到皇州

早行

征夫夢甫成駝馬束裝行人起先鴉起車聲雜犬聲

留字擬作盡字

清條及況有句並擬節去　姜詩誤作江詩　慚名賈擬作隱市賈　華戶擬作庭戶

天空惟見月城遠不知更餐罷烏亭飯山頭旭日晴

除夕

别歲晴雷午夜連六街衣馬富翩翩蝸廬一枕屠蘇夢燈下題詩是去年

題得碩亭先生與小照　甲戌

士不觀出觀其處處無經綸出亦腐碩亭先生簪戟[illegible]圖圖筆走龍蛇擬伯英詩派清真師[illegible]此才人間青紫何足取先生非不[illegible]啼號苦況有堂前白髮親朝冠不[illegible]鯉董生厨又恐高年嘆辛苦周鼎[illegible]餘技慚名賈高人豈利逐刀錐不

清條及況有句並擬節
去 姜詩誤作江詩 慚名
賈擬作隱市賈 蓽戶擬
作庭戶

留字擬作盡字

天空惟見月城遠不知更餐罷烏亭飯山頭旭日晴

除夕

别歲晴雷午夜連六街衣馬富翩翩蝸廬一枕屠蘇夢燈下題詩是去年

題得碩亭先生輿小照 甲戌

士不覯出覯其處處無經綸出亦腐碩亭先生簪戟門不遊廊廟棲園圃筆走龍蛇擬伯英詩派清真師杜甫如此聰明如此才人間青紫何足取先生非不志功名清操難濟啼號苦况有堂前白髮親朝冠不及斑衣舞姜詩井鯉董生厨又恐高年嘆辛苦周鼎商彝素所諳偶施餘技慚名賈高人豈利逐刀錐不

使甘旨虧庭戶承歡多暇步溪南溪南草堂春日午
春禽嚦嚦春草生春雲漠漠迷烟樹一衫一笠坐揮
毫興酣落筆淩今古道子無意摹此圖勃勃生氣露
眉宇披圖一語概平生東山若出即霖雨

碩亭先生善書能詩才兼衆藝洞徹達觀不染
世俗築室園圃靜對一編「足不履城市」古所
謂隱君子者近之矣甲戌夏五述懷七古詩
見贈其末二韻云睡時覺比醒時狂一陣糊
塗登彼岸我愛長眠謝衆生屈原多事吟澤
畔頗得至人外生死之義而中有陋巷簞瓢
誠可歎一聯殆有所感而發非為憂貧也予

足不履城市尚宜節去

阿房二語謹擬作阿房宮殿金谷花富貴但餘衰草亂

因再步其韻以暢其旨焉

前身君是阿羅漢生死關頭忝過半東坡大笑劉伯
爲失辨難寓形六合若忘形泰宇光澄天
忘力等莊周如何又有簞瓢嘆阿房焦土
貴烟消若絲亂六鑿不擾與天遊便是神
君不見樂天蓬島摩詰禪出塵即在吟牀
嘆秦漢我年忽已百過半官居蓬島號神
仙方朔何須著客難幾杯軟飽又黑甜寄情筆墨忘
昏旦頗怪東宮薛令之朝餐頻起苜蓿嘆我生菘韭
是佳肴萊畦未使羊踏亂世間萬事不留懷惟有詩

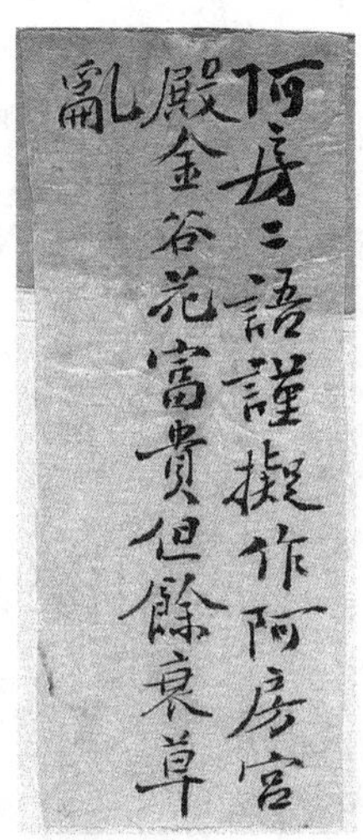
阿房二語謹擬作阿房宮
殿金谷花富貴但餘衰草
亂

因再步其韻以暢其旨焉

前身君是阿羅漢生死關頭忝過半東坡大笑劉伯倫螻蟻烏鳶失辨難寓形六合若忘形泰宇光澄天旦旦先生慧力等莊周如何又有箪瓢嘆阿房焦土漢樊崇富貴烟消若絲亂六鑿不擾與天遊便是神仙離苦峤君不見樂天蓬島摩詰禪出塵即在吟牀畔

我書最愛讀秦漢我年忽已百過半官居蓬島號神仙方朔何須著客難幾杯軟飽又黑甜寄情筆墨忘昏旦頗怪東宮薛令之朝餐頓起苜蓿嘆我生菰韭是佳肴萊畦未使羊踏亂世間萬事不留懷惟有詩

不兩長三字謹擬作各擅長

題中至字上疑有得字　容字擬作遊　識

年妙手若寫真拈毫置我溪山畔
兩長此花着色復含香漢宮宴罷閒歌
立水廊

十餘年日望西山未造其麓二月廿四
公得至賦此
陰晴變昏曉郊外望西山嵐光浄若掃
白塔森蒼昊妙墨羨王維新詩誦杜老
遥峰逾縹渺攝衣上層崗塵容滌蓬島
饑渴彼姝姣廿載企芳嶶未覿室家好
相見恨不早

不兩長三字謹擬作各擅長

題中至字上疑有得字　識

字擬作容　文字擬作遊

狂常傲岍他年妙手若寫真拈毫置我溪山畔

咏荷

香色由來不兩長此花着色復含香漢宮宴罷開歌舞紅粉三千立水廊

在都二十餘年日望西山未造其麓二月廿四日因公得至賦此

戶外望西山陰晴變昏曉郊外望西山嵐光浄若掃青松點翠峇白塔森蒼昊妙墨羨王維新詩誦杜老傍晚到山椒逶峰逾縹渺攝衣上層崗塵容滌蓬島恍若慕賢心饑渴彼姝姣廿載企芳巌未覩室家好今為把臂交相見恨不早

送朱虹舫同年督學粵西

周官纂輯共寒暄珥筆今同值講垣同事會典館纂修數載去歲又同值講垣曾向滇池收杞梓庚午典試雲南又從桂嶺採蘭蓀暫傾佳釀今宵飲細檢奇文異日論轉瞬三年瞻馬首絲綸閣下拜新恩

○山行尋寶珠洞

攬勝訝神工幽厓豈憚窮亂峰森脚下數騎騁雲中萬壑含秋氣千林散晚風倩誰消宿酒楓葉勝花紅

○宿昌化寺

捫蘿廻石磴古寺隱松杉萬樹吼残月一僧棲半巖雲梢白菓綴水岍赤楓銜人語更深靜塵軀逈隔凡

殿前有白菓樹寺僧以為明初植

○昌化寺夜起

白楊終夜響風雨滿空山寒雁唳晶宇（屋角）龕燈明佛鬘霜堦幽客步破衲野僧閒此地逢王烈還應駐我顏

○游寶珠洞 洞前有軒坐見昆明湖

人如飛鳥入鴻濛遠上丹梯度彩虹地迥僧巔雲六亂亭高客坐古松風大千世界微塵裏萬頃明湖一鏡面辟揭來此處悟元功 洞有覺王像云是肉身

豚蝦少見恐係豚豭之訛 此字不成韻

蛇黝然兩鬢壓霜華農非我事祈三

六花僻卷有聲皆鼓吹高軒無處不

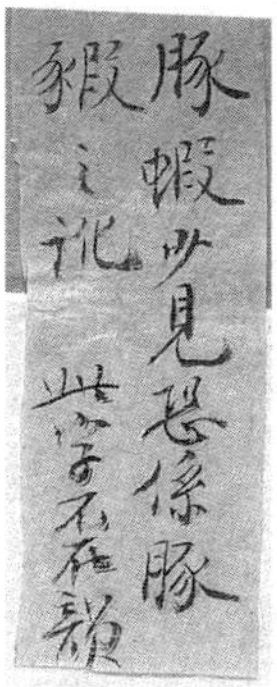

豚蝦少見恐係豚
豭之訛　此字不在韻

殿前有白菓樹寺
僧以為明初植

昌化寺夜起

白楊終夜響風雨滿空山寒雁唳屋角晶宇龕燈明佛鬘
霜堦幽客步破衲野僧閒此地逢王烈還應駐我顏

游寶珠洞 洞前有軒坐見明湖

人如飛鳥入鴻濛遶上丹梯度彩虹地迥僧煎雲穴
乳亭高客坐古松風大千世界微塵裏萬頃明湖一
勺中示寂維摩猶面壁擕來此處悟元功 洞有鬼王像云是肉身

除夕大雪

迅速光陰赴壑蛇黯然兩鬢壓霜華農非我事祈三
白天合人心降六花僻巷有聲皆鼓吹高軒無處不

豚蝦此情消遣惟詩酒拈韻何分尖與叉

元旦雪晴　朝賀用前韻乙亥

天開仙仗舞龍蛇鴛鷺趨蹌侍翠華今日　彤庭蓂吐葉昨宵瓊宇玉飛花時雍簪筆書雲物海晏登厨富蠏蝦盛代文辭欺艷雪吟詩應自過劉叉

上元觀燈仍用前韻

勢類常山一字蛇珠光照乘奪星華金霞直起烟霄箭玉樹争看頃刻花五鳳臺前圍翡翠六鰲山下走魚蝦氷壺看盡龍宫戲此夜何辭手八叉

步午堂親翁元日韻時翁年七十九顏如渥丹殆深於漆園柱下之學者

功遂身能退餘生不妄求日瞻匙（鋤）葯圃風靜下簾鈎
時約懸車客閒為掛杖游胸中梨棗在丹竈豈幽悠
元日舒元化雲霞五色蒸文章花塢錦心跡玉壺冰
園已開三徑人常伴一燈香山今結社酬贈愧詩僧

河橋

風梳枯樹禿於筆苔染清波淨若箋十二樓臺紛倒
影神工畫出鏡湖天

常雩禮之翌日詹事值日至　圓明園甘霖大
沛草木精神車中口占

數日日如火一雨赤威墮野花亦如人躁釋含婀娜
城市迷青霧濕踏西郊路詩興若凝（停）雲常戀溪山樹

題中值日謹擬作值班草木四字擬節去詩中凝雲擬作停雲終讓二字仍得似

無山淨雲何有從來名畫工終（得似）讓化工否

蘇文忠公贈王鞏獨宿詩仙儒一貫余頗味乎

其言曰用翁氏讀書四樂體為獨宿樂四首

獨宿之樂春何如四野春星帶草廬幾片飛花落雲

[illegible]拂輕裾遥鐘促漏終宵送沈酣漸入華

[illegible]畔少入呼絮耳禽聲牕外弄

[illegible]何如薰風繞帳披殘書螢光檻外來晴

[illegible]聽雨餘在家先飲出家藥夢繞孤山雲

喧睡味濃陽臺煩惱北窓樂

何如月華如水浸庭除駐顏鷹隼風霜

意態殊止水一池清澹蕩達摩顯示安

翠黛拂擬作紺嚶點

鞋字擬作鋤

末句擬作襄王莫以陽臺樂

駐顏二字擬作放懷

翠黛拂擬作紺唾點

甦字擬作鋤

末句擬作襄王莫
以陽臺樂

駐顏二字擬作放懷

雲昏山欲無山淨雲何有從來名畫工終讓化工否（得似）

蘇文忠公贈王鞏獨宿詩仙儒一貫余頗味乎

其言因用翁氏讀書四樂體為獨宿樂四首

獨宿之樂春何如四野春星帶草廬幾片飛花落雲母有如翠黛拂輕裾遥鐘促漏終宵送沈酣漸入華胥夢莫嗟枕畔少人呼絮耳禽聲牕外弄

獨宿之樂夏何如薰風繞帳披殘書螢光檻外來晴後蚓笛階前聽雨餘在家先飲出家藥夢繞孤山雲外鶴無寂無喧睡味濃陽臺煩惱北窓樂

獨宿之樂秋何如月華如水浸庭除駐顔鷹隼風霜健落筆龍蛇意態殊止水一池清澹蕩達摩顯示安

豈有二字擬作豈似
應多幼慧四字擬作居然年少　丹竈
鉛銖四字擬作丹
成九轉　甜暖作熨
暖

意匠二字謹擬作
意構　心獨作憑心
同出句擬作西者幾
於道　驪珠作元珠
蠣頭作居官　付天
作聽天

趣果能知不作神仙出世想
何如最喜更長憶舊書定有女紅勤五
肆三餘丹竈鉛銖火內伏鐵衾甜暖雪
語是箴銘服藥千朝償一宿
嵐觀察
鸞鶴飛鳳藻清新意匠奇秀勁心獨造
陽城自下考功業與詩才同出清真道
班荊投紵縞誦君塞外篇歸作驪珠抱
顧作蠣頭賓鴻爪各東西秋風憶詩老
鬢毛霜皓皓新詩示一編如獲安期棗
所遇多潦倒爾我生　聖明葵心祗自

豈有二字擬作豈似
應多幼慧四字擬
作居然年少　丹竈
錙銖四字擬作[illegible]丹
成九轉　甜暖作厭
暖

意匠二字謹擬作
（意搆）心獨作憑心
同出句擬作兩者幾
於道　驪珠作元珠
蝸頭作居官　付天
作聽天

心象枯樿真趣果能知不作神仙出世想
獨宿之樂冬何如最喜更長憶舊書定有女紅勸五
夜應多幼慧肄三餘丹竈鎦銖火内伏鐵衾甜暖雪
飄屋坡仙一語是箴銘服藥千朝償一宿

贈劉松嵐觀察

細讀鹺城草鸞鶴飛鳳藻清新意奇秀勁心獨造
肝膽有時披陽城自下考功業與詩才同出清真道
憶昔寧遠城班荊投紵縞誦君塞外篇歸作驪珠抱
聽君五袴歌願作蠨頤寶鴻爪各東西秋風憶詩老
今日見君顏鬢毛霜皓皓新詩示一編如獲安期棗
嗟彼古詩人所遇多潦倒爾我生　聖明葵心祗自

蓧榮枯雖付（聽）天總欲分白皂

○除夕

除夕千家具餅飧笑看幼穉慶新禧虎龍（乙科）秋榜文應售丙子（歲）春聯構（句）亦奇余年五十有四家務繁冗懶於酬應琳兒擬作春聯門廳廚厩其書房一聯云丙吉問牛他年經濟科名殆深有志於秋闈也因戲及之

夢年來更見鬢如絲殷勤共獻椒盤後卮

虎龍二字謹擬作乙科 子作歲 構作句

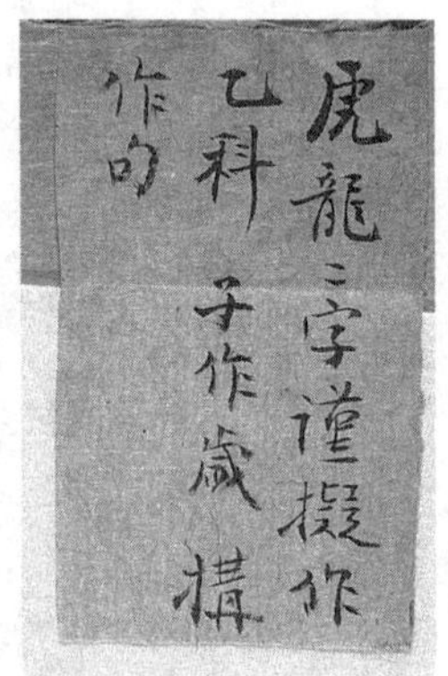

虎龍二字謹擬作
乙科　子作歲構
作的

祿榮枯雖付〔聽〕天總欲分白皂

○除夕

除夕千家具餅餐笑看幼穉慶新禧虎龍〔乙科〕秋榜文應售丙子〔歲〕春聯構〔句〕亦奇余年五十有四家務繁冗懶於酬應琳兒擬作春聯門廳廚廁俱以丙子冠首其書房一聯云丙吉問牛仲年經濟子堅染柳此日科名殆深有志於秋闈也因戲及之

老去漸知身是夢年來更見鬢如絲殷勤共獻椒盤酒怕飲屠蘇最後巵

晉齋詩集卷四

長白昇 寅旭

衣錦草 丙午

○丙子六月授盛京禮部侍郎出山海關紀

恩

感愧

君恩不次加誓將清白報 黃麻人詫豎子乘高蓋
自笑乞兒坐小車余由少詹事至侍郎凡五十三日何殊鍾會調州泰之言耶
三錫金章歸有詔兩行彤矢送無譁出關例有引兵接送當年
土壁留題處曾否今朝護絳紗
數年秘閣擁青綾此日榮歸得未曾信宿郵亭皆故

蓴羹謹擬作鄉
羹

以前遇單雙抬寫
字俱頂平格則
永陵二字只須高出
一格神牽仍平抬
庶前後一律矣

雞鵝二字少見恐
有錯誤第三聯
謹擬作敵騎豈
徒蒙以虎神牽
不屑願為鵝
成平係承平之訛

半親朋音操土語情偏愜味到蓴羹飯
生歸駟馬題橋司馬謾誇矜
翠岡崎嶇今日是周行面前水繞青蘿
碧笋長鳥蹴閒花飛帽上風敲巖果落
怪清漣影照見年來兩鬢蒼
謁
經過此地河山旺氣多勁敵（騎）縱能驅（蒙以）虎
（不屑願為）豈假混雞鵝半句　龍戰先橐矢四
戈百戰（代）成（承）平由此後至今村墟盡絃歌

第美謹擬作鄉
美

以前遇單雙抬寫
字俱頂平格則
永陵二字只須高出
一格神軍仍平抬
應前後一律矣

雞鵝二字少見恐
有錯誤第二聯
謹擬作敵騎豈
徒蒙以虎神軍
不屑顧爲鵝
成平係承平之訛

舊送迎官吏半親朋音操土語情偏愜味到蓴羹飯
漸增去是諸生歸駟馬題橋司馬謾誇矜

提棡

巨掌仙人擘翠岡崎嶇今日是周行面前水繞青蘿
細腦後山垂碧笋長鳥蹴閒花飛帽上風敲巖果落
溪旁臨流翻怪清漣影照見年來兩鬢蒼

七月恭謁

陵過薩爾滸

昆陽涿鹿幾經過此地河山旺氣多勁敵縱能驅虎
象　神軍豈假混雞鴉半旬　龍戰先橐矢四
路蝗兵早棄戈百栈成平由此後至今村櫱盡絃歌

天戈二字平抬因前無脫格書之式耳

馬古寺

當　天戈指處靖豺狼面山恰好

冠話老莊住持魏道人案頭有南華道德二經

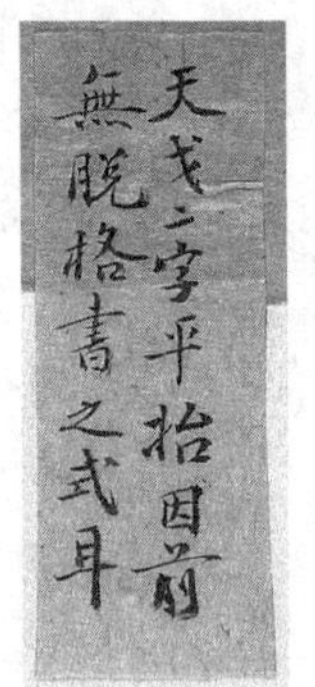
天戈二字平抬因前
無脫格書之式耳

馬爾墩歇馬古寺

拗折三關險莫當，天戈指處靖豺狼。面山恰好停車馬，閒對黃冠話老莊。住持魏道人案頭有南華、道德二經

副寵綸紆綬紐　天恩今歲更優隆　命典三禮

荘豐輔朝辭　楓陛喜拜颺暮墼歸榮來舊圃閩山

楊柳綠婀娜驛路榴花紅媚嫵官弁來迎桑梓人漁

樵又聽家鄉講封羊掃墓會宗親漉酒華堂飲賓主

城郭依舊人半非喜心到極淚如縷老成故舊盡凋

殘骨肉至戚十之五又遇連年水澇災十門九戶魚

生釜昔時襁褓今生兒丁口雖添家四堵舉目飢寒

宜救極嗷嗷恰似兒呼乳愧我非同翁子賢歸家炫

耀恩施善又非掛錦錢塘王三節還鄉晏嬰娃心欲

推解力不支賢者不訕愚者侮豈知天命富與貴有

似魚熊禁兼取貴而不富室人謫富而不貴日中賈

自昔名臣那不貪諸葛粟不盈倉庾請看洪範五福
中刪除貴字難同處睦姻本自出豪門居官報績宜
清苦除夕賦此寄諸郎人生首貴飭箴盈春風昨日

丁丑

隨母依舅氏曾記是年秋結縭歸大（伯）姊
京青山高百（萬）雉綠樹繞庭除空翠（挹）牀几
年東西分轍軌昨歲沐
便謁天親不惜路迢遞柴扉碧水環山
妹聞弟來烹豚闔户喜相見不相識白
髮垂兩耳若非此（今日）地逢手足路人矣握手淚交揮此

大姊謹擬作伯姊百
雉擬作萬雉公便擬
作得閒此地擬作今日
談字擬作感我生擬
作生我怕字擬作以
勸作相君恩二字平抬

平抬
君

大姊謹擬作伯姊百
雉擬作萬雉公便擬
作得閒此地擬作今日
談字擬作感我生擬
作生我怕字擬作以
勸作相君恩二字
平抬

自昔名臣那不貧諸葛桑不盈倉庾請看渋範玉循
中刪除貴字難同處睦姍本自出豪門居官報稱宜
清苦除夕賦此寄諸郎人生首貴飭盤盤春風昨日
滿皇都好自栽培天[illegible]

丁丑

過姊家 丁丑

我年方十二隨母依舅氏曾記是年秋結縭歸（伯）夫姊
姊家住 興京青山高（萬）百雉綠樹繞庭除空翠（袉）牀几
凡一別四十年東西分轍軌昨歲沐
君恩腰金歸故里（得閒）公便謁天親不惜路迤邐柴扉碧水環山
色如昔美阿姊聞弟來烹豚闔户喜相見不相識白
髮垂兩耳若非（今日）此地逢手足路人矣握手淚交揮此

平抬

會有所使對語復相悲遺事談（感）考妣話到我生前拈
毫命兒紀姊弟鬢雖蒼莫慆（以）光陰駛努力勸（勸相）加餐後
會從兹始驅馬出柴門山光凝碧紫

鐵壁山道中即景

山頭晴雪影模糊山麓炊煙一縷孤斜日柴扉尨也
吠斷雲松徑愷之圖衝寒黑鬢因霜白禦凍蒼顏借
酒朱禽畜亦徵雍睦象試看牛背有棲烏

晚至楊家台寺中駐馬

河口鏡少難停氷畔迎陽水半汀返照入山開晚
雪掛冬青枯僧有道八旬壽野雀無名五
宗寒蕪破寂荒村繫馬問香醪

如鏡謹擬作日日第
二句擬作忽見流澌
已半汀

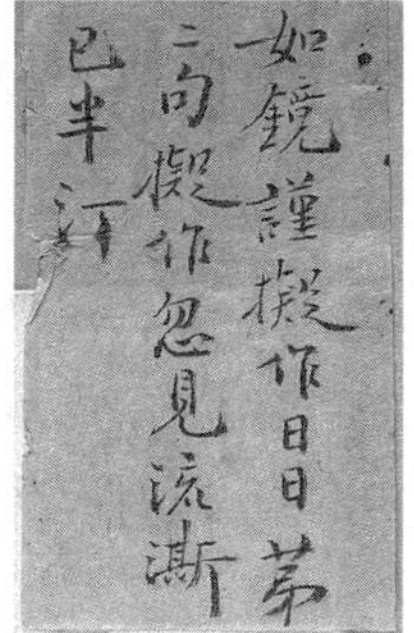

如鏡謹擬作日日第
二句擬作忽見流澌
已半汀

會有所使對語復相悲遺事談（感）考妣話到我生前拈毫命兒紀姊弟鬢雖蒼莫惜（以）光陰馱努力勸（相）加餐後會從茲始驅馬出柴門山光凝碧紫

鐵壁山道中即景

山頭晴雪影模糊山麓炊煙一縷孤斜日柴扉尨也吠斷雲松徑愷之圖衝寒黑鬢因霜白禦凍蒼顏借酒朱禽畜亦徵雍睦象試看牛背有棲烏

晚至楊家台寺中駐馬

氷河如鏡步難停氷畔迎陽水半汀返照入山開晚翠疎林和雪掛冬青枯僧有道八旬壽野雀無名五色翎何以禦寒兼破寂荒村繫馬問香醪

可也

亦謹擬從刪

首句謹擬作崑珠

字裡摘他人

未得趣三字擬作

容得已

登高

時三秋景最宜牽牛無逸畫鳴蟀授衣詩

望天高白日低歸來頻把酒黃菊滿東籬

雲溪恩蘭士冬夜招戡卿小酌即席元韻

瑰珠人八斗才華一葉身醉後不妨徐邈

有杜陵真席前戲謔言皆妙筆底雲煙技

數函書卷外床頭釜底盡凝塵

臥玉珂漫將春夢悟村婆孟郊詩老愁常

問命若何醉裏嗤人未得趣狂來酌我不

須多君身自是神仙侶定慧功深井不波

道中除夕

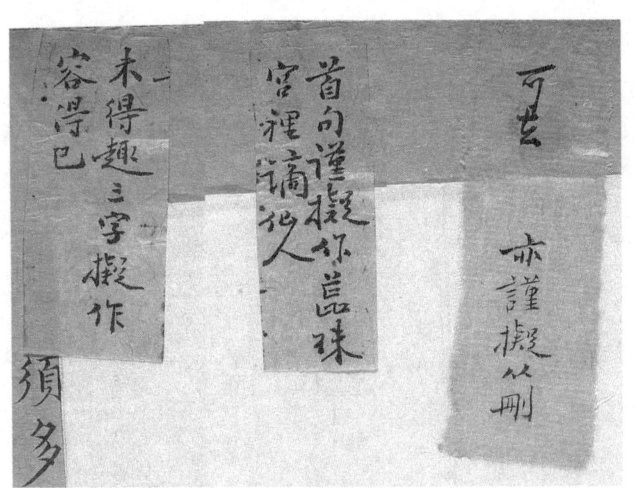
可去
亦謹擬从刪
首句謹擬作岂殊
宫裡謫他人
未得趣三字擬作
容得已
須多

九日登高

人事與天時三秋景最宜牽牛無逸畫鳴蟀授衣詩
木瘦蒼煙重天高白日低歸来頻把酒黄菊滿東籬

和貴雲溪恩蘭士冬夜招戢卿小酌即席元韻

謫仙本是蕊珠人八斗才華一葉身醉後不妨徐邈
聖詩成饒有杜陵真席前戲謔言皆妙筆底雲煙技
亦神除却數函書卷外床頭釜底盡凝塵
自别瑶臺解玉珂漫將春夢悟村婆孟郊詩老愁常
在賈傅才高命若何醉裏嗤人未得趣狂来酌我不
須多君身自是神仙侶定慧功深井不波

道中除夕

最堪娱三字謹擬
作到今吾　末句擬
作適興還應買玉
壺

坡僳此語最堪娱頻年如願堆誰
無山市借觀新歷日荆扉解換舊
蘇酒潋灩春光買玉壺

近日窮名遍瀋陽外任官閑同内
任故鄉年遠似他鄉怡情屋角書堆案放論人前酒
入腸最憶黄花魚味美明春為我作羹湯

登撫順北山題壁

北門對山南門渡山頭渡口漁樵路登山欲上古浮
圖碧嶝朱巖迷煙樹

登澄海樓

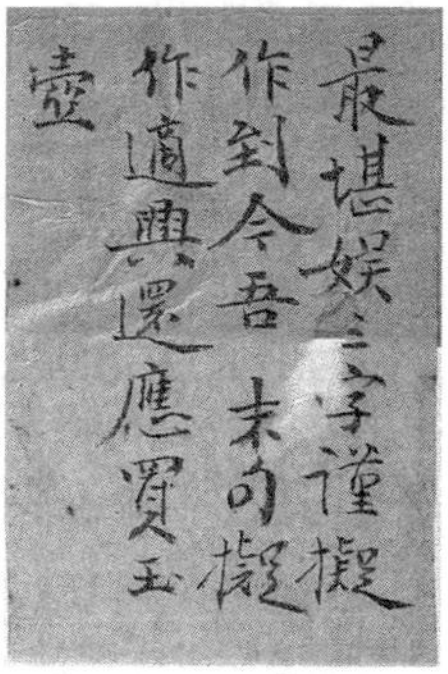

最堪娛三字謹擬作到今吾　末句擬作適興還應買玉壺

最堪娛三字謹擬作到今吾 末句擬作適興還應買玉壺

臘日不歸對妻孥坡儛此語最堪娛頻年如願堆誰打覓句難工祭可無山市借觀新歷日荆扉解換舊桃符莫言地乏屠蘇酒瀲灧春光買玉壺

戊寅寄大女 戊寅

俚言數句說家常近日窮名遍瀋陽外任官閑同內任故鄉年遠似他鄉怡情屋角書堆案放論人前酒入腸最憶黃花魚味美明春為我作羹湯

登撫順北山題壁

北門對山南門渡山頭渡口漁樵路登山欲上古浮圖碧嶝朱巖迷煙樹

登澄海樓

兎烏句謹擬作滄桑成夢蝶一字擬作有 擬刪

此首謹擬刪

末句謹擬作好將畫意通詩品

憑欄想此樓兎烏真轉蟻天地一浮鷗
涓涓細亦流歸墟應不息聖學悟茲游

潦廣寧道中和多少司空題店壁原韻

日斜漁樵人在白鷗家一溪碎錦千畦
蕎麥花

鋪店壁 己卯

無住醫巫萬古神呵護策馬衝寒喜再
迎征路平生好山如好賢數日不見如
車望山鋪為愛此山對我筵橫看成嶺
看山山不同坡仙此語得真境移來聊

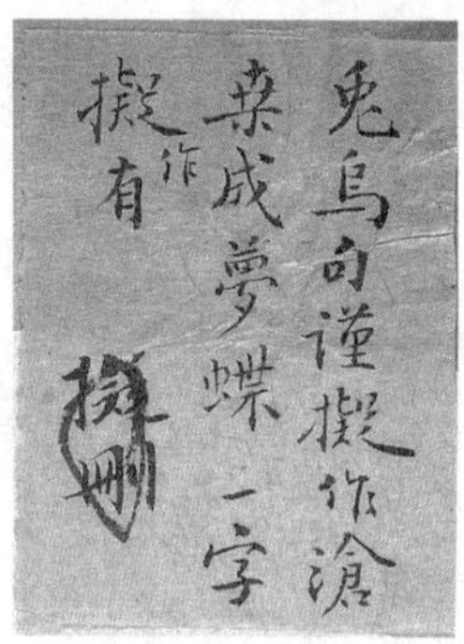
兎烏句謹擬作滄
桑成夢蝶一字
擬作有
擬刪

此首謹擬刪

末句謹擬作好將
畫意通詩品

此首謹擬刪

今日難為水，憑欄想此樓。兔烏真轉蟻，天地一浮鷗。
浩浩源無始，涓涓細亦流。歸墟應不息，聖學悟茲游。

是歲秋潦廣寧道中和多少司空題店壁原韻

秋水砰訇秋日斜，漁樵人在白鷗家。一溪碎錦千畦雪，紅蓼花連蕎麥花。

己卯題望山舖店壁 己卯

龍伏虎起渺無住，醫巫萬古神呵護。策馬衝寒喜再過，十三山又迎征路。平生好山如好賢，數日不見如隔年。日晡停車望山舖，為愛此山對我筵。橫看成嶺側成峰，遠近看山山不同。坡仙此語得真境，移來聊狀此山容。

重過姜女廟

鯨濤和淚湧東瀛萬籟猶號助慟聲一代秦皇空此
石千年姜女祀長城沉湘妃子愁何限奔月仙娥恨
操留海澨至今童穉説芳名

成公達海巴克什墓 國書十二字頭皆公所創造

大混同元勳馬鬣瀋城東天教羲頡開文 蒼復出
運翊聖功土壁雨侵春草綠豐碑苔蝕 項格平抬末句禁字同
幽土思周名椒酒時間賜禁中

大混同謹擬作慶
大同 第二聯擬作
羲蒼復出開文運
河洛相符翊
聖功
聖功 禁中 仍照前
式平抬

年菴 昌阿 靜怡山房詩稿

人言詩不難我道詩非易手披百家編腹富五經笥

大混同謹擬作廣
大同 第二聯擬作
羲蒼復出開文運
河洛相符翊
聖功
聖功 其中仍照前
武平怡

過姜女廟

鯨濤和波湧東瀛萬籟呼號助勵聲一代秦皇片石千年姜女祀長城沉湘妃子愁何限弄月仙娥恨未平唯有冰操留海澨至今童稚說芳名

蹟。

謁文成公達海巴克什墓 國書十二字頭皆公所創造

四海車書慶大混同元勳馬鬣瀋城東天教羲頡蒼復出開文運意河洛相符造龍蛇翊聖功土壁雨侵春草綠豐碑苔蝕落霞紅不惟幽土思周名椒酒時聞賜禁中。

頂格平抬末句禁字同

題伊華菴 昌阿 靜怡山房詩稿

人言詩不難我道詩非易手披百家編腹富五經笥

瑰奇謹擬作矜
奇書籍句下
擬作絶不類獺
祭我誦句下
擬作和平發
清麗恍遊作
神遊最稀作
所稀

此首謹擬從刪
下一首亦擬删去

揮灑由吾意始從絢爛來繼則平淡至
清思闢新義掃除衆粃糠始入陶韋秘
典重廓廟器書籍有光芒絶無獺祭刺
妙句心如醉恍遊漢魏家古作尤精邃
英年具鋭志充實以縹緗功成在一簣
拭目篇雲驤

宿段家嶺題壁 庚辰

況値上元天小市稀燈火荒村乏管絃
衣帽向人鮮俗事年來厭陶然理舊編
云歧經傳原非筆墨資心地皎如秋月

現奇謹擬作矜
奇 書籍句下
擬作絶不類獺
祭 我誦句下
擬作和平發
清麗恍游作
神 遊最稀作
所稀

此首謹擬刪
下一首亦擬刪去

鋪張自有根揮灑由吾意始從絢爛來繼則平淡至平淡非空疎清思闢新義掃除衆粃糠始入陶韋秘絢爛非現奇典重廊廟器書籍有光芒絶無獺祭刺我誦華菴詩妙句心如醉恍遊漢魏家古作尤精邃慧質正勤修英年具銳志充實以縹緗功成在一簣此才世最稀拭目篇雲驥

上元夜宿段家嶺題壁 庚辰

有時詩覓我況值上元天小市稀燈火荒村乏管絃酒肴逢客設衣帽向人鮮俗事年來厭陶然理舊編

咏懷

文章幹濟豈云歧經傳原非筆墨資心地皎如秋月

滿人情幻過夏雲奇子臣難盡求無愧仙佛能成在不移可喜近除婚嫁累公餘恰好下書帷

題老梅圖

幹鑄百折鐵辮剪三冬雪人羨幽香魁百花不知盤根久勵節

題畫

平山如帶環江碧綠樹紅亭倚山隙天際歸帆載酒來詩人應遂耽山癖

和善樂齋少宗伯見贈原韻

衡文五色目難訛拔盡英才入禮羅晉郄一枝人易獲王曾三試代無多先生典試所得會元為桂林陳相國之孫以解元會元而魁天下

此句謹擬作何時添入風塵客

目雜說謹擬作豈
云訛　恩字　紫禁字
均應式平抬

恩名驛路黃花得句哦不日駕班趨
夜如何

辛巳

。題唐允謨指墨山水

昌言百斛藏龍賓人不磨墨墨磨人唐公指使元香
守潑墨山邱煙霧乇淡濃塗抹盡相肖矮樹平岡足
遠眺蠅頭幾點落甲尖添作浮圖更神妙

和桂香岩學使冬夜翫月原韻

目難諱謹擬作豈

云訛 恩字 紫禁字

均照式平抬

蘭臺白簡承 恩名驛路黃花得句哦不日鴛班趨
紫禁庭燎共賦夜如何

元旦試筆 辛巳

元年元旦值元春鴛鷺聯翩拜 紫宸羲馭曉開雲
氣[illegible]和風晴扇物華新昨宵聲[illegible]來仙[illegible]今日[illegible]香
迓[illegible]養士 聖朝恩最厚行看父子沐 皇仁

辛巳

○題唐允謨指墨山水

昌言百斛藏龍賓人不磨墨墨磨人唐公指使元香
守潑墨山邨煙霧乇淡濃塗抹盡相肖矮樹平岡足
遠眺蠅頭幾點落甲尖添作浮圖更神妙

和桂香岩學使冬夜翫月原韻

首句謹擬作雪槐出月團圞

題中奉使使字謹擬平抬　詩中天使宜平抬　龍文二字可不必抬　寫羲軒玉冊均宜平抬　斯編句中獨字似誤擬作同字

團圞得樹堂前意未闌官擬冰清人自
體非寒大蘸早為求賢老小宋仍憂拔
家成故事謝庭玉筍又重看公兄菊溪相國前曾
昂同年奉　使恭篆
紫雲鳳池天使篆　龍文　羲軒特起
獨襄　玉冊勳粉本千山心獨繪仙才
公餘莫嘆知音少門外催詩舊雨勤
翰奉使　陪都凡途中山川風土紀事
俱以作七言截句咏之為題其後清辭麗句颯颯移

題中奉使使字謹擬
平抬　詩中　天使宜平
抬　龍文二字可不必抬
寫　羲軒玉册均宜平
抬　斯牖句中獨字似
誤擬作同字

首句謹擬作雪槐〻
出月團圞

首句謹擬作雪槐出月團圝

雪晴槐月影團圝得樹堂前意未闌宦擬冰清人自瘦詩因骨秀體非寒大蘸早為求賢老小宋仍憂拔士難衣鉢君家成故事謝庭玉筍又重看公兄菊溪相國前曾任此今歲公姪又成進士

喜姚伯昂同年奉　使恭纂

玉寶來瀋

龍鳳天章護紫雲鳳池天使纂　龍文　義軒特起金閨彥斯籀獨襄　玉冊勳粉本千山心獨繪仙才七字派能分公餘莫嘆知音少門外催詩舊雨勤

姚伯昂同年內翰奉使　陪都凡途中山川風土紀事懷人俱作以七言截句為題其後詠之清辭麗句渢渢移

題中紀事懷人下註
擬作俱作七言截句
為題其後

自古二字擬作聞說
索居作離居

圖書四截句以奉文
未堪師力闢前朝綺艷辭畢竟柏梁歸上
拜七言詩
古詩狂畫意詩情與倍長君本詩才兼畫
雪一襄陽
憶三唐韋孟王劉是瓣香自古（聞說）雞林詩價
止一金償
向日邊差池短翼愧羣仙於今遠隔鈞天
居又六年
月明蘊齋少司農誕辰是月屢有弄璋之
間人悉賀以詩　壬午

題中紀事懷人下謹
擬作俱作七言截句
為題其後

自古二字擬作聞説
索居作離居

又因書四截句以奉文

玉臺新咏未堪師力闢前朝綺艷辭畢竟柏梁歸上座焚香獨拜七言詩

開元七士古詩狂畫意詩情與倍長君本詩才兼畫筆海風山雪一襄陽

新辭讀罷憶三唐韋孟王劉是瓣香自古（聞說）雞林詩價在一篇何止一金償

同咏霓裳向日邊差池短翼愧羣仙於今遠隔鈞天奏桑梓索（離）居又六年

壬午

閏三月明蘊齋少司農誕辰是月屢有弄璋之喜同人悉賀以詩　壬午

恰值二字謹擬作喜氣

題中末句謹擬作戲而賦此

陵

壽時充閭恰值毓麟兒桐華春滿三三兩兩枝洗爵願符周史晝作朋還頌魯甲稱觴日玉樹盈階誦介眉

犬名小青每遇早行雖四五十里大風隨車而行晝則不隨人皆異之余亦戲此

著名余家此犬亦非輕三更燈火隨人趁馬行李子青曹驍不逮陸生黃耳捷是扶車龐吠野狺狺欲噬華

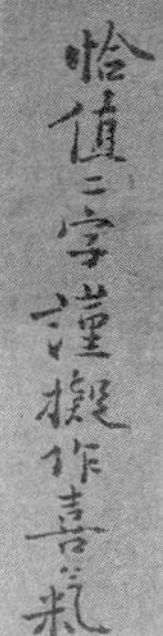
恰值二字謹擬作喜〻氣

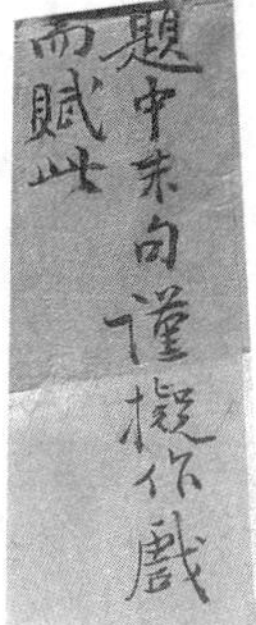
題中末句謹擬作戲
而賦此

五十開筵祝壽時充閭恰值毓麟兒桐華春滿三三月棣萼香飄兩兩枝洗爵願符周史畫作朋還頌魯侯詩待看花甲稱觴日玉樹盈階誦介眉

○余家有犬名小青每遇早行雖四五十里大風雪必隨車而行晝則不隨人皆異之余亦戲而賦此

宋鵲韓盧久著名余家此犬亦非輕三更燈火隨人起五夜風霜趁馬行李子青曹驍不逮陸生黃耳捷難爭前身應是扶車廐吠野狺狺欲噬草

五鼓赴

陵監禮

題中陵字仍擬[illegible]
首句出一格　夜氣松
楸味擬作夜襲松楸
氣

題中久聞句謹擬作
雖首山弗獲至焉賦
詩作呈詩賦此三字擬
節去
詩中無心擬作無緣　消
遣作消受

山徑涼風前鴛鷺珮鏗鏘星霜夜氣松楸
脾數日香

入山海關廿餘年海濱佳勝處間一游覽
聞首山勝〔弗獲〕境從未至焉壬午琳兒過此至
巔可琴亭樂壽亭賦〔呈〕詩二章興致勃勃因
其韻賦此

秋歷郵亭攬勝無心〔緣〕放眼青閭說山堂牕外
照打魚罾
不雲峰似此山川天下雄海水拍天山障
遣〔受〕一亭風

昂同年贈紙筆

題中久聞句謹擬作
雁首山弗獲至焉賦
詩作呈詩賦此二字擬
節去
詩中無心擬作無緣消
遣作消受

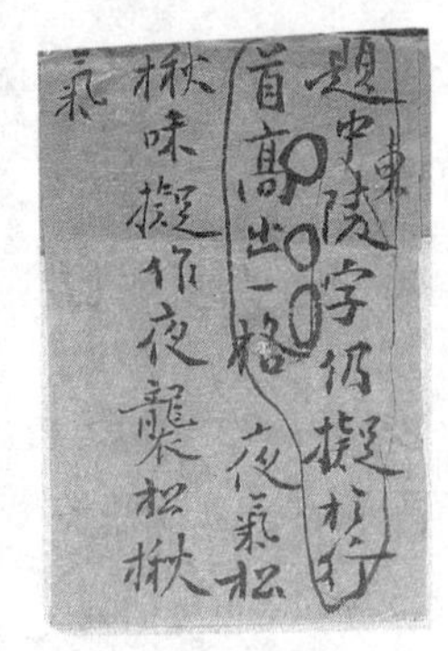
題中陵字仍擬於行　東
首高出一格
夜氣松
楸味擬作夜襲松楸
氣

棲鳥無聲山徑涼風前鴛鷺珮鏗鏘星霜夜氣松楸味沁入心脾數日香

余出入山海關廿餘年海濱佳勝處間一游覽又（雖）聞首山勝（佛）境從未（獲）至馬壬午琳兒過此至山巔可琴亭樂壽亭賦（呈）詩二章興致勃勃因用其韻賦此

風塵廿載歷郵亭攬勝無忌（緣）放眼青聞説山堂牕外月夜深還照打魚罾

江湖無處不雲峰似此山川天下雄海水拍天山障月何時消遣（定）一亭風

謝伯昂同年贈紙筆

惜君謹擬作感君

男望謹擬作偉望
寄任作倚畀　倚畀恩
求平抬

此首謹擬從刪

且圓浣花溪上薛濤箋惜（感）君五鳳樓中
海外仙
公将軍戎旗草
淵含寄任恩榮壓子男雪帳投壺軍令
賦才酣伊江挾纊人歌再遼海還珠我
旗時拜誦驪龍頷下夜光探
花
葉含烟渭水琳琅五色斑風骨釀成清且
置翠巖間
青犬壘前韻
解呼名花徑無聲吠月明一出重門瞻馬

惜君謹擬作感君

雋望謹擬作偉望

奇任作倚畀 倚畀恩

求平抬

此首謹擬从刪

此首謹擬芟刪

筠管霜毫銳且圓浣花溪上薛濤箋惜（感）君五鳳樓中
物送與瀛洲海外仙

題晉齋公將軍戎旃草

維城雋望庋淵含寄任恩榮壓子男雪帳投壺軍令
肅氷河倚馬賦才酣伊江挾纊人歌再遼海還珠我
見三一卷戎旃時拜誦驪龍頷下夜光探

石竹花

花如剪綵葉含烟渭水琳琅五色斑風骨釀成清且
介此君合置翠巖閒

咏小青犬疊前韻

庭除豢養解呼名花徑無聲吠月明一出重門瞻馬

前韻第二句作輕此首作明似誤又細繹詞旨似與前篇相仿亦謹擬於删誠意撤作無論

第二句謹擬作小盆閒與對蒲編擬删

露庵人行乘風雖遜鷹鵰健載獵何勞獫

河山皆利涉豈分漭漭與茟茟宋玉高唐賦云陟漭註漭漭大草地也

似髮鬈小盆移植手常編不教渡口垂長

頭放弱綿泣露眉低難起舞怯風腰細久

只眼盤根錯節皆人力杞柳桮棬論未偏

重陽前四日聯族弟以家藏陳香泉墨蹟册子

並家植菊花十種見贈詩以謝之

夢繞幽香近重九塗鴉不釋毛錐手叩門有客饋黃

花副以名書等米柳姚黃魏紫難與儔春蚓秋蛇徒

前韻第二句作輕此
首作明似誤又細繹
詞旨似與前篇相仿亦
謹擬芟刪誠意擬作
無論

第二句謹擬作小盆
閒與對蒲編擬刪

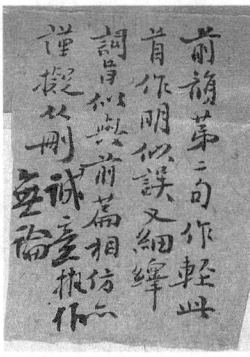

首不辭多露扈人行乘風雖遜鷹鵬健載獵何勞獫歇争誠意河山皆利涉豈分漭漭與芊芊宋玉高唐賦云陟漭漭馳芊芊註漭漭大水也芊芊草地也

盆柳

綠葉蒙戎似髮鬖小盆移植手常編不教渡口垂長縷也許枝頭放弱綿泣露眉低難起舞怯風腰細久忘眠盤根錯節皆人力杞柳桮棬論未偏

重陽前四日聯族弟以家藏陳香泉墨蹟册子並家植菊花十種見贈詩以謝之

夢繞幽香近重九塗鴉不釋毛錐手叩門有客饋黃花副以名書等米柳姚黃魏紫難與儔春蚓秋蛇徒

副以二字謹擬作勝
難與儔謹擬作
難免俗求擬作賺
風梳句擬作風扶瘦
影相結糾　更澆
句擬作更挹流泉
灌瓿甎　久留擬作
久存　結處四語擬作
抑或凡物各有主長
伴籬邊餐菊叟
從此筆情悟鍾傅
一束感同彭祖壽

癡字謹擬作疑

須蕭翼求東籬可醉陶潛酒對花賞帖
霜姿絶塵垢賞帖看花花若書風梳瘦
花名帖兩奇珍朝暮夕玩如瓊玖手剔
更澆泉水培陶甎我聞英物難久留墨
走幸伴籬邊傅延年餐英歳比菊潭叟
而康此册常留誠不朽

主人四時遺興原韻

能離離處能空處處宜仙佛成于真寂
欲忘時一年花月添新悟幾卷華嚴釋
慼多一畏此中有樂畏人知

同年書

雜與儔 謹擬作
難免俗 求擬作賺
風梳向擬作風扶渡
影相結糾 更遶
向擬作更挹流泉
灌頡頏 久留擬作
久存 結處四語擬作
柳或凡物各有主長
伴籬邊餐菊叟
從此業情悟鍾傅
一東感同彭祖壽

癡字謹擬作疑

獻醜禊帖何須蕭翼求東籬可醉陶潛酒對花賞帖帖如花筆挾霜姿絶塵垢賞帖看花花若書風梳瘦影揺蝌蚪幽花名帖兩奇珍朝摹夕玩如瓊玖手剔牙籤護錦囊更澆泉水培陶甄我聞英物難久留墨痕恐化蛟龍走幸伴籬邊傳延年餐英歲比菊潭叟人常磨墨壽而康此冊常留誠不朽

和思元主人四時遣興原韻

大千幻境豈能離離處能空處處宜仙佛成于真寂地心身得自欲忘時一年花月添新悟幾卷華嚴釋舊癡（疑）應比胡威多一畏此中有樂畏人知

覆椒堂同年書

題中兩複字不宜添朱字宸屏宜平抬
應字擬作高

征裘細雨濕五字
謹擬作征夫敝裘
薄濃侵擬作常
聽灞橋之語擬
作灞橋驢背人
何處不惜吟髯氷
如纈

綠醹諫書今日賞　宸屏左家嬌女尼
應邁謝庭清語尼雛赫珠也名為余所贈
中遇雪和東坡聚星堂禁體原韻
脱葉馬頭又見霏霏雪山雲黯淡水雲
鳥影絶漫灑征裘細雨濕濃侵野徑枯
上氷作橋馬爾墩山車跡滅明如銅鏡
需人相挽掣灞橋不禁心花開驢背何
同太尉飲銷金也學陶公收剩屑自笑
蒼顔喜動村醪斟謝庭諸子觧吟詩是後
翁屏陳説效顰我亦賦梅花豈必廣平

題中霞後字下宜添朱
字　宸屏宜平抬
應字擬作高

征衣細雨濕五字
謹擬作征夫敝衣
薄濃侵擬作常
聽灞橋々語擬
作灞橋驢背人
何處不惜吟髯冰
如纈々

史館詩狂醉綠醽諫書今日賞宸屏左家嬌女尼雛赫咏絮才應邁謝庭清語尼雛赫珠也名為余所贈

興京道中遇雪和（用）東坡聚星堂禁體原韻

蕭瑟寒林盡脫葉馬頭又見霏霏雪山雲黯淡水雲凝人影蒼茫鳥影絕漫瀰征裘（大敝）細（薄）雨濕濃侵野徑枯枝折天橋嶺上冰作橋馬爾墩山車跡滅明如銅鏡滑如膏登降需人相挽掣灞橋不禁心花開驢背何（人）妨（處不惜吟髭冰如）目眩纈難同太尉飲銷金也學陶公收剩屑自笑衝寒策馬行蒼顏喜動村醪瞥謝庭諸子解吟詩是役琳兒同行隨侍那似醉翁屏陳說效顰我亦賦梅花豈必廣平心似鐵

與琳兒論詩

美景在四時佳句處處有造物巧安排借吐詩人口
若得一二聯似飲極醇酒此意祇自知難言門外友
一語寄諸郎醞釀宜深厚運之以性靈可以傳不朽

河畔口占

傍嶺數椽柴作壁臨河一刹樹為幢蒼烟畫出詩情
瘦禿巘空林照凍瀧

即景

夕陽西照遠山巔如睡山容分外妍一縷白雲林際
湧柴扉近處是炊烟

烏拉草烏拉草履也遼東山中產烏拉草性能禦寒農人以之納烏拉中赤足履之行

神京擬平抬

畫鳥有謹擬作化
鳥有 皆字擬作供
有字擬作賴 聖代
天藻並詔字均平抬

雪上暖 絲綿

苦特賜不耕田履挾黃金纊山鋪碧玉綿
賴布帛竟無權此種冡區少 神京草亦

綠飲先生遺像 癸未

二聖手爻象於今畫（化）鳥有帝命卯金窺秘
已皆（供）奔走世有（賴）伏生授典墳自然大造留
（須格平抬寫下同）聖代重耆儒老去榮名褒二酉先生
房飲綠湖山姓字香早學逋翁歸大隱晚
書倉一廬題額收 ○天藻四海琅函貯
井床勤問字伊人宛在水中央秋水為神

神京擬平抬

盡鳥有謹擬作化
鳥有皆字擬作供
有字擬作賴 聖代
天籟滋並詔字均平抬

天憐塗足苦特賜不耕田扊挾黃金纊山鋪碧玉綿（氷雪上暖勝絲綿）
氷霜今有賴布帛竟無權此種寰區少　神京草亦
仙

○癸未
題鮑綠飲先生遺像（癸未）
伏羲不假三聖手爻象於今盡（化）烏有帝命卯金窺秘
書杖藜太乙皆（供）奔走世有（賴）伏生授典墳自然大造留（○須格平抬寫下同）
聖代重耆儒老去榮名褎二酉先生
黃耇況逢
舊住孤山旁飲綠湖山姓字香早學逋翁歸大隱晚
追鄰相築書倉一廬題額收　○天藻四海琅函貯
釣航我欲拜床勤問字伊人宛在水中央秋水為神

題中能字擬省

可去 亦謹擬刪

合享神仙福豈獨勲勞壽鼎鐘眼前天
余卅載事研求有 ○詔東華許校讐
杖履五湖烟水空神游
鼠近得一猫善能搏攫詩以誌之
夜眠蕭齋枕畔有烏圓從令鶴俸儲書
豢養錢
藤
晴霞羣卉含苞未吐芽何事春光爭富
金銀花
琳兒登太平寺觀音閣望瀋城
經堂禪院無人（蕭閒）覺我忙萬里烟霞環北

題中能字擬省

可去　亦謹擬从删

玉為骨伊人合享神仙福豈獨勲勞壽鼎鐘眼前天下無枵腹嗟余卅載事研求有 ○詒東華許校讐

自恨北人踈杖履五湖烟水空神游

余室多鼠近得一猫善能搏攫詩以誌之

除盡跳梁永夜眠蕭齋枕畔有烏圓從今鶴俸儲書外又費魚腥豢養錢

咏金銀藤

雲藏雨氣雜晴霞羣卉含苞未吐芽何事春光爭富麗獨開一樹金銀花

○九日携琳兒登太平寺觀音閣望瀋城

残荷新菊繞經堂禅院無以（蕭閒）覺我忙萬里烟霞環北

無人二字謹擬作蕭
閒 俱擬作欣

又如二語謹擬作又
如美麗質脩短惟
其稱 玩花擬作種
花 姿態擬作造作
曠逸人作曠逸者

風景壯重陽雲屯八雉龍蟠遠户砌千鱗鳳
插茱萸俱侍側分甘今日徧琳琅
菊
矯揉動植有本性我愛東籬花霜枝自掩映
淸姸欹側彌遒勁有如草聖書縱横多瘦硬
人身短長皆制勝堪笑玩花人雅事紛華競
其根朱葦扶其柄齊整盡人爲姿態非天命
逸人把酒怡三徑若教如此勞笑倒彭澤令
兄自京寄畫箋十二種頗有詩意琳與伊窓
及各有題咏彭寶臣學使喬梓亦有題句得
詩百數十首余因題五六言截句各十二首

無人二字謹擬作蕭
閒俱擬作欣

又如二語謹擬作又
如美麗質脩短惟
其稱 玩花擬作種
花 姿態擬作造作
曠逸人作曠逸者

極九秋風景壯重陽雲屯八雉龍蟠遠户砌千鱗鳳舞長試插茱萸俱侍側分甘今日徧琳琅

種菊

萬物莫矯揉動植有本性我愛東籬花霜枝自掩映散亂倍清妍欹側彌遒勁有如草聖書縱橫多瘦硬又如美人身短長皆制勝堪笑現花人雅事紛華競碧草纒其根朱葦扶其柄齊整盡人為姿態非天命憶昔曠逸人把酒怡三徑若教如此勞笑倒彭澤令

琳兒自京寄畫箋十二種頗有詩意琳與伊窓友各有題咏彭寶臣學使喬梓亦有題句得詩百數十首余因題五六言截句各十二首

八首周謹擬作小邦周

簾字擬作竹字

規中擬作兀然

把噢擬作信步

別擬作去

消遣擬作獨領

謹繹落花一首似與送春同意且與下首同韻擬另補一首希鑒奪

東風搖落後莫漫惜空枝珍重尋芳意來春未放時

不釣中興漢得失久忘機只作烟波玩 垂釣

壺貯春光滿誰言錦帳温頸覺茅屋暖 寒沽

還戀湘簾箔呢喃傍主人似定來年約 秋燕

全神在一息惟有蒲團翁規中守浄域 息機

雖欲別情無已摘來插杖頭秋色隨芒屩 秋菊

千刼一揮手十二萬年終棋空枰尚有 譚棋

春自年年到老盡送春人隔歲春猶少 送春

殘香清詩若繡幾生修到此消遣孤山秀 吟梅

詩寫醉翁手罇中酒不空詩胆大如斗 載酒

連床話今古誰為助幽情牕外芭蕉雨 話雨

花落美人老春來花自妍美人難再姣 落花

八首周謹擬作小邦周

簾字擬作竹字

規中擬作兀然

把嗅擬作信步
別擬作去

消遣擬作獨領

謹繹落花一首似與
送春同意且與下首
同韻擬另補一首乞
鑒奪
東風搖落後莫漫
借空枝珍重尋芳
意來春未放時

不釣八百周不釣中興漢得失久忘機只作烟波玩 垂釣

衡寒向酒帘壺貯春光滿誰言錦帳温頊覺茅屋暖 寒沽

已辭紅杏梁還戀湘簾箔呢喃傍主人似定來年約 秋燕

機事寓機心全神在一息惟有蒲團翁規中守浄域 息機

把嗅繞東籬欲別情無已摘來插杖頭秋色隨芒履 秋菊

斗室閱滄桑千刼一揮手十二萬年終棋空枰尚有 譚棋

送春春欲笑春自年年到老盡送春人隔歲春猶少 送春

梅影月中瘦香清詩若繡幾生修到此消遣孤山秀 吟梅

酒飲詩人口詩寫醉翁手罇中酒不空詩胆大如斗 載酒

故人久不晤連床話今古誰為助幽情牕外芭蕉雨 話雨

花似美人好花落美人老春來花自妍美人難再姣 落花

道阻擬作路滑

波上擬作江上

黃葉下西風月上呼童掃院宇凈無塵畫出秋林老掃葉風急敲窗影亂霜清擁徑雲封山畦掃盡黃葉林外又見青峰掃葉

插鬢樊川佳咏餐英彭澤清風歸路霜濃道阻杖藜可代奚僮杖菊

波上自多風月竿頭豈有利名日暮攜魚歸去燈前閒話鷗情垂釣

室少亂局秀慧人無賭墅經綸白晝惟消坐隱勝如守郡囂塵談棊

攜伴送春春老綠陰紅雨關心不必勞勞亭畔頻年怕見春深送春

草樹之樹去聲首句擬作涼送蕭蕭風雨

萬點落紅飄蕩一灣積翠潺湲流到綠楊村外漁舟

話主人門戶莫教故壘漂搖念我

寂空山四壁須知上乘禪機只在

商隱巴山夜話子瞻彭郡連床已是千秋快境畫師又寫蕉篁話雨

上天雨雪紛紛有客欲賦淩雲姑傚臨邛貰酒當壚或是文君寒沽

一梅一月一影三友何須邀請吟成和靖佳章題在

草樹之樹去聲首
句擬作涼送蕭蕭風
雨

萬點落紅飄蕩一灣積翠潺湲流到緑楊村外漁舟誤認桃源
落花

斜風細雨秋樹對話主人門戶莫教故壘漂摇念我銜泥辛苦
秋燕

茫茫大地三千寂寂空山四壁須知上乘禅機只在先天一息
息機

商隐巴山夜話子瞻彭郡連床已是千秋快境畫師又寫蕉篁
話雨

上天雨雪紛紛有客欲賦淩雲姑倣臨卭貫酒當壚或是文君
寒沽

一梅一月一影三友何須邀請吟成和靖佳章題在

第二語謹擬作瞬
作玉山朗 正作莫

屬字謹擬作頌
歌字擬作傳

梅
雨周郎赤壁東風欲把千秋名勝一時
酒
十六日大雪口占
漫天復撲額窮巷有饑人紅爐正歡賞
八年故園花月總流連政師忠厚温公
白傅篇禪不能仙除舊疾富非無術愧
思如花信每遇東風自吐妍
燈
斗明風淳民樂屬頌 陪京長春院滿千

第二語謹擬作瞬
作玉山朗　正作莫

屬字謹擬作頌
歌字擬作傳

廣寒宮冷 吟梅

妃子黃陵夜雨周郎赤壁東風欲把千秋名勝一時
消遣盃中 載酒

臘月二十六日大雪口占

雪花大如掌漫天復撲額窮巷有饑人紅爐正歡賞

除夕

遼海迎春又八年故園花月總流連政師忠厚溫公
意詩倣清真白傅篇禪不能仙除舊疾富非無術愧
前賢近來詩思如花信每遇東風自吐妍

甲申上元觀燈

火樹銀花星斗明風淳民樂屬頌 陪京長春院滿千

門月不夜城開萬户笙玉爵金樽歌（傳）錦里龍宮蜃市
到蓬瀛蠟薪今日簪纓客誰憶當年舊短檠

○清明前二日　與京道中步唐人韻

錦礫玉砂天河水瀠洄遠抱千峰紫翠羽仙禽閬苑
棲闐闐車馬驚飛起漱石陰崖虎厲齒香風吹綻人
參莖今宵一枕傍丹梯夢爵靈芝五雲裏

○過和穆長堤

翠微頂上五雲棲疊嶂重巒怯馬蹄路闢崇岡通一
線雪融巨浪灌千溪虬林巧障垂虹險漁艇孤飛與
鷺齊勝境暫來休漫過況逢芳草正萋萋

○清明過張登村

霡霂連宵雨復晴山光點蕩野禽鳴長溪午漲春氷
湧遠岫烟深宿雪明留客鷄豚徵富庶賽神簫鼓聽
和平塗泥莫厭輪蹄滯寒食家家早備耕

渡瓦和木河

寂穩是輕舟長河足卧遊小村憑樹繞春漲帶氷流
畏雨占雲脚呼船歇渡頭郵亭官吏俟不待黍雞留

清明後渡瓦木河

東山三月亂流多淡淹天光一鏡磨若問清明歸去
路滿身春雨渡春波

者介春容瀾止奉　使過瀋卓海帆學使以詩
送別二公次韻以示余余即次韻以贈之

呼船句謹擬作停橈上渡頭　俟作竢
不待句擬作莫漫小句留　一
題中清明後三字擬節去作重渡瓦木河
題中使字擬平抬
贈之上以字擬節去
詩中詩人謹擬作詞人黃華宜作皇華

日夜牽謹擬作夢縷牽 攝面作以報

拜誦清吟迥出塵由來星使屬詩人黄華遠役逢新雨白雪留歌結舊因五十戶丁安厥土特旨將在京旂人五十餘戶撥往吉林屯田二公護送安置三千里訟聽如神時有命案未完奉旨命二公審辦羨君才略兼風雅驛路連床唱和頻

次韻朱虹舫同年贈詩

王范風流在昔年近來甥舅豈其然向平家事無遺累虹舫舅氏程春廬學使有遺女虹舫為之畢姻事焉伯道書香有後傳珥筆東宮揮翰墨量才西粵指吟鞭文章德行皆師範遼海燕山日夢縷夜牽

當年輯典愧蹄涔問字程門夜雪深回憶螭頭忻共直那堪蝸舍嘆孤吟蒼蒼秋水人何在杳杳雲山室

題中夜雨下宜加大風二字

詩中一〃擬作咽因作苦

可去　亦擬從刪

章書攝（以報）面聊同捉膝一談心

早十三日夜大雨次日放晴詩以誌喜

清商午夜屏翳遍繞廊豐隆列缺亦相

星不芝敲窗潑樹勢澎湃盈溝注壑聲

衣念此雨焚香應謝天恩彰聞説今秋

甘霖徹見少纔喜青疇困復甦又愁屢

意天心仁愛深雨師似與羲和道寒則

飢方予食恐過飽下土蒼生豈有知護

褓宜潤而暄或怨咨宜燥而濕亦懊惱

秋陽請出赤輪成萬寶

三十日夜雨（大風）獨酌懷虹舫

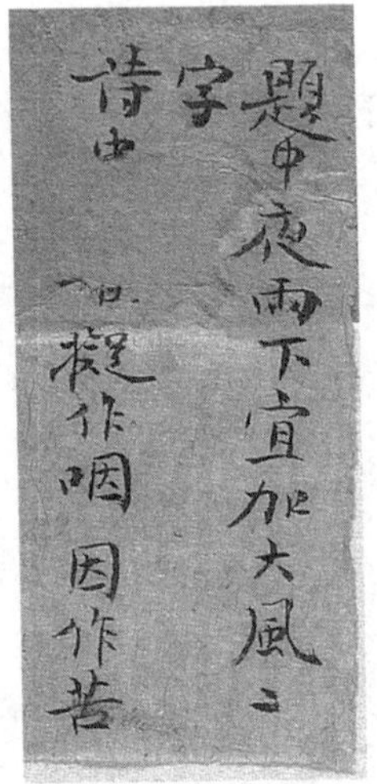
題中夜雨下宜加大風二字
詩中 一曰 擬作咽 困作苦

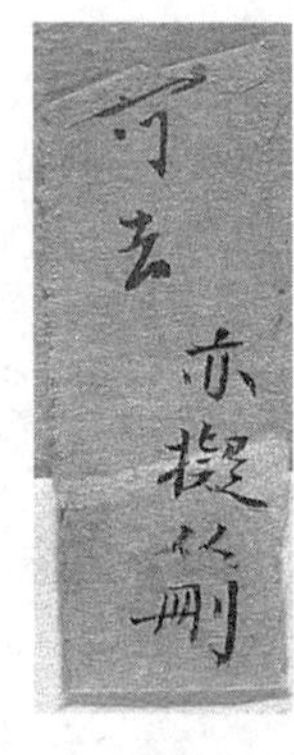
可去 亦擬以刪

可去 亦擬從删

莫尋敬步佳章書攔面（以報）聊同提膝一談心

七月徵旱十三日夜大雨次日放晴詩以誌喜

炎威漸減發清商午夜屏翳遍繞廊豐隆列缺亦相助野徑雲填星不芒敲窗潑樹勢澎湃盈溝注壑聲鏗鏘點燭搜衣念此雨焚香應謝天恩彰聞說今秋禾稼好只有甘霖徵見少纔喜青疇困復甦又愁屢沛民嗟潦孰意天心仁愛深雨師似與羲和道寒則加衣暑必除飢方予食恐過飽下土蒼生豈有知護而持之如襁褓宜潤而暄或怨咨宜燥而濕亦懊惱初秋農望曝秋陽請出赤輪成萬寶

閏七月三十日夜雨大風獨酌懷虹舫

題中使字擬平抬
詩中文勳擬作勳勞
天使二字亦平抬

飄瓦吼長楸寒螿響（咽）未休三更無夢枕獨坐有聲秋
世乏倉公術誰教沈約瘳燈前一杯酒因憶舊同遊

重陽登太平寺後閣

年年風雨日今歲喜晴明僧舍淨如洗盆花香更清
五雲環（須格平抬寫）北極百雉壯東京郤羨秋霄鶚摩空健翮

經……且復奉使來瀋疊前韻見贈余……答之

……歷先唱陽春贈故人九夏初逢期後……前因瀾止前於五月過瀋文勳累世名齊斗蒙以……聯床句入神此行瀾止昆仲同膺使命驛吏料

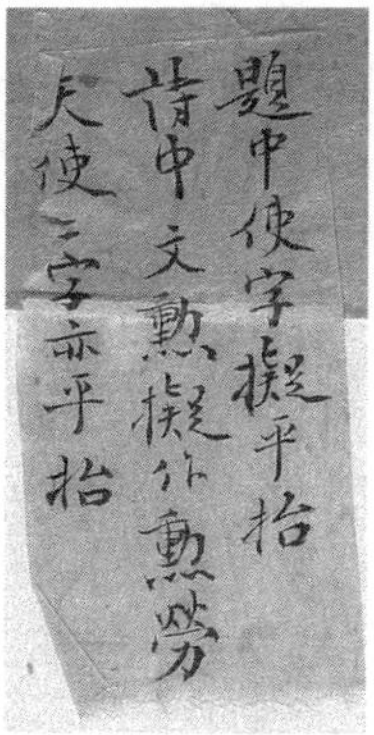
題中使字擬平抬
詩中文勳、擬作勳勞
天使二字亦平抬

飄瓦吼長楸，寒蛩響咽未休。三更無夢枕，獨坐有聲秋。世乏倉公術，誰教沈約瘳。燈前一杯酒，因憶舊同遊。

重陽登太平寺後閣

年年風雨日，今歲喜晴明。僧舍淨如洗，盆花香更清。五雲環（須格平抬寫）北極，百雉壯東京。却羨秋霄鶚，摩空健翮輕。

九月容瀾止復奉　使來瀋，疊前韻見贈，余亦次韻答之

未將盃酒洗征塵，先唱陽春贈故人。九夏初逢期後會，三秋重遇喜前因（瀾止前於五月過瀋）。文勳累世名齊斗（蒙以阿文成公碑文見贈），風雨聯床句入神（此行瀾止昆仲同膺使命）。驛吏料

題中覲字平抬
詩中丹墀二字亦平抬

可去

亦擬於刪

到夜看東井聚星頻

入
覲同事諸公郊送賦此奉酬

覲
丹墀拜賜公卿餞玉巵滿座金貂
班仙鷺又分馳下車未見歌來暮遮道應
君問長途消遣處一燈茅店咏新詩

解早行

海家宵行豈憚路途賒數聲殘漏一雞
半月斜豪客夢魂酣錦帳旅人霜露濕
枕緣何意只恐銅鉦掛樹杈

雪臘月暖甚

今冬暖倍加暄怡簷雀語曝獻野人家

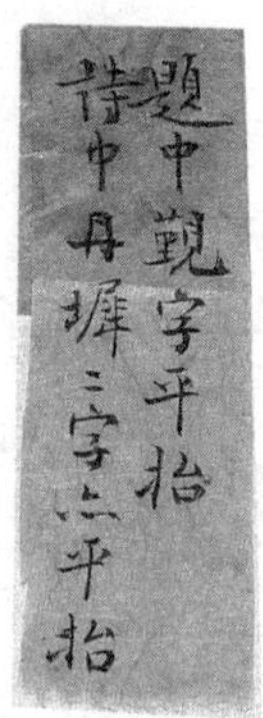
題中覲字平抬
詩中丹墀二字亦平抬

可去
亦擬於刪

知天使到夜看東井聚星頻

年班入覲同事諸公郊送賦此奉酬

陪都十載覲丹墀拜賜公卿餞玉卮滿座金貂纔聚話一班仙鷺又分馳下車未見歌來暮遮道應慚説去思若問長途消遣處一燈茅店咏新詩

舊邊驛早行

男子桑弧四海家宵行豈憚路途賒數聲残漏一雞唱幾點踈星半月斜豪客夢魂酣錦帳旅人霜露濕征車響籌警枕緣何意只恐銅鉦掛樹杈

○三冬無雪臘月暖甚

北地嚴寒久今冬暖倍加暄怡簷雀語曝獻野人家

氷薄含青藻山明暈紫霞如何當歲暮不見雪飛花

○因久旱雪塵沙日甚戲作此歌

上古土生萬物物歸土盤古日積日益（旁改：人物、土）

大千普日出十丈照紅塵人臥塵中姻（旁改：在、相）

氣又頻嘘六合紛紛下土雨道旁來往（旁改：漲）

單牛遠服賈鹽起沙塵迷四郊征夫且（旁改：出）

滿口酸鹹濃淡皆烏有塵滿身青藍顏

待欒巴噀酒之術神頓使下方無灰塵

（浮簽：題中三冬無雪四字謹擬作因久旱三字　詩中第三句擬作人物日積土益多人　臥句擬作人在塵中　相春吐下土雨擬作漲土雨　征夫句擬作征夫出沒不知處）

題中三冬無雪四字謹
擬作因久旱三字
詩中第三句擬作人
物日積土蓋多人
卧句擬作人在塵中
相春吐下土雨擬作漲
土雨 征夫句擬作征夫
出没不知處

氷薄含青藻山明暈紫霞如何當歲暮不見雪飛花

[illegible](因)冬(久)無(旱)雪塵沙日甚戲作此歌

搏土為人闓上古土生萬物物歸土盤(人)古(物)日積日(土)益

多化作飛烟大千普日出十丈照紅塵人臥(在)塵中如(相)

堂廡(吞吐)大塊噫氣又頻噓六合紛紛下(漲)土雨道旁来往

騎如飛蝱以車牛遠服賈濫起沙塵迷四郊征夫目(出)

與(沒)塵(不)沙(知)伍(處)沙滿口酸鹹濃淡皆烏有塵滿身青藍頳

色皆失真安得欒巴噀酒之術神頓使下方無灰塵

可去　亦擬刪

[illegible]行雨水成津倏忽塵垢起無因不然天
[illegible]新豫兆五穀豐來春

[illegible]停車賦滄溟此即天地界但聞魚龍腥
[illegible]浩千秋青細流俱不擇渾化在虛靈

[illegible]作

不我遐三字謹擬作一度賒

逆旅若為家晨昏不我遐寒雞回客夢歸鳥歇征車
事少盃難釋身勞飯轉加雄關即日到漸可卻風沙

自廬峯口至背陰鋪層巒環抱美不勝收土壁
留題日不暇給道出見獵之心因有先後之
作

可去 亦擬刪

不我遐三字謹擬作一度餘

又安得李靖行雨水成津倏忽塵垢起無因不然天
公速降六花新豫兆五穀豐來春

望海店

野店可望海停車賦滄溟此即天地界但聞魚龍腥
茫茫一線白浩浩千秋青細流俱不擇渾化在虛靈

前衛道中作

逆旅若為家晨昏不我遐寒雞回客夢歸鳥歇征車
事少盃難釋身勞飯轉加雄關即日到漸可即[卻]風沙

五岳脊吟肩人生豈偶然屐臨尋險峻造化秘蜿蜒
屋起岡爲磴屏開翠壓椽送青留几上將綠到床前
海近疑浮地峯多欲礙天空庭來樹補斷壁有雲連
淡抹誇倪老濃皴效米顛曉風殘月外疏柳落霞邊
不必東山妓何須北海筵澆書晨薄醉攤飯午酣眠
螺髻垂簪珥虬松奏管絃兩行鳴負蟈一葉聽秋蟬
覓句奚囊滿搜奇屐齒穿斯堪稱富貴那復羨神仙
壘築徒勞力豪華不永年輞川同梓澤繡谷及平泉
易代皆荒草於今盡牧所虞卿應解綬陶令合歸田
我亦棲岩侶誰資買墅錢偶逢游目處聊寄壯懷篇

乙酉

作字泥留爪題墻上代筭鴻飛旅舊里夢縈鄉淚

題中年班入覲四字擬節去 朝字平抬 詩中勿荒擬作毋荒 我康作是康 三抬 寓字俱作平抬

覲元旦早朝恭紀 乙酉

[illegible]王麟游郊藪鳳噦高岡日月臨照

[illegible]詢家常秉心宣化弼教勿荒錫我難

老弟禄我康小臣稽首載賡載颺陳辭以獻萬壽無

疆

可去 亦擬从刪

上元宿新店

竹馬兒童結隊行歡聲盡説看燈棚鼇山權作魚龍

戲鼉鼓聊為鳳鶴鳴已向都城徵富庶更於僻壤見

昇平 王畿久被絃歌化應有書生賦短檠

題中年班入覲四字擬節去 朝字平抬

詩中多荒擬作毋荒

我康作是康 三抬

寫字俱作平抬

年班入　覲元旦早朝恭紀　乙酉

五載述職近
天子光
天顔咫尺端拱　明堂麟游郊藪鳳𡾰高岡日月臨照
天語煌煌爰諏時事垂詢家常秉心宣化弼教勿荒錫我難
老弟祿我康小臣稽首載賡載颺陳辭以獻萬壽無
疆

上元宿新店

竹馬兒童結隊行歡聲盡説看燈棚鼇山權作魚龍
戲鼉鼓聊為鳳鶴鳴已向都城徵富庶更於僻壤見
昇平　王畿久被絃歌化應有書生賦短檠

觀海

徐市徒勞訪十洲神仙未必蜃為樓儲材最富羣生
賴積細成洪大化流出沒雙丸同轉轂浮沉五岳等
虛舟眼前可遂長風願便欲乘槎到斗牛

途中遇雪接家書喜而有作

樸面祥霙灑山谿徑轉深飢烏依凍浦平屋入寒林
客夢來千里家書到萬金　天恩何以報惟有向
天恩二字擬平抬
葵心

晚宿廣寧

日夕向前途風光晚更殊餘霞山疊翠遠樹月懸珠
寒氣重衾薄村燈一焰孤郵亭具雞黍不必覓當壚

晉齋詩集卷五

長白昇　賓旭

北窗謹擬作窗前

怡禪性謹擬作逃禪意　久忘却作頓忘却

吳滄崖約遊錦州城北觀音洞

娬媚山光門尹邢山腰路轉石娉婷陡簷陰邃炎天冷石洞苔深白晝暝海月常懸多葉紫慈雲不散雨花亭延賓應羨鳴琴宰倚枕北牕滿郭青

山海關可琴亭

伯牙去後少知音流水高山何處尋誰搆一亭當海岳我來千里快登臨空明雲影怡禪性清淨波光息世心但把成虧久忘卻箇中天趣不須琴

◎奉

題中使字仍平拈
詩中聲中誤作中聲
訪字疑仿字之訛

使山海關鞫讞夜雨贈同事德雨亭楊竹圃比部
驛館居停燈火紅蕭蕭鄉夢雨聲中文章知己逢楊
意賓主忘形訪（仿）德公弼教原期春長物平情應與句
同工斯言共勉皇華使好慶明良翊
聖功

再過夷齊廟
孟子大賢稱為聖孔子大聖稱為賢後世諸儒責且
須知弑六合徒紛然大抵皆以諫國論豈知諫國分
天淵巢父許由獨善士子臧季札能無邀微使孤竹
無中子墨胎之嗣誰為延一綫豈惟謝君父夷齊也
孝難兼全不知聖人處深遠聖德惟與泰伯傳心要
理得無所憾[illegible]藏長[illegible]首山巔[illegible][illegible]耶非列[illegible][illegible]

人揆論議史還我今人過虞齋廟下車再拜[illegible]
但見高山白兀兀濤河流水長滅滅賢聖高風足尚
古豎儒何敢下言詮

題淵明冒雨采菊圖

秋深詩意滿秋陰覆茅屋秋風謖謖來秋雨敲簷竹
高人發遠興蕭齋輟誦讀策杖出荊扉寒花放空谷
彷彿素心人無言契幽獨徘徊冥且暮衣袖襲香馥
有如訪戴船不憚路往復又如對床談不憚夜秉燭
一則篤朋友一則愛手足遐哉彭澤公篤愛惟此菊
至性既相諧相見復相睦沾塗遍巾屨奔走雜[illegible]放
採取傲霜枝歡迎立僮僕歸來肆意吟乘化即詩稿

丹毫 詔九重 天心 天家 闕 帝 等字均擬平抬

新居守歲作

斯干美奐飲屠蘇富貴居然到腐儒魏氏甘棠森二桂（余得二孫長名八桂次名九桂竊取魏徵之孫有甘棠之義）謝家寶樹有雙珠（長子寶琳次子寶珣）麤材既許班皐契

聖治何難比夏虞

欲報高深無異祝焚香願賜永康軀（近年多病故有是祝）

○丙戌 秋日送韓桂舲大司寇予告歸蘇州 丙戌

人生未展皐夔略末路難尋箕潁樂先生少具出類才

○須抬平抬寫下同

丹毫名早書黃閣八載東華説桂舲白雲亭上多祥刑有腳陽春來閩越隨輪膏雨到藩屏藩屏東越綏南土廉州又見珠還浦數載旬宣詔○九重老臣洙問居肱股三黜何妨韓范賢○天心如日月照[illegible]

妍纔離受獻螭頭上復任中臺豹尾邊不意抱痾違
侍從素餐恐負 天家俸叩 闕乞休 帝予歸歸
程恰與秋雲共秋雲片片擁歸帆鱸膾蓴羹隱士衫
頓使江山供嘯傲回看軒冕皆塵凡恨我識韓剛半
載步趨自擬蠡測海攀轅問字嘆無從聯床夙約終
難改我亦年來近古稀故鄉遠海白魚肥何時策杖
歸十畝細詠停雲寄遠扉君扉遠在胥臺曲香徑百
花看不足他日新詩贈遠人行間應帶湖山綠

此一首可去　下首意語已足此句可删

重陽出南郊訪得碩亭先生登高是日交寒露節晚至宏善寺

忙裏學閒身登臨不憚辛葉稀驚樹瘦秋老詡花新
冠蓋皆英歲村園有故人但期胥腳健相約訪頻頻
秋水照蒹葭南郊處士家寒凝今夜露霜綻去年花

陟巘窺城遠尋僧話日斜相看俱老健莫負此烟霞

灤陽草 丁亥

[illegible]日出都之任灤陽過密雲口占

奉
命金堦離
帝京征鞍指日抵灤平雲山四面環青壤駝馬千官
駐野營
君德已徵春煦物臣心宜暢水持盈撫邊安內
皇猷遠自揣無功翊
聖明

咏山

開闢神工巧蛾眉門尹邢古來人若此舉世盡嬋娟

咏水

蹄涔與江海到口味不二能作如是觀心無未足事

咏樹

龍門千尺桐崑崙百歲樸若合天地觀亦是閒草木

公署未及埽除借居松湘浦相國别墅

未進灤陽署先登綠野堂巒光迎短榻樹影護長廊舊辟題王趙新官有遂黄持躬如老圃應愛晚秋香

杵山 舊名棒錘山

棒喝蒼生歷刼長風雷呵護幾滄桑雲飛玉杵疎鐘動露浸霞裳曉月凉澣濯世間人尚懶砧刀天上女猶忙銀河亦有支機石習慣勤勞是帝鄉

浸字謹擬作浣世間擬作塵中猶作工

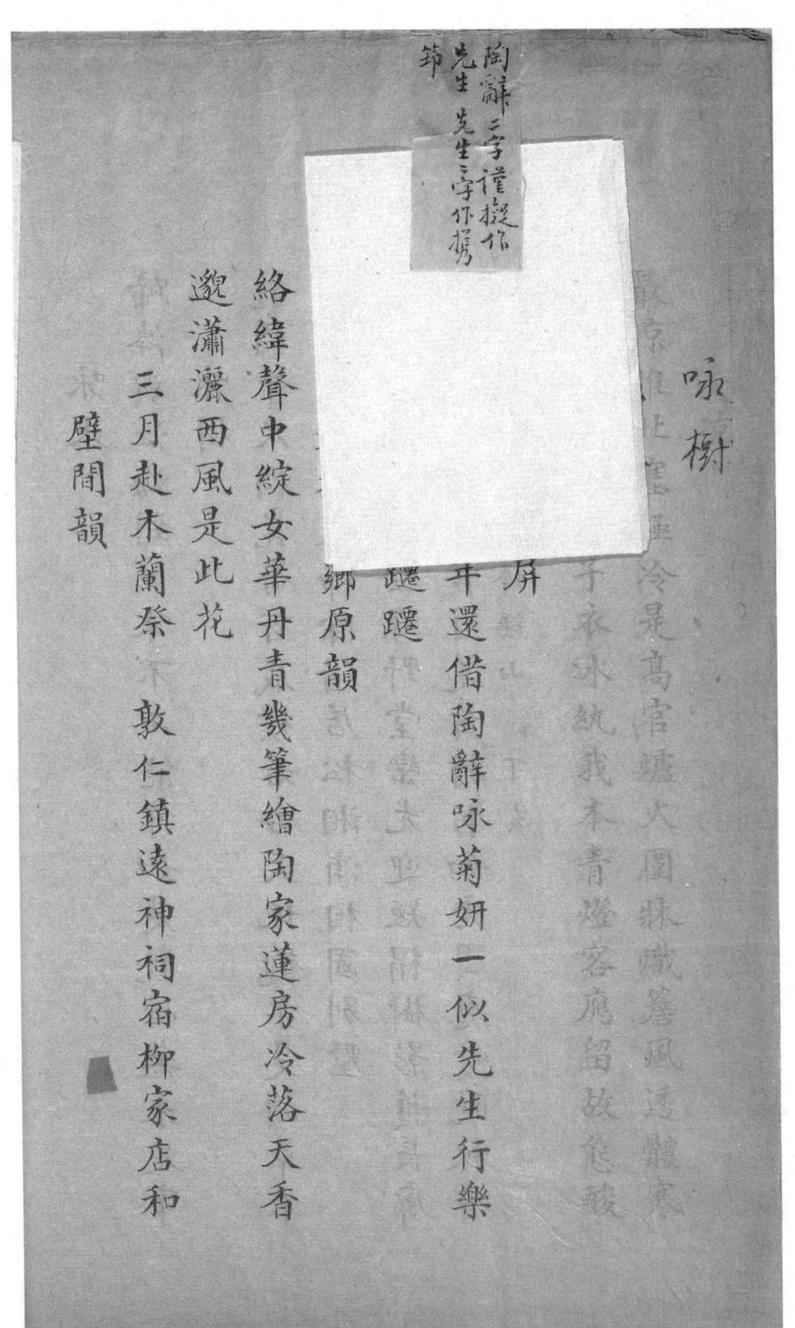

咏樹

陶辭二字謹擬作
先生 先生二字作樗
節

屏

年還借陶辭咏菊妍一似先生行樂

躚躚

鄉原韻

絡緯聲中綻女華丹青幾筆繪陶家蓮房冷落天香

邈瀟灑西風是此花

三月赴木蘭恭 敦仁鎮遠神祠宿柳家店和

壁間韻

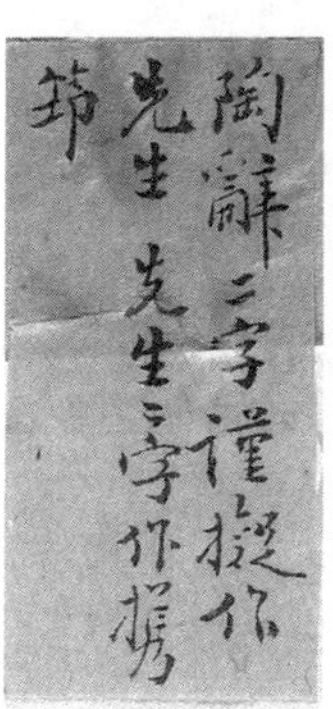

陶齋二字謹擬作

先生 先生二字作摺

節

陶[illegible]
先生[illegible]
節

咏樹

咏水

題風菊畫屏

淵明酷愛傅延年還借陶辭咏菊妍一似先生行樂
處風飄衣帶舞蹮蹮

前題和雨薌原韻

絡緯聲中綻女華丹青幾筆繪陶家蓮房冷落天香
邈瀟灑西風是此花

三月赴木蘭祭　敦仁鎮遠神祠宿柳家店和
壁間韻

此首字不成行似亦合體格第六句謹擬作難裁訓詁心則不必冊抬寫又下句接出讀書二字亦似乾顯

抵字謹擬作厎 強分三教四字擬作別尋蹊緒

萬字疑有誤當作點 人不寂作人寂寂

報承
宣麻
纛萬山深縱畫工虞職難酬
書期致用不計二毛侵
本同科齊物莊周語不訛禮義醫身畀藥
性抵笙歌貴常憶賤防跦傲忙處偷閒愛
儒書真寶筏强分三教總偏頗
又無風柳欲垂青杏欲紅數萬春山人語
鳥唱午煙中

此首字不成行似未合
體格第六句謹擬作
難紀訓詁心則不必
冊抬寫要下句接出讀
書二字亦似較顯

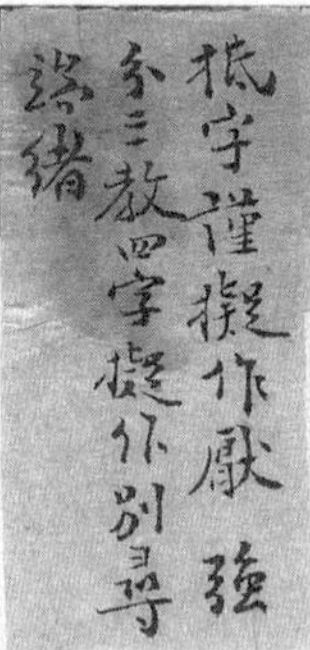
抵字謹擬作厭 強
分二教四字擬作別尋
蹊緒

萬字疑有誤當作點
人不寂作人寂寂

豈有涓埃報承
恩直到今宣麻
三殿上建纛萬山深縱畫工虞職難酬
舜禹心讀書期致用不計二毛侵

偶成

秋毫太岳本同科齊物莊周語不訛禮義醫身畀藥
餌詩書悅性抵箕歌貴常憶賤防踈傲忙處偷閒受
咏哦幾卷儒書真寶筏强分三教總偏頗

即景

春分無雨又無風柳欲垂青杏欲紅數萬春山人語
寂一聲鶯唱午煙中

心箴

最明白處最糊塗悟徹塵緣始見吾甚遠天人原不
遠殊途理欲每同途堁開雲霧留明月刷淨泥沙現
寶珠若使心為形役累反教寂滅笑名儒

蔡興安嶺禮戚宿柳家店仍用舊韻

豐草長林奎萬峯

翠華秋獮匪斯今

五朝聖澤悚柔遠十部雄蕃訓練深虎節遙臨塵

帝命犧樽薦致誠心雨暘時若牲禽廌莫使生靈

十稽侯□□□

題殘編斷簡圖

渺字謹擬作遠

時

故紙堆中趣自饒縱橫書畫滿廳寮風流王謝於今渺賸墨残碑認六朝

洪雨薌游九華山摘花數枝插瓶中香甚贈此寓祝

好花在幽谷披拂雜榆柳置向膽瓶中香韻歸獨有君本謫仙人夙具拈花手所疑月殿來夢伴孤山友他日探花郎蕊榜應居首

◎餅花

攜得空山香尚帶枝頭露移來紙帳旁一夜山中住

◎同洪雨薌游九華山小酌倚泉亭

文書批判總成堆攜伴尋幽得暫來萬里煙雲開倦

憶昔擬作我憶余年作今年 仍作纔

此首謹擬刪

[illegible]侑吟盃彈棊却敵非兵制投轄留賓豈
[illegible]翁能了郡湖山隨意泛樽罍
紫霞讀易小照
留貴胎吉生悔吝理無回請看作彖編爻
[illegible]虎尾來
好象年夢吞三畫早通仙平生不作雕蟲
國細細研
讀易時講求多半為文辭余年卦數仍餘
一過未知時年六十有六
[illegible]翠屏人煙小市隔溪汀嘯風虎踞山形

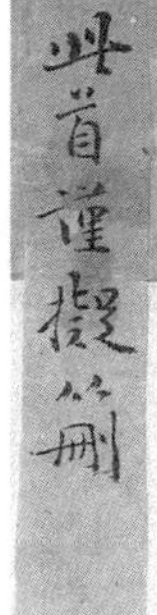

此首謹擬刪

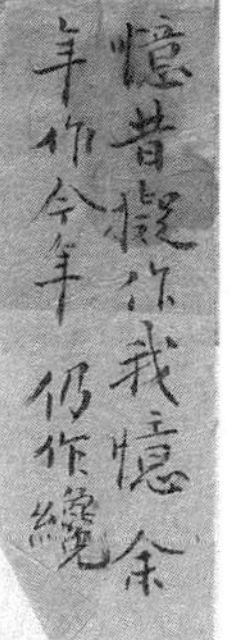

憶昔擬作我憶余
年作今年仍作纔

眼一亭花鳥侑吟盃彈棊却敵非兵制投轄留賓豈
相才獨有涪翁能了郡湖山隨意泛樽罍

題錫紫霞讀易小照

憂患多從富貴胎吉生悔吝理無回請看作彖編文
聖俱自春冰虎尾來
公子英姿舞象年夢吞三畫早通仙平生不作雕蟲
技日把龍圖細細研
憶昔髫齡讀易時講求多半為文辭余年卦數仍餘
二屈指浮生過未知時年六十有六

○雨晴作

晚霽排衙向翠屏人煙小市隔溪汀嘯風虎踞山形

抵擬作勝

此首謹擬刪

聲響到三字謹擬作一夜響枕邊作曉來

起二語謹擬作淅瀝三更雨光陰半月秋 有作咽

險布雨龍歸草氣腥槐蔭入筵盃面緑嵐光到几硯池青畫堂五丈人雖少萬樹笙簧抵（勝）樂伶

夏日

幢蓋人穿翠巘斜簿書吏散夕陽鵶堦前日麗雞冠草墻角風揺狗尾花若傳誨徒宣律令如農望歲卜桑麻晚晴萬變（雲）峰巧指顧兒童笑語譁

夜雨

薄暮油雲野徑遮飛泉聲（竟夜）響到簷牙枕（曉来）邊夢斷芭蕉雨開户一庭紅蓼花

處暑夜雨

五夜初長夜三秋已暮秋薄寒明日起溽暑此時收

聆字謹擬作森

若字謹擬作知

夢斷思蓴客衣添乞巧樓蟲聲隨處有那得禁詩喉

過青石梁

澗壑層層堆亂石蜿蜒車轍杳難分人穿九曲塗如線騎近三霄轡帶雲歷代憑斯矜萬壘一夫當此抵千軍於今輦路平如砥草偃風行盡日薰

告病回都除夕作

敢言高尚脫簪裾病驥難騄待漏車五柞暫辭朝賀列兩餐猶賴俸錢餘媿如六月息遊翮恨不十年苦讀書余養痾六月讀少時書頗多意趣因憶古人有早知升沉有定恨不讀書十年之語馬齒從今君所賜屠蘇笑飲太平廬

迎字謹擬作盈

清明第二日細雨得第三孫 戊子

昨日清明節，未見清明雨。傍晚料峭寒，春陰覆院宇。
晨起濕喬柯，絲絲潤香土。傒童走且呼，花綻庭前樹。
僕婢接踵來，歡聲報大父。冢婦又添丁，麒麟第三乳。
頭角甚崢嶸，啼聲徹堂廡。今夕是何夕，喜氣迎（盈）門户。
不期池上鳳，不祝文中虎。願如馬少游，亦可敵簪組。
試看牕外竹，孫枝擢縷縷。得雨復得風，便與青雲伍。

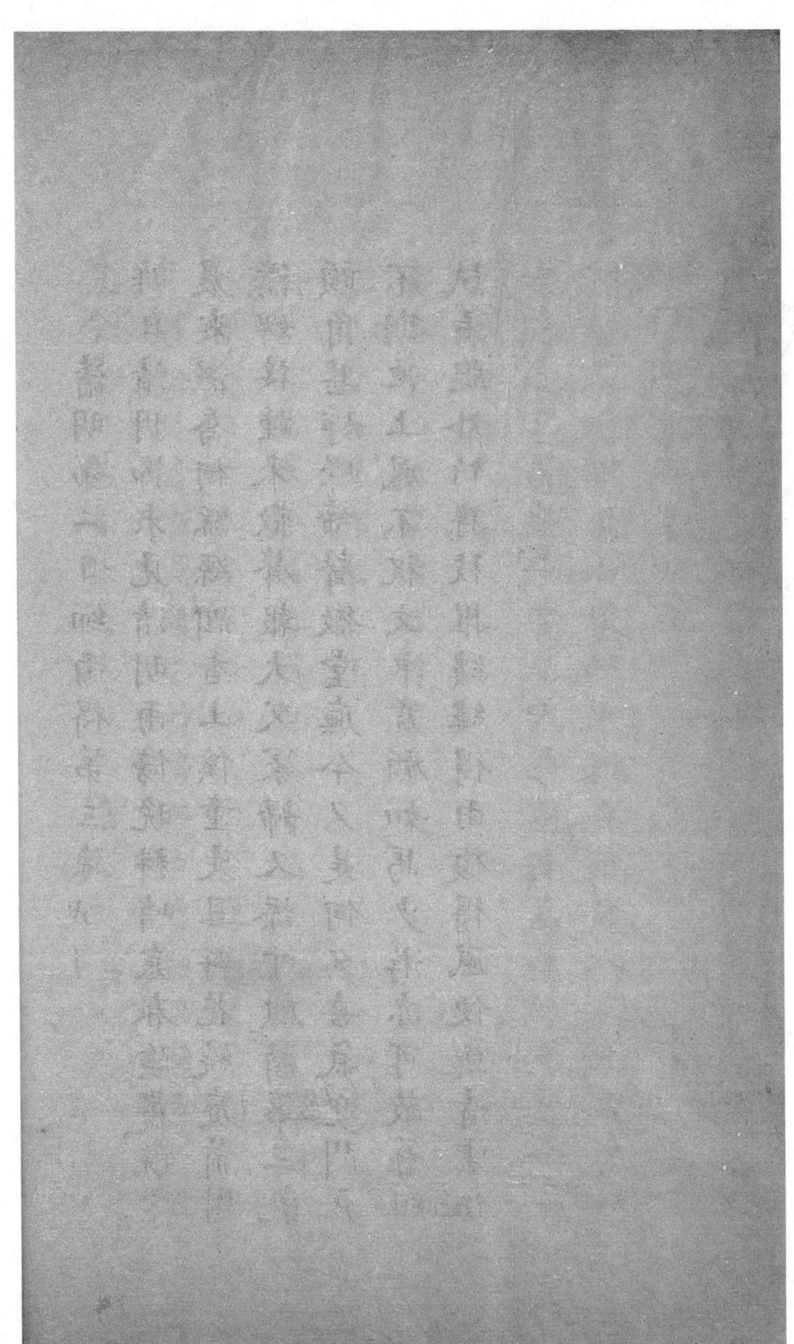

遍瘠饒三字謹擬作送遠軺

足可謹擬作差足

飾字謹擬作采
第四語擬作淳風
留澤路見作歎

晉齋詩集卷六

皇華草戊子　長白昇　寅旭

雨行

春雲漠漠雨蕭蕭，入夜侵晨遍瘠饒（送遠軺）。紅杏溪邊盤燕剪，緑蘋風裡壯魚苗。人無塵垢撲襟袖，林有禽聲送管籥。自是征夫懷靡及，駪駪不憚道云遥。

良鄉酒

慰我無如酒，良鄉釀最良。不須誇白墮，足可夢黄粱。謝瀹惟緘口，袁絲只飲觴。謫仙一去後，誰復繼詩狂。

山西道中

宮室不華飾，石洞何堅固。土穴復陶居，尚有堯風度。

井臼操户外紡績坐路旁纖纖見女手織屨與縫裳

謁淮陰侯廟 在試劍峰

自立齊王叛已真英雄千古嘆沉淪妄貪富貴忘烹狗徒恃才謀豈盡蒯言拒蒯通誠義士金酬漂母亦仁人如何血戰功成後甘讓蕭曹作畫臣

前詩意有未盡過韓侯嶺再題旅壁 在靈石縣

誰見長陵薦藻蘩至今高嶺祀英魂假王聊固三齊國報德常懷一飯恩辱胯不似真長者封侯有怨豈王孫只緣震主功多忌遂與陳彭一例論

晉郭璞讀書處 在聞喜縣

惜哉郭景純博雅勤亹亹何不學公明泰山聊治鬼

削字無庸平聲讀

愧字謹擬作慚祀
令土擬作膝坏土
削字雖無平音
以律句兼古尚
無碍第一三六
等句正亦相配

到字謹擬作處

擬字謹擬作溯清
聲擬作音聲

墓 在洪洞縣

千秋祖法家如何尚刀筆豈不愧削瓜
斷碑蝕古霞英靈祈默佑鞫讞冀無差
使西夏審案過此下車虔拜默祝祈佑
句備員西曹數載總以首句為箴然惴
敢自信者多矣

穗黃農家隙地種餘糧紫雲一片風吹
十里香

先生祠前漢槐歌 在介休縣東門外

濁流漢家黨錮天為愁先生讀書常謝
誰能儔鑒別羣倫識臧否雨中危坐知

副字無作平聲讀

愧字謹擬作慚　祀

令土擬作膳坏土

削字雖無平音

以律句兼古尚

無碍第一三五

等句區已相配

到字謹擬作慶

擬字謹擬作溯　清

聲擬作音聲

過皐陶墓 在洪洞縣

寧失不經語，千秋祖法家。如何尚刀筆，豈不愧削瓜。遺墓祀今土，斷碑蝕古霞。英靈祈默佑，鞫讞冀無差。

余奉使西夏審案過此，下車虔拜，默祝祈佑，故有末句。備員西曹數載，總以首句為箴，然惴惴焉不敢自信者多矣。

苜蓿

稻穗青青麥穗黃，農家隙地種餘糧。紫雲一片風吹到，苜蓿花開十里香。

郭有道先生祠前漢槐歌 在介休縣東門外

此輩清流投濁流，漢家黨錮天為愁。先生讀書常謝客，八及八顧誰能儔。鑒別羣倫識臧否，雨中危坐知

萬古知謹擬作誰不知

白眼謫仙四字謹擬作仙李當年

君子角巾瀟洒擬(溯)仙舟流徽餘韻今渺矣先生之風

高岳瀆先生之化洽草本(木)當日庭前聽講槐至今綠

陰覆堂屋兵燹滄桑幾變遷虬枝鐵幹總依然清(音)聲

夜半驚風雨疑是先生尚誦絃

汾陽王故里祠 在華州東門外

白眼謫仙早(李當年)識荊威儀夢裏㡌胡兵經綸自具回天

手聲妓何須却世情從古賢臣逢聖主幾人大壽又

鴻名惟王五福符洪範百代雲礽尚薦牲

楊伯起先生講學處 在華州城外

四知萬古知慎獨聖所寶不見夕陽亭夕陽照青草

邠州大佛寺 就山鑿石像高數丈下有流泉相傳唐時所建

今字謹擬作尚 丹塗作剛鑄 昔日作還想

入夢金身十丈豪，李唐肖像就山高。雲生眉睫巢飛鳥，泉湧蓮臺踏巨鼇。臨眺今驚孤嶂迥，丹塗昔日萬夫勞。征人苦熱無方避，到此寒颸沁髮毛。

○風雨過黃河喜至寧夏

賀蘭山色豁雙眸，楊柳村邊古驛樓。一夜鯨風吹海立，滿身梅雨渡黃流。炎蒸午日昨猶暑，涼透綿衣今作秋。隨處清渠環綠壤，果然人到小蘓州。（人呼寧夏為小蘇州）

○陳希夷先生墜驢處（在華州東門外）

希夷先生年十五，母喪既畢棄園圃。一鐺在手訪名山，遍覓松喬遊洞府。五季興衰亂似麻，九州老幼紛成虜。先生目覩日悲傷，天道淩夷人莫補。自知隻手

此注字數似可節省　謹擬作觀希夷答宋琪問黄白之術與子陵答侯霸之言同一真正理學世以二賢高蹈遂以羽化之徒目之也因筆及之

豈擘天策褰歸來誦太元人鍊黄白貪駐世吾廬天地常酣眠一間趙宋陳橋起萬姓從今解倒懸撫掌哈然忽大笑抛鞭墜地如登僊仙家只講長生籙漢武秦皇受此毒縱使冲天無益人先生一語如朝旭懷仁輔義子陵言可與此論同忠告人謂希夷仙術優我謂希夷聖道篤

觀希夷書所載陳摶答宋琪問黄白之術曰假令白日冲天何益於世固非獨善其身者比也與子陵答侯霸懷仁輔義天下悦之之言同一民胞物與之志因此題特為衍出真正理學世以二賢高蹈遂以羽化之徒目之非也因筆及之

漢龍亭侯蔡倫墓　在安邑縣王范嶺

上古苦無紙窮經事最難刀鐫費時日手録乏縑紈

棲字謹擬作遠 石蹲擬作雲核 礙擬作隔

題中寧夏二字可省 看擬作撫 青字作武襄 之字亦省

一代龍亭製千秋虎觀完工商皆利賴不獨益寒酸

署中望賀蘭山

相距五十里嵐光牕外留望峰分狄夏作態異春秋樹矮添巒黛石蹲礙澗流不知今五嶽誰與此山儔

八月二日至寧夏平湖橋看（撫）狄青（武襄）拴馬樹為長歌以誌之

趙宋防邊惠且寬西北諸夷貪而殘封豕長蛇趙元昊天都野利真雄奸不乏（誰則）胸中縱百萬難（能）使西人心膽寒（一朝）韓琦仲淹（范）貶秦耀銀綏環慶城無完仁宗赫怒下懲（嚴）詔收其賜姓削其官寶元二年十二月命將狄青（公）復保安將軍當日鎮西粤三鼓曾奪崑崙關威名

小范謹擬作誰則難作能　韓琦仲淹作一朝韓范懲詔作嚴詔　命將狄青作命將軍狄　銀川句作銀川珠少古名蹟　根瀰漫作長丸丸

呵嗟乎人貴　韻轉東韻只三語古詩中似少此體

早已震西夏一戰敵人走賀蘭賀蘭山下平湖岸橋邊大樹垂溪灣將軍破敵憩樹下低柯繫馬停征鞍我來平湖秋已半輪囷十丈鳴凰鸞風雷兵燹閱歲久銅皮鐵幹新枝蟠牧（野老）童摩挲談往事甘棠猶憶狄登壇大宋名臣與猛將西征燦列青編端銀川何（珠）無（少）別古（名）蹟惟有此樹根（長）瀰（丸）漫（丸）吁嗟乎人貴立德次立功莫使姓名同草木一朝搖落隨秋風

八月十三日出滿城南門外登嵐峰寺望賀蘭山

何處煙霞盪我胸城南古寺壓奇峰披雲樹色連還斷過雨嵐光淡復濃朝旭燦開金翡翠夕陽秀削玉

寧夏之字可省

此首謹擬刪

芙蓉葦塘三面清漣繞疑在瓊樓十二重

寧夏書所見

胡麻枸杞遍平疇白笠赤身踏亂流余北人初見水田沾塗之若楊樹高柯圓似塔柴車長轂大於牛雨餘渠柳猶青眼秋半邊山盡白頭誰道黃河為世患安瀾利稼在銀州

菊花

露冷霜嚴百卉萎如何紅紫鬭秋墀天公恐失羣芳影預借春光續此時

寄內

恐葢山妻老病傷家書字字説康強那知蘭嶺西風

> 難除謹擬作曾袪刪

> 鋒利謹擬作健利 忽焉作忽忽 用不勤作不使竭

勁數月詩人滿鬢霜

十一月二十一日喜春屬至寧夏

遠宦難除旅客情異鄉婦子竟稱觥賀蘭今夜山頭月更比遼天分外明

寄得碩亭二丈

公年七十六氣體猶鋒利余年六十八面貌未顢頇合計二人年一百四十四忽焉歲月馳急若飛鵬翅少年歡樂場回首無心意我官君賦閒出處雖云異聰明與性情易地皆一致相隔四千里數語憑郵寄人生亦危哉全賴氣與志氣可固吾形六鑿何能累綿綿用不勤壽與松喬類志乃一身君實為氣之帥

莫因老而衰起居失道義守此日康强金丹等兒戲彼此書一通請自今朝試

題中寧夏三字可省

寧夏除夕

銀川送歲爆聲中燕郎遼疆俗略同金鳳形成占月喜銅龍漏永兆年豐辛盤薦韭絲絲翠栢盞傾醪灩灩紅檢點朝衣趨

帝座榮光常對日曈曨

公署閒吟

武烈文謨趣本同儒生自古作元戎八騶已遂男兒志三箭曾無壯士功天漢氷消盤駿馬賀蘭草淺試雕弓

〇須格平抬寫

堯階干羽邊氛靖只與韜鈐勵孝忠操演餘閒

講讀

聖訓

咏壽字風箏

箕疇五福首遐齡製就因風送始青曦照高懸仁壽鏡月明低映老人星鴻書遠帶烟霞勢鸞篆中含松栢形贈我意同函谷畫長教紫氣護門庭

病中答洪雨薌書

愈病雄文雪浪奔自憐宦跡似萍痕銀川花月剛吟遍又咏停雲入劍門

客歲三月奉命出都今歲三月二十日又奉旨調任成都將軍雪泥鴻爪人生聚散有定數也自記

游富氏小園 左湖右山

悟到人生蝨處褌清和隨地覔花村謫仙每憶石崇

酒杜老頻游何氏園倒影湖光含遠樹垂嵐山色映
朝暾近年詩思皆
君貺詣鎮銀川又劍門
直官今歲烏鴉巢庭樹者十倍於前
如蓋雙楊署院東百千烏鳥搆巢工哺親鷺子銜寒
雨瘏口嘵音呌晚風禮義不遺天地外孝慈猶在羽
毛中啞啞不厭聾人耳看到歸飛夕陽紅

禮義字謹擬作化育

陽應作照

送官廛携鞾易酒養羸親百年常作太平民語罷官
民意各申但見赤日東出半天霞起隨征輪

留别滿城兵弁

滿營皆勁旅教養首當籌家富方能穀兵強貴有猷

此首謹擬從删

題中命字仍擬照前平抬

習習吹謹擬作只自知

慎宜占虎尾利莫計蠅頭
聖德如天地惟忠一字酬

水田

耳邊渠浪走雷碌四野農歌樂未央疏鑿河源師大禹縱橫井字倣周王蛙聲岸上妻兒餉鷺影風來稲麥香水旱無權推此地人工信可救天荒

嘉慶癸酉奉
使命（頂格平抬寫）弔祭喀爾喀郡王曾在萬山頂上以活水烹茶寧（甯）夏道中苦熱亦在柳陰中啜茗絕（頌）似當年風景口占此絕

瓦瓶苦茗綠楊陂兩腋清風習習吹（只自知）無異廿年游塞外萬松嶺上品茶時

徒字謹擬作存

瓦亭懷古

石壁雙懸若建瓴，中流奔放走雷霆。天公設險徒（存）形勝，人事無憑在德馨。趙宋軍門山自碧宋吴玠與金兵大戰於此，李唐牧厰草猶青唐肅宗牧馬於此。隗囂不識真王氣，空使將軍駐瓦亭後漢隗囂使牛邯守此。

前詩寫在蜀道草內

蜀道草 己丑

己丑 瓦亭懷古

武功五丈原

太白高標近紫宸，武功綿亘壓西秦。三分局定疲心力，五丈原屯泣鬼神。餉（轉）運只須勞木馬，天威豈在釋（指揮竟爾失）

餉運謹擬作轉運，第六句擬作指揮竟爾失綸巾

綸巾將星若使留天上吳魏何人敢不臣

班固墓

蔓草荒烟裡蘭臺令史墳一家傳信史千載續鴻文石鼎埋秋雨殘碑隱暮雲往來虔拜謁誰復薦蒿芹

詢之土人明代已乏後裔

過馬嵬坡

不惜芳魂逐落塵六軍駐馬盡非臣傾城哲婦從頭數畢竟楊妃是可人

銜花野鹿兆堪傷聲色迷人不解狂最是天心愛天子鈴音猶自惕三郎

馬伏波祠

誡書防口過惟口召譏鋒何必詆如狗無須譽彼龍

九泉知勅令一世誤梁松銅柱英名在徘徊聽晚鍾

宿寶鷄縣公館北牕外翠竹青蔥花樹陰翳遙

望南山渭河縈帶峻嶺糾紛頗有出塵之想

居處常有竹舉箸常有肉容顏既不瘦氣象亦不俗

坡仙不能兼而我兩欲足陶然開户望山嵐濇我屋（延入）

渭水如帶圍滔滔響深谷（下雲）客樹如手栽行行湛深緑

舉林樂不禁余何得此福口餐與目玩盡仰出（雖然在傳舍聊足洗塵躅）

君恩渥靜思何以報葵心勵幽獨

由鳳嶺至心紅峽

鳳嶺嶙峋百丈蓮心紅峽勢更奇妍（超然）東來一水疑飛

題中縈帶糾紛六字謹擬節去

詩中濇我屋擬作延入屋　響深谷擬作下雲谷　舉林二語擬作雖然在傳舍聊足洗塵躅　仰作出

奇妍二字謹擬作超然　壑邊作浪靜

夜未眠謹擬作乍起眠

孝忠智勇四字謹擬作智謀勇略 只作惟

遣客煩謹擬作沁耳根

雨西去千峯欲蔽天壑邃（浪靜）魚龍眠澗底月明虎豹飲
溪邊暫時未接金章綬小憇名區亦地仙

雨發南星

雷雨萬峯巔南星夜未眠有山皆帶絮無樹不籠煙
留壩遺村邈陳倉古道偏怒號泉不已使我緬前賢

紫柏山謁留侯廟

娍媚形容俊傑身英雄事業總翻新孝忠（智）智勇（謀略）足千
古將相神仙只（惟）一人避穀庵前山自碧授書橋下草
長春功成則退皆深曉誰似先生迥出塵

由武關至武曲鋪道中口占

峻石磨天割曉昏翠微深處數家村濤聲暫歇蟬聲

第三句謹擬作廟與靈神古　殘作因

頌良明謹擬作見忠貞　又第五句擬作盛業未遺軍國計　清貧擬作高懷

起竟日笙簧遣客煩

過鷄頭關

峯尖翹鳳嶺石骨秀鷄頭廟古靈神祀山有白石土地祠碑殘好向留詩碑甚多烏江從北會武關河出褒城下漢中府又名烏江漢水自南流出鷄頭關石壁上有漢上先聲四字半月蠶叢路今朝豁兩眸

從此出北棧

沔縣謁武鄉侯祠

孔孟行藏伊呂名君臣魚水頌良明（見忠貞）若非車駕勞三顧竟欲琴書了一生厚祿（盛業）不教（遺）倉庫足（軍國計）薄田唯令子孫耕清貧（高懷）亦解赤松樂恐負吾儒事主誠

過五丁峽

路全青激石濤驚吼過山雲久停蛟龍腥不見五丁斧空餘斫鑿形

壁留[?]屏韵跡自似与國府作
内之賦意複擬易通針需選[?]

金鰲嶺

礦流鬼斧斫雲根澄江直下帆如鳥絕壁側行人似猿龍洞底深霜氣逼金鰲嶺峻雪濤奔詩材畫料時時有翻恨斑毫不盡言

礦流二字謹擬作荒唐 龍洞底深擬作龍洞背高 末句擬作客裡何人共細論

過劍門懷古

雨淬雲磨新發硎雄關天揷萬青萍蔞疆八陣風雷護松嶺三川草木腥堪笑公孫空悞夢可憐花蕊嘆無丁寄言千古英雄輩樹德何須恃建瓴

空悞梦三字疑有誤謹擬作成幻夢 嘆無丁擬作感空庭 廷似應作庭

七里坡謁誌公廟 像塑與一覓服者坐談

鬱留屏韻跡自似與陶庾作
內之聯意複　機易游通針虛隨

昨宵靈雨零，峽口路全青。激石濤驚吼，過山雲久停。壑留犀豹跡，澗帶蛟龍腥。不見五丁斧，空餘斫鑿形。

由龍洞背至金鰲嶺

嶓冢山高導漢源，礙流（荒唐）鬼斧斫雲根。澄江直下帆如鳥，絕壁側行人似猿。龍洞底深（背高）霜氣逼，金鰲嶺峻雪濤奔。詩材畫料時時有，翻恨斑毫不盡言（客裏何人共細論）。

過劍門懷古

雨淬雲磨新發硎，雄關天揷萬青萍。夔江八陣風雷護，松嶺三川草木腥。堪笑公孫空誤（成幻）夢，可憐花蕊嘆（感）無丁（空庭）。寄言千古英雄輩，樹德何須恃建瓴。

七里坡謁誌公廟 像塑與一覓服者坐談

礙流二字謹擬作荒唐 龍洞底深擬作龍洞背高 末句擬作客裡何人共細論

空悞梦三字疑有誤 謹擬作成幻夢 嘆無丁擬作感空庭 似應作庭

列字謹擬作徹出寺作寺外清泉作流泉

可之

亦擬从刪

題中謹擬稱梓潼神敬脫一格書不必下抬

山聳清淨身泉翻廣長舌中有一荒庵云是誌公穴
進門拜遺像遺像丰神別揮麈與客談猶似說寂滅
雖無謦欬聲真諦昭然列（徹）出寺（寺外）望山光山光帶歡悅
下山俯流（清）泉我心空且潔

雨後過上亭驛 又名郎當驛

四山青翠滴不見一樓閣時鳥變新聲應勝聞鈴鐸
我來正值梅雨零草香山秀心神樂人間何處不清
涼三郎當日天奪魄

○七曲山謁梓潼帝君廟

帝德元微渺莫尋慈雲常護梓潼岑青天白日垂明

可倣之存 亦擬從刪

訓曲水崇山見道心人説化書言近幻我覯降筆字
皆箴自從文訓留衆宇禎鐵陶鎔半化金

落鳳坡龐士元墓

火井重炎降偉男英雄百里任非堪若教龍鳳天留
一定使魚凫國不三褒谷雲屯神策殫雒城星隕戰
聲酣至今白馬關前月尚照軍山午夜嵐

二首可已 此首擬刪

支機石 城西南隅

别青冥尚帶蒼天色猶含拔地形
爛雲星欲問言真假難尋上界靈

此首擬存 擬作説 住字謹

竟以名星河懸織女卜肆住君平

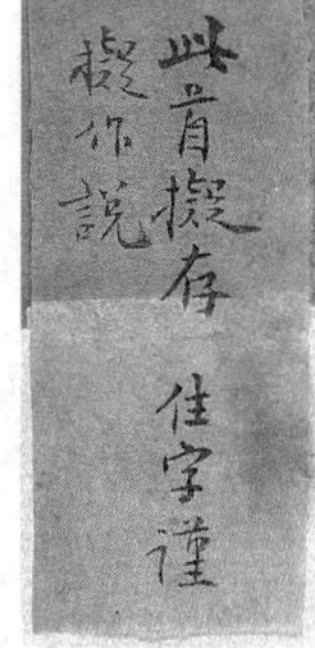
此首擬存　住字謹
擬作說

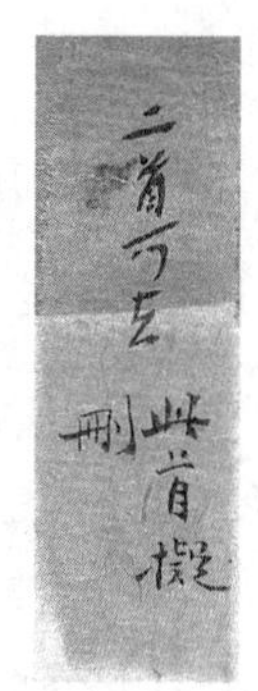
二首可芟
此首擬刪

訓曲水崇山見道心人説化書言近幻我覩降筆字
皆箴自從文訓留寰宇頑鐵陶鎔半化金

落鳳坡龐士元墓

火井重炎降偉男英雄百里任非堪若教龍鳳天留
一定使魚鳧國不三褒谷雲屯神策彈雒城星隕戰
聲酣至今白馬關前月尚照軍山午夜嵐

支機石 城西南隅

銀河一片石何歲别青冥尚帶蒼天色猶含拔地形
拋梭回日月製錦爛雲星欲問言真假難尋上界靈

其二

一塊巖頑石支機竟以名星河懸織女卜肆住君平

題中成都署中四字擬節去

漢代傳虛語，周詩有定評。大東歌跂彼，不見報章成。

○成都署中中秋夜同獻卿小酌寄示兒子琳

不散秋陰籠月華，四鄰簫鼓競喧譁。堂前香綻金銀桂，堦下根留富貴花（庭有二桂，署中呼為金銀。又有牡丹數本，秋冬不萎）。玉壘今宵詩有客，銀川去歲宦無家。遥憐陟岵癡兒女，應嘆人生似聚沙。

○偕琦制府桂方伯吉廉訪游草堂寺

萬里橋南杜老庄，風流豪屐宦游場。席延治蜀文宣化，座有籌邊李鄴皇。種竹草堂如昔緑，浣花溪水至今香。惠陵君相祠相近，應共先生峙耒陽（西偏即昭烈陵、武侯廟）。

○九日登成都城樓

（踐字謹擬作感　溫作軒、家作才）

佳節名區兩莫違芙蓉城上繡旌飛半弓蔬圃蹲鴟滿三尺茅簷舞鳳圍西蜀山川原秀麗重陽花草更芳菲高臨福地神應健何必茱萸插鬢歸

洪雨薌來蜀出示雲棧詩草書後

携得新詩入劍門鏗鏘猶帶劍泉喧未揮金柱堂前麈已踐（感）銀箋約後言吐鳳清思多穆穆彫龍奇句自溫軒（軒溫）詞壇新立諸侯國要以君家（才）領大藩

謁昭烈帝陵　庚寅

只知王業不偏安不信金刀運數殘自起卧龍扶漢祚終教履虎畏曹瞞二江碧浪悲前事六對青山送暮寒今日君臣尚魚水森森松栢共荒壇（傍即武侯祠）

宿馬道

千里驚濤吼怒虬煙嵐風樹冷如秋荒村夜聽寒溪漲溪上残碑紀鄭侯（有鄭侯追韓信處石碣又一碑刻寒溪夜月四字）

○留侯廟和趙文肅公韻

名遂身退天之道倦飛人豈不如鳥此意久受圯上老若謂世上神僊好千古英雄學不了何止留侯歸山早君不見史書辟穀義冢深赤松黃石久銷沉

過心紅峽

嶓山褒水嫩寒天，山徑閒花色更妍。幾片癡雲眠澗底，輕風吹上萬山巔。

過紫栢山見連理樹

……頻綿亘紫栢山巖石皆蒼秀清流總曲環翠……遠字斕斒道人植花竹淺碧間深殷緋……迤邐下山彎瞥見連理木挺然立山谷太……剝蘚文可讀當年發異香今日困樵牧雖……形體猶完足中間橫幹連根本氣相屬嗟……號此表淳俗君不見焦仲卿生不遂其願……又不見宋韓憑冢上雙梓木鴛鴦棲青

總曲環謹擬作曲曲環，深殷作紅殷，棲青陵作棲且鳴，或藏忠義祇句作或有忠義塋，二家二字擬節去，良朋作曲庚

總曲環謹擬作曲〻
環深處作紅殷樓
青陵作棲且鳴或藏
忠義訳向作或有忠
義塋一家〻字擬節
去良朋作曲庚

過心紅峽

嶓山褒水嫩寒天，山徑間花色更妍。幾片癡雲眠澗底，輕風吹上萬山巔。

過紫栢山見連理樹

岧嵽紫闕嶺綿亘紫栢巖石皆蒼秀清流繞曲環翠屏題仙隱年遠字斕斒道人植花竹淺碧間深殷緋細竹望久迤邐下山彎暫見連理木挺然立山谷太守築碑亭刷蘚文可讀當年發異香今日困樵牧雖無青綠枝形體猶完足中間橫幹連根本氣相屬嗟哉造物心毓此表淳俗君不見焦仲卿生不遂其願沒後處柯榮又不見宋韓憑冢上雙梓木鴛鴦棲青

陵草木無知物抱此萬摯情人生厚倫理鬼神默為
旌我疑此樹下或藏忠義跟不然今之四海一家永
平成九叏八蠻慶良朋天鍾靈異东吾民我欲繪圖
呈　帝廷　聖朝不尚祥瑞賡

○鳳山遇雨

鳳嶺鬱嵯峨斷㟧峯無數碧落點微雲山嵐滴沆露
九紅欲照行到最高峰雲密雨如注
見山頭樹靚面不識人但聽足聲步
沉散烟霧日尚未及晡何以忽昏暮
樹皆如故回首望雲山豁然頓開悟
從天半庋

紅欲照謹擬作紅閒素足聲步作踉蹌步頓開悟作心開悟

紅欲煦　謹擬作紅閒

素　足聲步作踉蹌

步　頓開悟作心開悟

陵(鳴)草木無知物抱此篤摯情人生厚倫理鬼神默為
旌我疑此樹下或藏(有)忠義氓(塋)不然今之四海一家永
平成九夷八蠻慶良(由)朋(庚)天鍾靈異亦(拱)吾(金)民(城)我欲繪圖
呈帝廷聖朝不尚祥瑞賡

鳳山遇雨

鳳嶺鬱嵯峨斷齶峯無數碧落點微雲山嵐滴流露
樹色碧於藍花光紅欲(間)腳(素)行到最高峯雲密雨如注
難覓澗邊花不見山頭樹覿面不識人但聽足(跟)聲(蹌)步
俯視地如天茫茫敝烟霧日尚未及晡何以忽昏暮
下山雲漸開花樹皆如故回首望雲山豁然顧(心)開悟
天半雨即雲我從天半度

沔縣道中遇雨

繡隴濕香泥，烟深遥轉迷。漲流江漢北，青到蜀秦西。峯暗黄牛堡，雲垂白馬氐。不惟禾稼好，芳草亦萋萋。

由成都調任綏遠留别琦静菴制府

大川利涉幸同舟，管鮑知交半載留。慧照無虧氷鏡月，淡懷相映玉壺秋。傳家勳業推巖武，專閫經綸屬鄴侯。對榻忽驚分袂去，望雲應憶李公樓。

宦跡東西似燕鴻，迢迢關塞指雲中。防邊自愧疎儒術，定遠君先簡 帝衷。纔聽蠻歌歡月窟，又聞驪唱别蠶叢。嫖姚澤未沾營柳，惠政還期補名公。時琦侯奉命兼攝將軍篆

青峰擬竟作山峰下句同　下句擬作雲峰變幻山峰舞

雲峰歌

雲峯更〔變〕比〔幻〕青〔山〕峰嫵〔舞〕山含雲氣千里
五有時白雲出山去似別山靈非作
復歸青山又作白雲主山靜雲動
無今古

誰闢洪濛一線天金鰲嶼上度戎旃但隨鷹隼雲中
過不見蛟龍洞底眠懶覓珠璣封燕脯獸看魑魅免
犀然此間雖是神仙窟山有仙人洞石髓何由得一咽

望華山

玉女飛昇謁上真蓮華栢箭總嶙峋揷天青靄連恒

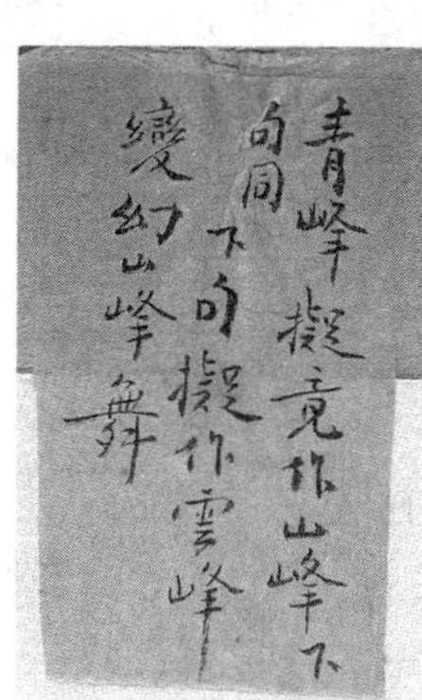

青峰擬竟作山峰下
向同下的擬作雲峰
變幻山峰舞

雲峯歌

青[山]峯缺處雲峯補雲峯更[變]比[幼]青[山]峰嫵[舞]山含雲氣千里遙雲去青天只尺五有時白雲出山去似別山靈來作霖雨須臾雨霽雲復歸青山又作白雲主山靜雲動宰元功蒼蒼燮理無今古

過龍洞背

誰闢洪濛一線天金鰲巘上度戎旃但隨鷹隼雲中過不見蛟龍洞底眠懶覓珠璣封燕脯歎看魑魅免犀然此間雖是神仙窟（山有仙人洞）石髓何由得一咽

望華山

玉女飛昇謁上真蓮華栢箭總嶙峋插天青靄連恒

此詩重見烏臺草中并有用本詩韻紀遊贈人之作謹擬删此存彼

岱倒影黄流鎖晉秦捫蝨坐談思霸佐騎驢返顧憶詩人卧游已入王維畫何事高吟問紫宸

題中塞外二字可省
詩中塞峰謹擬作邊山

晉齋詩集卷七

紫塞草 庚寅

長白昇　寅旭

塞外登高

誰言荒僻是邊陲，到處黃花伴酒巵。曾看蜀中城似錦，又逢塞外雨如絲。臺非戲馬何妨陟，才遜題餻不廢詩。萬里山河頻指顧，公餘一嘯慰吟髭。寓處有平臺，黃河在南

塞外山行遇雪

寒風淅瀝掩朝暾，片片飛霙蔽遠村。旅館已拚陶令醉，征途又賞謝庭樽。遥林有色千山寂，行客無聲一澗喧。今日塞峰添幻態，玉龍忽現爪鱗痕。

◎松湘浦尚書年八十與余同奉使烏喇特鞫讞詩

以格抬寫

題中使字擬照前平抬
詩中帝廷謹擬作帝稱第二五目明良字仍平抬
三朝字項格擡寫

以奉祝
瞿鑠　帝廷（稱）翁誠孚夙夜忠冰心涵海月霖雨普
（帝字項格抬寫）
春風婦孺知君實要荒拜令公他年麟閣賛官迹遍
寰中
再世能仁佛三朝老尚書明良隆古際將相幾人如
（項格抬寫明字同）
兄事十年長鄉推五福廬朔方持使節樽酒喜連裾

昭君行

乾坤毓（奇）秀無遐邇（鍾彼美）半出簪纓半牀第（何論男兒與女子）才貌豈足定閨
賢總觀大節知臧否呼韓入覲詔六宮願嫁番王挺
身起一枝穠艷別椒闈三千粉黛皆委靡奸人伏罪
漢王嗔昭君遂志單于喜御溝紅葉水瀜瀜團扇凄

起二句謹擬作乾坤奇秀鍾彼美何論男兒與女子
典屬句擬作典屬國當吞雪時貞操句擬作潔身之難猶如此
勝青史作同青史
注中賦此才識欲不背壞倫理十字擬節去　注下只須自記二字

成帝字四行用雙行寫楷三

涼處處同回憶簪花衆姊妹可憐白首甘泉宮琵琶
酥酪日歌舞寵擅閼氏塞北空外無胡馬飲江水内
無野鷄興女戎願為鷄口不牛後誰識女子真英雄
大青山下黑河沚旁有孤墳如壁壘空餘牧豎任樵
蘇自昔流傳（傳）青塚是當年夫歿請還朝詔令從胡亂
人理守志賢妃從一終君王忍不諒人只視彼文姬
返漢關失節屢嫁中朝士典屬國老當人吞雪時忠牧羊又
娶胡兒娉名臣才女縱千秋貞操（潔身之難猶如此）應令昭君鄙閒道
黃河西岸邊（傳）亦有王嬙舊芳址噫嘻吁一抔黃土易
銷沈青塚傳疑勝（同）青史　黃河西尚有青塚二處
成帝命從胡俗幾同亂辭命昭君賦此才識斷不

前卷有夾啞驢一篇自注用○○字○以○注似當照前一律

五穀登謹擬作登五穀 惟覺滕六四字作何以六花 四者句擬作窪處成凹仰處凸 各別作相別 如斯作可期 福字作錫福 拜颺作對揚 注中恩字可省

胥壞倫理如欲從胡必不請歸漢矣以是知昭君為後閼氏生二女之說雖出漢書不可盡信飲藥之說可以勵俗是以宗此立論 賓旭自記

臘月十九日綏遠大雪與洪雨薌及兒子琳珣分韻賦詩效聚星堂禁體余得雪字

去歲我東蜀都節巖嵋未見山頭雪今年移鎮綏遠城夏秋猶苦天炎熱北地頻年五穀登三冬惟（何以）覺滕六（花）鈌我來送臘前三日忽見同雲蔽門臯五更料峭削衣稜早起霏微生眼纈細如粒米碎如粃凹（窪處成）者如（仰處）窪高如凸青山（即大青山）絶頂飛鳥藏黃河兩岸堅冰結煖帳羊羔寒夜茶窮簷華屋樂各（相）別余所樂者不在

御字亦平
抬頂格寫

換長暉謹擬作轉韶暉　共球作冠裳　秋深花熳々作曾衝風攬々　冬盡作今見　西極離題作西徼塵氛　多未是作猶未足

此豐稔如斯健訟蔑官無負累民食饒六盟部落弭（可期）
盜竊坐食俸錢賑亦安公餘吟賞皆堪悅昨日
君恩復有加御書福字匾高揭拜颺恭繕謝（錫　對揚）
恩箋恰與瑞雪合為一（謝福字恩摺不能專遞恰好與得雪摺並發）

庚寅除夕時年七十

駿狼短景換長暉萬國共球拜紫微雲棧秋深花
熳熳平城冬盡雪霏霏（去秋鎮蜀今夏移鎮綏遠）北門鎖鑰慚臣
職西極雕題攝帝威栢盞頻傾新節序椒盤又
頌歲芳菲葵心願報三春日萱室空思五色衣處事
到今多未是論年自古不為稀駒光漸送籤鏗老馬
齒宜知伯玉非腰腳願如鵬翮健圖南常向

末句謹擬作宜兆芝蘭玉樹芳句下將第六首注移上

侍顏二字擬作可攀第三句作共憐當日焚兀二字

九重飛

寄呈家介亭大兄 辛卯

東土承恩世澤長傳家忠孝卜其昌挺生人傑培宗脉宜兆芝蘭玉樹五桂芳兄年七十有六精神矍鑠子三人長次任戶刑部郎三任防禦約亭三弟長子任禮部有孫三人不用雕蟲篆刻功力求實踐古人風敦宗有道嚴家法半學朱公半范公兄性好讀書經史子集無不披覽然不尚詩文獨脩士行治家有法抱恨終天未可攀一株椿老玉門關共憐當日焚孤哀子萬里隻身扶櫬還先叔殁于烏城時大兄官農田主政乞假迎柩歸里哀毀踰禮數郡畢至鄉里咸稱其孝弱弟零丁女弟孤向平婚嫁累全無最難家督兼師

字擬作曾

範闔郡人誇韋氏珠先叔遺弟二人妹一人俱幼大兄課讀婚嫁一身兼之二弟早世三弟官協領循聲赫奕先叔德行最厚時人有韋康與珠之譽

〇厨中常列五侯鯖執法平反動貴卿鷁退不思重振翮閉門惟有讀書聲兄任刑部郎中政聲洋溢五部卿僚坐中常滿因公左遷遂不出仕訓課姪輩手不釋卷

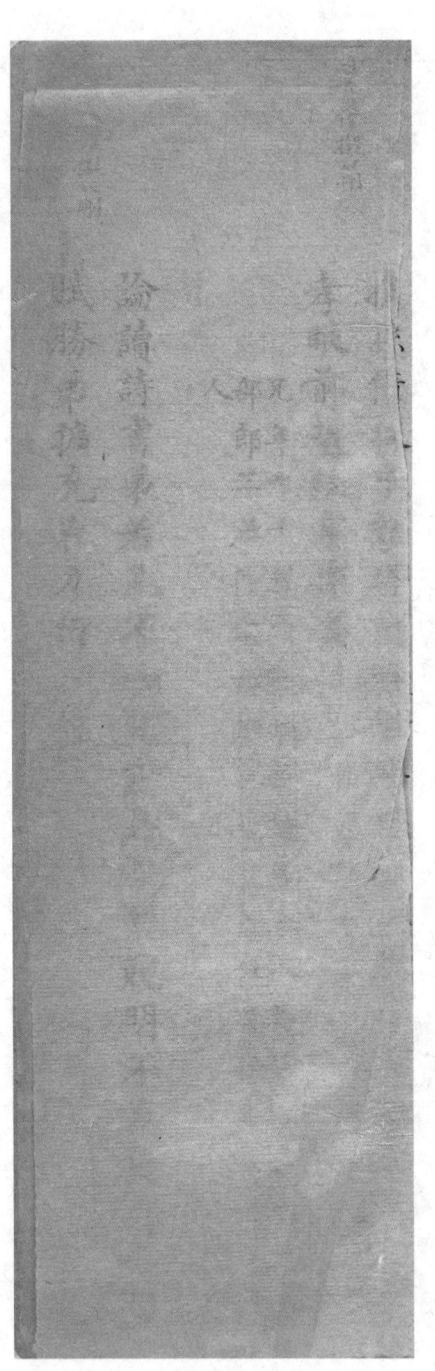

範閩郡人誇韋氏珠先叔遺弟二人妹一人俱幼大兄課讀婚嫁一身兼之二弟早世三弟官協領循聲赫奕先叔德行最厚時人有韋康與珠之譽

廚中常列五侯鯖執法平反動貴卿鷁退不思重振

翢閉門惟有讀書聲兄任刑部郎中政聲洋溢五部卿僚坐中常滿因公左遷遂不出仕訓課姪輩手不釋卷

携孫倚杖步郊坪消遣餘年只酒枰畢竟三多歸至

孝眼前蘭桂盡簪纓兄年七十有六精神矍鑠子三人長次任戶刑部郎三任防禦約亭三弟長子任筆政有孫三人

論讀詩書弟若兄不如兄處是聰明聰明不在能文

賦勝弟擴充在力行

第二句謹擬作令原
我獨效遷鶯恰
擬作好共勵寅恭
作共最嘉猷

畀字謹擬作乖
廢物抛擬作拭
几物作師保擬作
知此老二語該擬作
果尉爾

始祖從
龍住瀋城甸余燕輔偈遷鶯蹈如楊播東西族共勵
寅恭答
聖明

元魏楊播為東平將軍孝友傳家一門七郡太守三十二州刺史居華陰者為西族居洛者為東族余於乾隆己酉科拔貢朝考以部員入京旗子孫俱在北京兄族俱在東京

咸陽令陳賡堂堯書以余所書當官思於物有濟遇事求此心所安十四字勒石行館並附跋語於後詩以謝之

坡僊浣辟人或惱羲之削机知音少況我塗鴉拙且畀秋蛇春蚓行間繞誰似咸陽邑宰賢傳車一見偏傾倒不作覆瓿廢物抛竟泐貞珉留此稾我知君意

誰是二字謹擬外
豈必霸王作項王
笑擘當是笑靨
之譌宜改正
注語擬省作前
人所詠此花多與
弔虞姬無異余
特敘為此解亦
避勦說之一法
也
仍照前作小字

不在書要以此言作師保存心愛物寻語該君之第
祿由斯造感君搨本遍長安願人共作官箴寶

知此老

果能爾

院中虞美人花

淡白深紅列兩廊書齋日對美人妝只聞湘淚悲姚
帝誰是花魂慟霸王笑擘風前堆繡被纖腰月下舞
霓裳名葩盡帶傾城色漫唱虞兮枉斷腸

前輩所咏此花多借項王生意若改為弔虞姬
亦可予故創為此論亦避勦說之一法也

過大青山遇雨

山前日卓午絺衣汗如雨山後半里餘涼風透肌髓
天地有温肅代序漸而普何以頁變秋倐然不數武

因思造化功運行不踰矩朔方宅幽都豈似暘谷煦揖讓與征誅法天同喜怒　聖德洽天心八埏歸部伍南朔暨東西寒暄皆樂土彰癉協陰陽風雨符十五此地望甘霖即日雷車舞連宵潤稼苗歡聲聞社鼓

大青山北烏喇特公達爾漢貝勒四子王各部落俱較旱是日辰時雷雨大作整一晝夜山在綏遠城北二十里東接察哈爾界迤北而西直抵鄂爾多斯以黃河為界高數十仞廣三百餘里袤一百餘里考漢唐諸史無大青山之名惟後漢書五原郡西安陽北有陰山徐廣曰陰山在河南陽山在

河北又遼史載豐州振武縣漢定襄郡盛樂縣背負陰山前帶黃河元魏嘗都此又明一統志載古豐州境有黑山與雲内州夾山東西相連未知大青山即古陰山黑山否又歸化城元延祐間修道碑載大青山為祈連山北人呼天為祈連金時邊外有天山縣因名大青山為祈連山考祈連山在陝西涼州未敢妄指誌以備考 自記

夏月巡邊

整旅重邊籌將軍快目游雲停百步雨日昃萬山秋
旌旆遮巖穴耰鋤到海陬瓜期惟靜待賣劍買耕牛

游大青山晚歸見田稼豐收喜而有作

偶得登臨暇無端意興長山嵐含雨翠隴稼蟄雲黃日送牛羊下人聞黍稷香垂垂真可喜餅餌又新嘗

家養灰鶴一隻多年未去

素羽毿毿唳曉天胎禽難辨產青田眠雲隱喙雙翎暖立雨凝神一足拳長伴烏龍媚守禦乍看金雀舞翩翾多年馴擾依書帙愛汝應呼識字僊

大青山行獵

鷹隼歇驕静不譁祈連山下日初斜風中箭影狐迷穴雲外雷聲雉墮沙獲歲倉箱餘秉穗禦冬旨蓄有壺瓜坐看驍騎皆貔虎得意將軍手八叉

綏遠城除夕前五日大雪

天山雪如掌羌兒慶豐壤天山雪不深狄（胡）女無餘金南若不燠北不寒羲和敬授官亦難我鎮豐州兩臘節客臘飛霙少栗烈閭閻疾病入春多阡陌牛羊肆偷竊不意今年除夕前連宵飛雪壓山巔邊氓皆患竈其手長官獨喜畲無穿盜息民安足税賦民道長官来何暮長官年耄壽而康何不傾盃享天祚我道余年何足數行年七十過未補君不見睿聖武慎言戒酒親師䇿彼時年已九十五

過昭君墓十韻

漢代單于主多情訪玉顔邊書投御闕國色出蕭關鳳殿抛紅淚鸞臺罷緑鬟陛辭天子悔詔按畫師奸

不惜南朝艷纔安北地頑琵琶調馬上環珮棄人間
高塚青雲護香魂夜月還黛眉空黑水鴉鬟剩青山
墓在大青山之南黑河之岸早失豐碑誌徒憐塞草殷繞墳皆曲
澗鳴咽聽潺湲

元旦紀
恩壬辰

君在文穎　贈那太守之二

一卷祥雲下
帝鑑小臣歲歲迓
恩暉四操虎印邊籌靜三蕕烏臺諫牘稀自揣微軀
同草木永隨化雨逞芳菲昨朝鸞鵠天書到又整星
軺對紫薇昨奉恩旨補授授都察院總憲

○贈那嵋峯太守

才名中歲悉艾面老来親畢竟書生氣全忘太守身

登龍誇弟子吐鳳半門人聯袂逢曾點三旬坐暮春

自古循良吏功從六籍探但求經濟在不作藝文談

買櫝非邀譽懸魚為戒貪聖賢無異術就苦力辭甘

文章與行政一樣重清真六事躬先潔千編道貴純

無瑕金石貫不貳鬼神親兩事誰堪贈儒林有使君

我亦寒氊客瀛門珥筆来三邊操虎節九棘掌烏臺

難報

君恩重惟將世德培兔旃同携手努力策駑駘

晚過胡洞壩

天山回望影皤皤萬里氷天涉凍河不異歸鴉是行客征鞍常帶夕陽多

遷秩旋都

早吟巫峽暮祈連南北江山入錦箋菊徑八年荒栗里離瀋八年柳營三載鎮燕然懶將絲竹娛衰鬢愛把詩書勉後賢

上苑桃林紅綻蕊花朝恰值武陵天

晉齋詩集卷八

長白昇寅旭

烏臺草 壬辰

宿濰水鎮 淮陰侯背水陣處

白皮關路真險巇，井陘逼側山岑崎。中有大川號濰水，洪濤綿蔓流澌澌。云是淮陰背水處，殘碑疑有風雲護。左背山陵右背河，三軍用命絕歸路。故能一戰遂成功，千載威名震婦孺。竟不念暴虎憑河聖所非，仁兵臨事常宜懼。古来善戰多憂危，豈止韓侯攖主怒。陳餘若聽左車謀，滿腹孫吳誰與訴。滔滔濰水日呼號，似悔當年用兵誤。

望華山

玉女飛昇不記春洗頭盆畔石磷磷插天青靄連恒岱倒影黄流鎖晉秦捫蝨雄談思國士騎驢回賞憶詩人歸來粉本留清夢攀陟何須近帝閽

華州道中作

臘雪春融草未齊綠煙遥望已萋萋三峯二華迎人面赤水白泉送馬蹄（華州東有赤水鎮白泉鋪）唐宋勳臣碑列市（有汾陽王祠冦萊公碑）周秦名相廟臨溪（有鄭桓公廟秦非子食邑亦在是郡）傳車小憩竹林寺坐看農家饁藿藜（城外有竹林寺）

同鄠雲浦司寇暨諸同事游玉泉院用望華山韻

列嶂青留萬古春巨靈擘處露磷磷龍爭河嶽悲劉

項蟻戰嵴亟笑晉秦玉井泉飛鳴曲榭石苔竹掃坐同人片雲晚出為霖雨青滿長安萬户闥

雪嵌危峯未覺春春流帶石走潾潾近憐景畧空存晉遠悼長沙論過秦雲護金經藏古洞磴懸鐵筏度行人世無太白前身筆誰復携詩叩玉闥

游玉泉院柬諸同人

春初臘盡雪重重毛女蓮花雪尚封翠竹溪邊環萬綠玉泉雲外落三峯山亭酌酒来飛鳥有仰山亭石舫烹茶玩古松西有石舫房欲喚希夷應不醒壺中一枕睡方濃石洞有希夷睡像

[illegible]兩同寅話一筵共訝人間来玉

項蟻戰崤函笑晉秦玉井泉飛鳴曲榭石苔竹掃坐同人片雲晚出為霖雨青滿長安萬户闈雪嵌危峯未覺春春流帶石走磷磷近憐景羃空存晉遠悼長沙論過秦雲護金經藏古洞磴懸鐵筏度行人世無太白前身筆誰復携詩叩玉闈

游玉泉院柬諸同人

春初臘盡雪重重毛女蓮花雪尚封翠竹溪邊環萬緑玉泉雲外落三峯山亭酌酒来飛鳥（有仰山亭）石舫烹茶玩古松（西有石舫房）欲喚希夷應不醒壺中一枕睡方濃（石洞有希夷睡像）

簡書多暇整游鞭三兩同寅話一筵共訝人間来玉

不抬

水不知天半湧飛泉掃苔坐石觀題咏賞竹臨風聽管絃何事無憂亭下樹竭来疑是跨鸞仙亭下有無憂樹三株中空皮古枝葉甚茂

道中除夕

整頓征鞍别杏園鶯看桃板挂荒村五年此夕他鄉酒外任五年廿載今生異數恩自丙子年特簡卿貳歲歲陞轉恩皆異數幾二十年藏當無須祈富貴祭詩不假覓雞豚遥知滋德堂家堂名前樂羅列斑衣拜子孫

○癸巳

正月二日夜雨　癸巳

天厭去年旱元春大澤施隔宵雲潑墨到晚雨飛絲

灑面氣清骨傍山香沁脾五更和漏滴點點是民脂

人日絳州道中

四野春陰失遠村霍山汾水送行轅皇華使者逢人日白髮詩翁渡禹門遺此誰能醪解意不如歸去烏曾言無田懶退坡公鄙况有蓴鱸滿故園

因疾乞假偶遊南郊適禮闈將放榜因憶去年此時余亦充總裁尚在鎖院中也

休暇旬餘日正長好風吹我過南塘遠山雲釀催苗
雨近圃人聞刈菜香共説范公傳舊鉢誰知陸氏盡
荒庄去年黍作探驪使正恐遺珠掩夜光

杜石橋同年寫秋山疊翠圖便面見贈戲集李
義山句題之

何人書破蒲葵扇嶺上猶多隱士雲古者世稱大手
筆人間惟有杜司勳

題竹嶼觀雲圖 書公垂孝廉畫

竹塢無塵天亦綠白雲如絮出山谷須臾偏覆綠烟
梢欲辨竹雲迷兩目近嶼幽人負手游心若閒雲身
若竹入道幽人瘠不俗我道幽人富且退晨起雲作

衣晚餐笋當肉人間誰有此福祿

題裕容齋都統自畫秋菊牡丹共插一瓶圖

治藕旁畫鼠姑枝富貴叢中淡最宜釣叟與王曾共
榻披圖對此復何疑

國色霜姿並賞難天香竟伴晚香寒洪鈞毓秀無遷
徙獨有詩人伯仲看

九日冒雨登樓

零陵昨夜燕飛翔眺盡平蕪色莽蒼染葉清霜來九
月洗花涼雨送重陽已無鳴鳥啼深綠尚有游蜂抱
嫩黄應是畢星愛佳節欲看灑面到詩狂

癸巳除夕

繡囊

御福拜

楓宸麀鹿銀鱗色色新俱係恩賞富貴花開香入幙時有人送牡丹數盆琅玕風裊翠生茵古稀雖已逾三歲抑戒還思過九旬笑捧屠蘇看跪祝年年後到老人身

甲午

上元夜同洪雨鄰陳瀛東暨琳珣以金吾不禁夜分韻余得金字

爆竹鐙輪滿上林，銀花叢裏聚華簪。良宵得句爭千古，異地來朋抵萬金。青火傳經猶索蘊，紫垣讀易正高吟。寄言他日瀛洲客，莫負鐙園一寸陰。

又以五字共得五首

車馬騈闐暖銅壺漏已深鉛光夜如晝月色古今

貧借鑿牆火豪擲買笑金卓哉惟大宋不忘有賞心

金字韻

朔望本無殊花鐙上古無傳杯持紫蝴椎稅數青蚨

是年椎稅 莫謂一時富遂忘千載吾試觀元夜景耐久是

水壺 吾字韻

免俗人未能從衆余豈不魚鹿祀先靈棒藜齋古佛

翠袖飾珠璣蜂衣光黼黻到晚步星橋鰲山高佗佗

不字韻

沈香然數車隨唐奢靡甚

聖代貴無華民歡在不禁雲霞錦作帷簫鼓聲餘[illegible]

豫東閱伍草

甲午

奉

使山左查閱營伍贈柬同事奕凝峯少司馬

恭承

鳳詔演龍韜結伴王孫意氣豪東海貔貅披甲冑南

山虎豹避旌旄穿楊技擅三軍勁護陣雲看五色高

六合一家無蠢爾瑚弧雖好亦須櫜是日大風

新城縣過大清河連日遇風

遶郭漣漪綠皺風煙樓古戍接長空東君日費吹嘘
力柳釀黃金杏釀紅

春夜雨

幽壑起蒼龍為霖欲慰農釀花紅意孕著樹綠煙濃
月黑前村路雲沈何處峰氣寒知近海珍重襲裳茸

登蓬萊閣觀日出歌

我本瀛洲客五年珥筆鳳池側每憶瀛洲海上山何
期身到蓬萊閣蓬萊城三面鯨波如帶橫蓬萊甿耕
田鑿井直道行不見蓬萊來似𠂢不見蓬萊人跨鶴
但見蓬萊閣下濤勝遇仙人得仙藥鼻端正祇聞魚龍
腥眼前盡是螭蛟窟上下青空色不分茫茫天地擊

一勺頃刻東南雲葉紅烏飛欲出景不同赤輪纔露如半壁電光百道何熊熊火齊木難照東海鼉鼉起舞山容改島黄波碧辨分明金丸直上徹霞綵〔駒馳〕〔轉〕瞬離扶桑晚入咸池照何鄉登州昔有不夜城未聞羲馭夜中忙安得列子御風術手持紙筆隨白日燭龍所過詳記載萬里測量應不失我謂海神釋此疑海神拍手笑我癡八荒以外聖不知儒生嘵嘵何多〔辭〕

萊州營閱兵贈凝峰少司馬

不徑步伐練宜精鼙鼓聲中號令明主帥謀猷推玉帛謂凝峰少司馬武夫奔走盡干城彭排分列梅花陣長殺

交鋒細柳營不惜千金頻犒士軍中爭頌竇公嬰凝峰賞士優厚

商河縣　武定府

許商漢都尉鑿河資灌溉人名作縣名千載人稱謂

蒲臺縣　武定府

始皇安在哉望海築秦臺即蒲臺神仙渺難見海雲時復來

樂安縣　青州府

樂安漢千乘城郭近海山日暮銀濤起蕭蕭風雨寒人生願樂安不恨己德薄縣內九十翁多男顏若鶴縣有李生名步桂者年近九旬五世同堂予書曾元繞膝四字贈之復贈以佩囊字扇等物

潍縣 萊州府

漢帝三山亭睠望徒勞形何如麓臺雅今古重明經

萊州府北漢武帝建三山亭以望海中蓬萊三山○潍縣西南有麓臺乃公孫宏讀書處

萊州府

川別墨膠水山名大小珠芙蓉池早毀書帶草應無

膠州南有大珠山又名玉泉山壁立千仞勢壓犀峯齊築長城至大珠山而返○膠州南山之東有小珠山硝石特立下出清泉○味極甘美○墨水自即墨縣東南馬蘭嶺發源○膠水發源膠州西南五努山○昌邑縣西北舊有芙蓉臺已毀○即墨縣東南鄭康成居不其城南山中教授山下草如薤葉長尺餘人號康成書帶草又名馴虎山後漢童恢為不其令有虎食人禱而捕之一虎垂頭服罪

登州蓬萊閣閱水師

蓬島治兵地利宜火功水戰總神奇撼山雷電潛蛟
蜃橫海樓船走魅魑桅上直行輕若鳥波心對壘勇
如貔迨迨賈舶来天外知是恬熙到四夷

○大明湖
山色湖光映彩帆四圍城郭半煙嵐湖心亭外皆樓
閣疑把西湖置濟南
杜康泉世傳康取此以釀酒

雙行窩

天地産甘泉生人非為酒天地既生人酒固必當有是以杜康名上與后稷偶濟南多名泉何獨用此藪當年麯蘖王辨味知好醜湛然洌而清一區如一卣飲此便陶然請君酌一斗

登泰山

巖巖何處覓亭云封禪金函祗耳聞玉女池旁無聖水大夫松下有閒雲秦臺漢殿皆荒草晉隸唐書半闕文惟有煙巒和澗響自然天趣總超羣

是題古来名作不可勝紀後人即竭盡才力不免拾前人唾餘余是（此不過）以俚言道眼前景不敢言詩也 自記

登太白酒樓游杜工部南池

白也登樓百首詩少陵携友醉南池濟寧花柳長河
月猶是當年對飲時

過葉縣

葉令早登仙飛鳧不復返城市隔溪煙雲中望鷄犬

臥龍崗謁諸葛草廬

岡勢臥龍蟠草廬據岡首下馬謁神祠松栢雜槐柳
古壁徧留題殘碑半擊搚論侯之勛名青史照星斗
論侯之事蹟膾炙路人口至侯之家居人罕窺其牖
隴畔帶經鋤井欄抱甕走膝下有英兒室中無艷婦
即此見修齊經綸在畎畝未需三顧勞已具回天手

廬中有諸葛井

○寶豐縣商酒務謁明道先生祠

端坐凝神儼若思先生平素已如斯我来片刻叅遺像似對春風十二時

過伊闕山登龍門游香山

馬頭晴翠疊長空伊闕嶙峋在眼中鸞水西環白傳社龍門東峙禹王功身逢勝地常忘返吟到名山不計工怪得中原多毓秀他方川岳總難同

周程夫子祠

濂洛天生輔聖来天何又産異端才若非數子維持力心性空談亦殆哉

嘯臺

阮籍踈狂得未曾蘇門長嘯引高朋如何親聽鸞凰響只有孫登百代稱

安樂窩

先天皇極等河圖縱得真傳頴悟無卅載若非抛枕力焉能安樂獨堯天(邵夫子初學皇極經世時三十年睡不設枕)

贈輝縣周石藩明府(石藩為濂溪後裔凡治境古蹟荒廢皆為修葺)

勸農興學日提撕古蹟殘碑補築齊即此數端知化理家風真不媿濂溪

周小湖學使與余同事栢臺今夏奉使来豫以詩見贈即步原韻以酬之

文教昌明士習端天中奎壁紫雲蟠講求典策培經濟振拔單寒見治安諫草當年驚豹尾行厨今日却猪肝何期白髮烏臺使驛館重追唱和歡

書鳳母徐孺人傳後（鳳母孝行見蘇州府志）

笠澤茫茫五百里幽貞淑氣鍾羅綺孝姑訓子世常聞彌留遺命痛入髓嬰兒失教未成人不能瞑目只在此我讀此語淚沾襦孺子亦是三歲孤先慈課讀每夜半一鐙紡績隨詩書窶貧無藉歸舅氏舅氏研經實大儒纔得書升邀綬組終天抱恨隔抔土虎符三鎮掌烏臺教養劬勞無一補悲哉徐母類高堂拈毫泣涕書前語

偕奕凝峯少司馬周小湖學使楊海梁撫軍同游吹臺

師曠鳩工建梁王宴客來露沉三代瓦雨灑六朝苔殿宇裡詩客正殿祀高達夫太白子美三人江山閱俊才簪裾今日會依舊列仙臺

許州北門外荀氏八龍塚

天上德星聚人間寶樹鍾今餘一阜土尚有八株松風雨未全蝕雲霞亦暫封若無殘碣識誰得弔遺踪

明港驛遇雨信陽州

沉雲壓太空四野漸濛濛一雨驅溽暑兩腋生清風鷺藏蓮葉碧蝶抱蓼花紅共道前村路如游卷畫中

過淮河

載咏皇華速置郵每逢山水便勾留迎眸花笑穿籬
隙聒耳泉鳴灌稻疇密雨斜風停汶口柳陰殘照渡
淮流人生樂事無多少得歷江湖實壯游

雨後遊雙林寺

雨晴入古寺寺在綠雲邊竹解華嚴諦花多老少年
三生皆舊約一話亦前緣酒佐伊蒲饌佛門許醉禪

大別山晚眺 山上即晴川閣下臨大江

禹蹟長留大別岡白雲芳草日蒼茫晴川閣迥收吴
楚黄鶴樓高控漢湘遠近帆檣猶迤邐古今豪傑幾
滄桑孤舟有客煙波外把酒臨風月滿觴

江行竹枝詞

北地從來不用舟南行今見大江流牕開四面吟唐句的是乾坤日夜浮

一箇人家製一艫門牕雕刻匠心殊貽謀只在煙波裏輩輩傳家片瓦無

手足終年一櫓忙飽餐高卧水風凉不徒婦女無踰閾雞犬依人不遠颺

旌旗飛蓋列船頭武弁文官手版投幾棒鑼聲齊掌號滿江紅順大江流

連霄跦雨灑帆檣草莽魚鱗認武昌雲化樓臺煙化樹蒼茫一幅米元章

半夜驚雷掣電紅狂濤急雨趁雄風誰知板屋間間
漏濕徧衣裳陸地同

美滿前程緩最安逆流向上本来難持篙莫問誰先
後及到成功總一般

弩箭離弦馬注坡不偏不側不蹉跎人生心術應如
此中正由來可涉波

孤舟獨坐老漁翁旁立持籃一小童蔽日片帆俱不
用只圖消受四圍風

蝦蠏魚菱不值錢原封陳酒紹興船放懷飲啖憑身
健竟忘白頭學少年

晴川閣對武昌樓又作東坡赤壁游指日君山題咏

徧拈毫再賦洞庭秋

此地當年尚火攻全憑風力助奇功太平無事皇華老不借東風借北風

望衡嶽

羣山若沙蟲環拱紫離宮廬舍青煙裡桑麻水氣中湘流三楚盡嶽勢九霄通務欲識真面還應上祝融

謁衡嶽廟遇雨

七十二峰天外秀朱陵鶉火躔南宿祝融離地第一峰紫芝玉簡傳仙冑北人于役苦炎蒸汗流如雨膚如炙湘帆九轉見衡山神往清涼憩雲岫遥見峯巔雲（氣濃）海鋪須臾滂沛甘霖透肩輿兩袖清風來巖穴松

濤綠雲皺旬日肥甘難入唇一霎伊蒲却陳疚我生迂拙本性成如何處處蒙神祐急具衣冠禮嶽靈拜謝餘生皆天壽旬日受暑變為痢疾雨後微愈能進飲食

茶園鋪連理桂

誰把名花植驛臺祥鍾連理亦奇哉獨分月魄孤根老拆破秋風雨幹開草木無情知並蔕豆萁何事忌同荄寄言世上芝蘭侶革莫厭斯干詠百廻

郴州永興道中

澤國秋光麗且閒松岡竹嶼鳥喧喧高低瀑注澗旁澗濃淡嵐分山外山五色蜻蜓盤翠沿雙飛蝴蝶鬥

花灣叢條石磴蜿蜒路涉趣敵詩豈憚艱

耒陽縣謁杜工部墓

大雅鍾前代斯文重上蒼運斤成矩矱挾藻抵圭璋夙慧陳芳國窮經太乙光直堪淩萬古何止壓三唐賦獻褒廷陛疏陳失拜颺鄜州閨月冷巫峽暮砧涼觸處離懷結因時義憤長忠誠形楮墨傲慢嗜壺觴脫帽銜無禮鈎冠幸免殃艱辛逃虎口登涉走羊腸山嶽雙游屐江湖一纜檣精華留宇宙靈爽駐瀟湘士嘆鄒枚邈人懷屈賈傷如公真木鐸餘子盡瓠黃孤塚傳靴渚仙棺窆首陽至今看耒浪嗚咽過陵旁

十八灘 得灘字。路險因用險韻

十八急流灘灘灘意自惴無心貪麯糵不敢夢邯鄲
夾岸山如豹擱舟石似猴飛航雖已渡平地汗盈襌

○九瀧古名三瀧○得瀧字

惶恐過三瀧砰訇亂石撞浪花高若樹帆葉小於缸
但見驚濤湧徒思空谷跫前舸猶鼓吹心悸總難降

峽山飛來寺

軒轅帝子久銷沉相傳黃帝庶子長大禺次仲陽降居南海大禺居峽南仲陽居峽北峽山寺左有二帝子祠其下為讀書臺
飛寺蕭梁誕莫尋飛來寺梁普通元年由舒州上元延祚寺飛來掛一角於梅嶺令雲封寺是也
猿洞未聞瓊珮響歸猿洞在飛來寺後唐有孫恪者納妾袁氏後同至峽山寺野猿數十捫蘿而至袁氏見之題詩化猿而去留玉環一雙
鳳林猶帶嶰篁音峽山竹林中有阮俞徑相傳二帝子善音采阮俞之竹吹之鳳皇來

集

半山亭畔雲如絮在飛来峯半又名半雲亭瀑布崖前韻若琴寺中飛泉洞有亭明朱士讚所築層崖瀑布怪石茂林天造洞天修煉地飛来寺之前有石榜云第十九福地乃明人書也丹成不費一分金峽中寺西有石高數仞相傳葛稚川煉丹於此石上書葛壇二字○梁時達磨西来於石上禪定故名達磨石○飛泉寺旁有石如床常有仙人卧此石上刻臥仙岩三字

觀音崖

入上穿珠蟻僧居入洞猿垂巖懸古刹飛瀑掛山門
日月晨昏隔雲霞戶牖屯簡書雖屢至到此駐行轅

粵秀書院堦下蘭桂

江南江北萬花渠過嶺花光滿比閭丹桂夜凝天上
露紫蘭風獵棨頭書折来金粟甦芳國紉就瑶華佩

玉琚莫道幽巖非月窟王香天艷本同謦

○閱江樓　肇慶府

山容雄兩粵秋色染三湘烟起青巒白濤翻赤日黄雲生龍子嶺潮打鳳頭岡弓冶傳篙櫓魚蝦足稻梁七星排地軸一水導天潢瑞兆留千古民猶祀五羊

○游七星巖

蒼根七曜幻崔嵬壁立江濵接上台地缺南溟環島嶼天傾北斗倒杓魁洞風凛冽寒生袷石骨崚嶒瘦染苔自是女媧留未煉還將乾象補坤垓

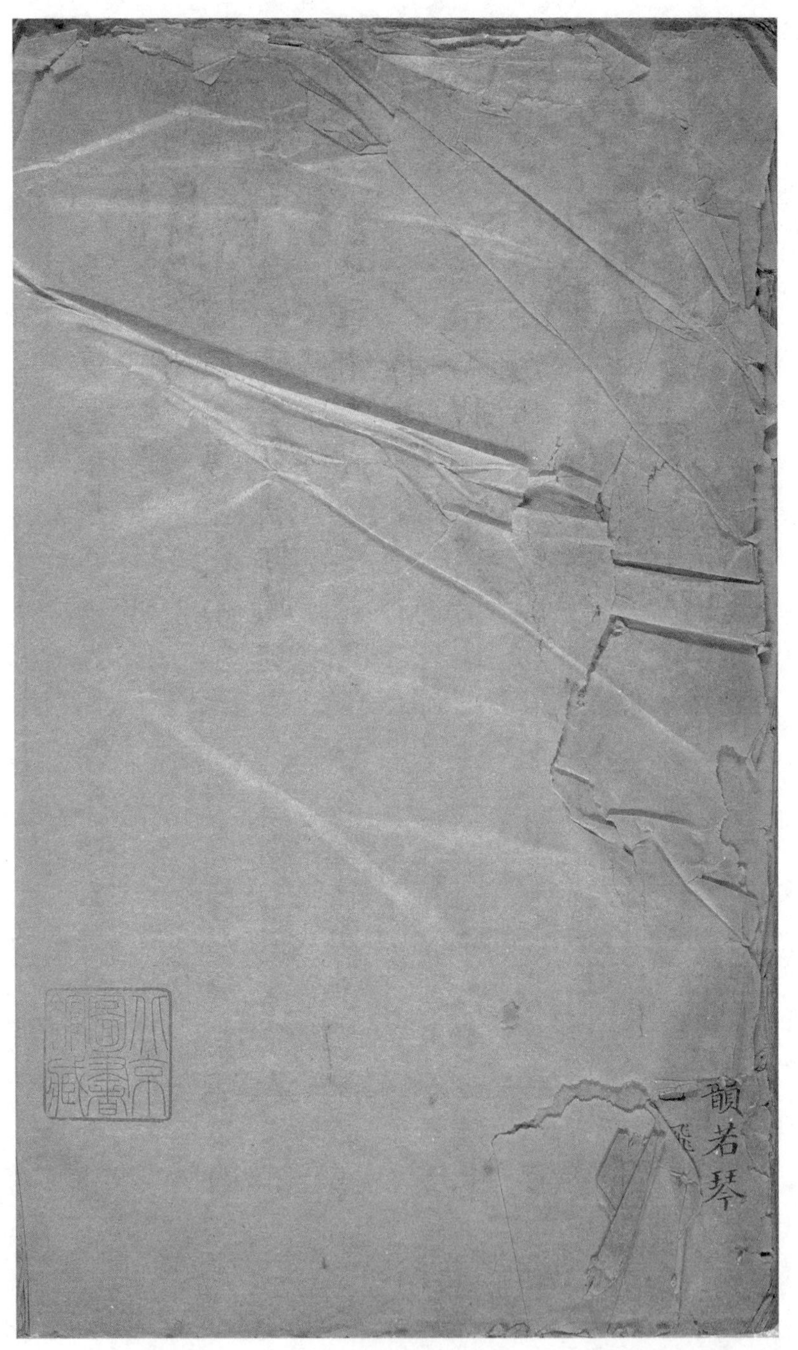
韻若琴

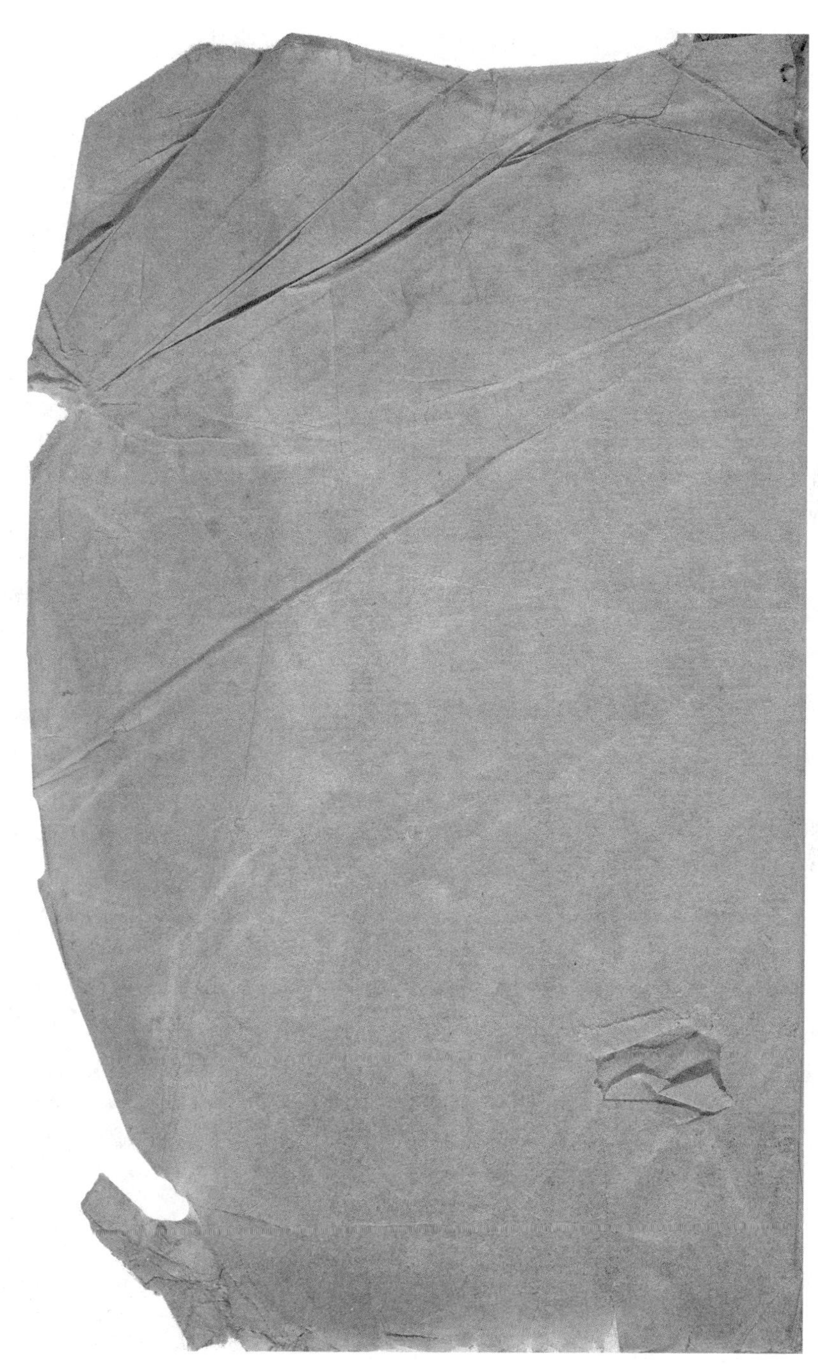

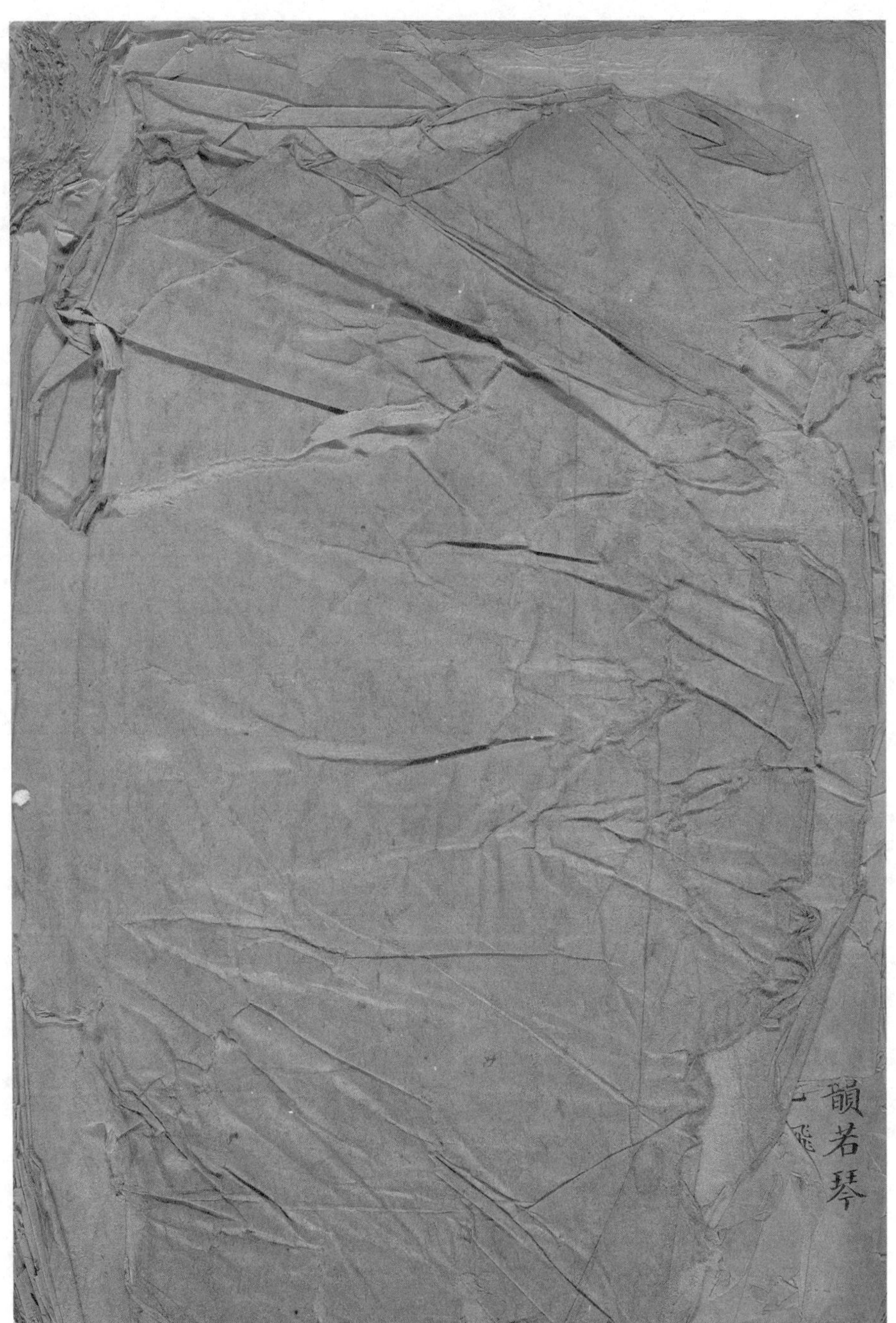
韻若琴

杏北山館詩草

稿本。一册。

卷端未署名。据《清人詩文集總目提要》，著者爲奎照。奎照（一七九〇—？），滿洲正白旗人，索綽絡氏，清大臣英和長子。嘉慶十九年（一八一四）進士，改庶吉士，授編修，歷任吏、禮、兵、刑、工五部侍郎。另著有《使青海草》一卷。

此本共有詩作四十餘首，絶句、律詩等各體俱全。尤長於七律。詩作内容具有鮮明的仕宦色彩，或記録仕途經歷，或記與同朝大臣往來唱和。因仕途順利，春風得意，故詞句間隱現驕矜之色。

此本有多處删改塗抹痕跡，當爲奎照手稿。題名頁題「杏北山館詩草」八，則此本當爲《杏北山館詩草》第八册，惜餘者不存，不得見其全貌。卷端鈐「橋川時雄」。

《清人别集總目》未收録。

（尤海燕）

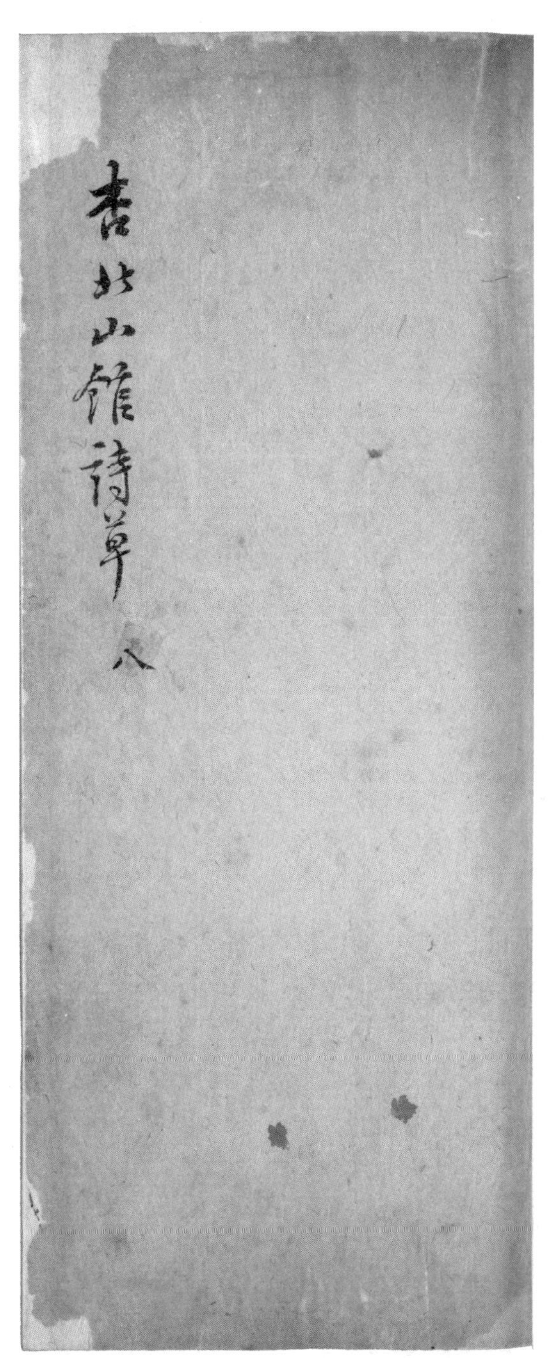
杏北山館詩草
八

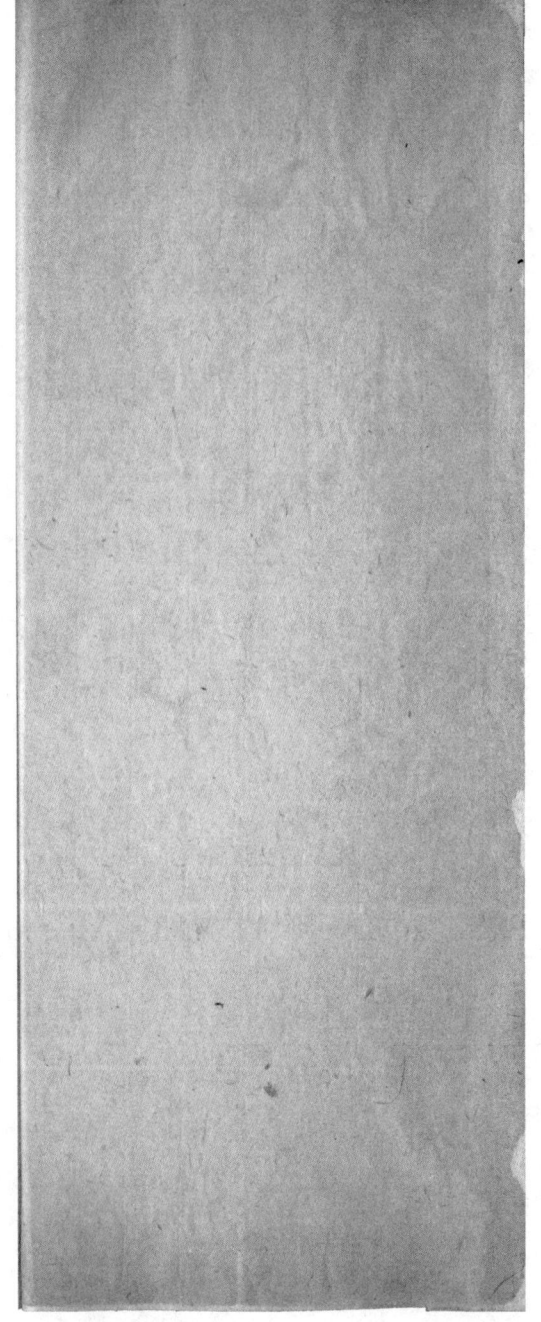

杏北山館詩草

榆錢

白榆歷歷應星精，嫩莢垂垂取次成。亂灑東風春不管，低牵弱柳多情。買他無價韶光好，許我調羹品味清。却笑斜陽鑄何速，一枝一幹太分明。

柳絮

緑已成陰四月天，天防柳冷故飛棉。亂垂雲影迷深湮，不記萍蹤託碧漣。客夢徒牽南浦句，閨情誰詠謝家篇。近湖茅舍千株繞，滿地爭誇雨霽偏。

前二題次　家大人韻

舞風歷亂看飛蚨記取誰家舊程榆精本列呈
連賁宗節過禁大快分錄餞充食品常餐具也費
錢神依樣模轉瞬綠陰垂靜晝聲聲啼鳥提壺
盧
深沉靜院下雕籠打滚成球繫舞空老眼驚看
天際雪積臺閒提袂當風最憐墮溷泥餘腐生

怕粘衣蝕化蠹等是天工鼓盪巧蘆花許共白頭翁

孫女同格百晬

憐汝復憎汝時時繫我情憐汝非男兒憎汝近聰明向陽頻出葩當風為東綳抓梨兼覓棗來歲語能精

五月初四日

恩命教習庶吉士恭紀

纔向成均課士來由司業遷理藩院侍郎又持

玉尺學掄材筆花要守中鋒正文字端須僞體

裁華

國相期先勵品濟時難得是通才青毡舊硯還

應憶莫忘寒牕風雨催

八月六日入闈監臨作

詩語翻成讖重來入棘闈十年鴻爪印（辛己闈中詩有文章事業又監臨句乃為今秋之兆）八月蠏匡肥（今秋蠏瘦近始肥美余以入闈未能大嚼）繁響古槐奏長天流火稀（時尚屬七月節）登樓望山色濃翠撲綃衣

敬事堂聽雨

纔持文字入重簾時送頭場試卷入內簾訖優渥深叨雨澤霑高掣金蛇飛急電低翻社燕傍雕檐添來新爽神都健掃却塵紛境轉恬料得催詩真有意蠻牋斜拂紫毫拈監臨向作紫書

為李樅亭前輩寫菊花小幅

君昔憶菊徵新詩吟香擷艷何淋漓十二年來

等塵夢鎖闈又得相追隨辛巳秋九月君監試內簾曾以憶菊圖徵
詩政暇晴牕寫秋影一枝一幹交紛披妙絕天
工有深意故将花萼開遲遲逸品那甘衆卉伍
一發要令人稱奇與君同具愛花癖愛花不禁
心神馳花兮花兮當東籬繪圖更以詩催之相
期徹棘看花去好花應笑書生癡

寫秋色小幅贈李錫氏府丞

立鵠人誇大小蘇令兄樅亭前輩時監試內簾也容襄事學鳧趨輸君管領三秋意為寫三秋冷艷圖繙譯武闈君皆應入場

為同年王松廬侍御畫牡丹便面

點筆敧斜愧未工花花葉葉寫當風從今莫把

燕支買乞得晴窓日色紅

指寫墨菊應黃仙嶠翰林屬

秋雨新添滿徑陰小窓灑墨費思[研]尋淵明自得

悠然意聊慰採花一片心

次同年王松廬侍御韻

兩番來領棘闈鑰一樣欣看桂月明詩句輸君

驚我側倒幾回傾聽擲金聲

生風共試頭綱茗剖竹新鐫調水符闈中用水皆自外送

除却清談無箇事小窗更寫百花圖連日索畫者衆竟少暇晷

指畫山水贈張琯香比部　煒

打風萬木戰秋聲間入飛泉漱玉清閒倚茅亭

看山色長堤十里晚烟平

指畫山水

長松百尺走晴濤瀑挂冰簾山影高詩思却緣

秋更健閒持霜菊首頻搔

指畫花卉贈李樅亭侍御承以詩謝更寫

此幅兼題小詩奉荅

入手羣芳費品量灑來麟髓趁斜陽聊將一幅
藤溪紙換得新詩四五章

九
閏九月二十四日

恩命補授泰寧鎮總兵兼內務府大臣恭紀

廿日寵邀
三錫命（由理藩院調任工刑授今職相距二十日）一年榮詫六遷官

去夏五月授編修今甫年餘官已六遷儒生敢詡知兵易臣職深慚報最難颯颯秋風當户急蕭蕭流水濯衣寒

建牙才拙輸前輩前任為貴芸西前輩未老何能怯據鞌即日應往查邊山路崎嶇非馬莫進

假館冷氏舍

八載未經此猶識紆迴路縱目觀壁間鴻爪印

如故（辟間懸八年齋所書小幅）結子喜好花垂蔭森嘉樹所

慚建樹無虛使年華度

移寓鎮署部署粗就恭次　家大人寄示

元韻

出山雲任好風吹萬變圖成一霎時四面翠環

山矗矗幾株烟裊柳絲絲臨池愧未骨皮浮兌

佑恩將經史醫更祝大椿冬益茂康强天相料無私

贈易州牧陸費瑔春泉同年

廿年同譜八年別握手離悰一再說（与君戊辰同譜甲申一別今又八年）開尊飲我武水綠一勺廬泉味甘冽箸下彫胡齒溢茶匙翻玉粒光凝雪相對論心興

轉豪如意戕敵唾壺缺羨君視民如子孫祁寒暑雨恫瘝切教之節儉力耕耘課以詩書化頑劣更為儲備師晦翁執掌任民民蓋悦紅陳十萬斛盈千飽食還應防哽噎君設義倉積粟若干石擇紳士賢者與鋪民經理出入吏役不聞惟歲終存册而已經畫如斯心已勞愛民撫循猶復時如結君比正勤碑在口我愧靈芝筆如

錢承惠唐蘇靈芝易州刺史田公德政碑

紫荊關　閱兵至此

蹀躞山中七十里層疊岡巒時伏起漸行漸近
高峯横馬背嵐光落尺咫雄關鎖據半山尖天
外斜陽送青紫行迴盤曲步蹬且衝砍白雲詠
棄標到門洞敞極大觀不盡巖巔狀奇詭忽聞

澎湃走怒濤北面山環拒馬水此水傳聞當晉
時劉昆石勒相爭持自割燕雲入北土四百餘
載嗟殘靡趙宋況復事征戰盡驅猛士霸弓箭
六郎武肅各爭雄錢甲衛寒凝[去]聲霜霰有明於
特笑英宗返馬視蹈青芙蓉殺手忠肅成復辟
此舉無名許亦庸彼明之世為要隘所據滿地

豺狼烽可憐黔首疲奔命多事戈矛少事農

聖朝恃德不恃險賊壁往來門不掩蓋地親呈

西母畜牧畫九州烟光點戟今將事來此閱儒

生也許躬刀環嚮風馬繫楊千尺射石弓開月

一彎能雷走地連環急畫循操雲帷韜璣謀武

唯期秋賦畢安居那敢忘（去）聲畜部築馬從容取

路回山光水韻猶徘徊頗將定遠封侯筆為寫新詩紀實來

消寒四詠次座主潘芝軒先生韻

繁華曾入夢舊景記稀依信覺情難遣偏教儂亦飛粉銷零露膩瘦影晚花圍好待春歸後重尋舊家燕

寒蝶

唧〻啾〻衰蛩量幾點的慣時催短夢底事作長吟風急蛩籬側烟消宿草平螿回眠不穩細數一聲〻　寒蛩

何事高飛急都緣霜信忙幾聲[驚]旅客清影淡斜陽秋水晴沙磧蘆花晚淺梁閑心書字遠小立西蒼茫　寒雁

朝暮常相見何堪歲又秋緩隨殘照影閒送上
陽愁撲雪空林裏翻風斷岸頭分明逼黑白慙
對水中鷗　寒鴉

揃爪

嘗讀莊生文以指喻支喻主持在一身目臂遞
相使又聞麻姑仙指爪特精美搔背無等倫癢

去粟不起我甲長復長碎絮透肌理留之芒刺
膚去之痛入髓宛轉憂莫決相度目頻視忽而
大笑之一何癡若此不有金剪刀輕快明於水
先爲除脫退鎖削再向裏俾就我方貧然後力
足情豈惟便於身藉以適乎耳擦案間洒墨淋
漓趣生紙大若木與石小及鬢原蕊從心任所

之木楚沽〻喜縱喜猶宜慎滋長方未已

鍾仰山襟丈殁於科布多參贊任署詩以

哭之計四百八十字

西風吹惡耗振衣裂我襟驚定轉疑夢豈料事

竟真悵昔當沖年旅莊騁駛驊闌譜邀來座榆

君揚先塵朕步登木天　結我庭樹陰與君戊辰同譜己巳

会試出大人門下 逮後我振鐘磨琢相鮮新斵斵神仙指悞

居劉阮隊 君繼配為內子胞妹結褵時曾以白梅桃便面徵詩 數日一過從

那問晴雨晨評史畫奇論伸紙抒狂吟作賦聲

摩空擲地同黄金 甲申大考高列上等 星使指南都錢網

珊瑚珠 戊子主試江南 紫塞遥鋒車一曲歌陽春 段堃莊藩司有

紀行詩一卷 直肯搢紳鈎棨里馳吟身 曾奉使福建雲南山西湖

南省各讀書更讀律折獄無冤鬬壹堂鏡影懸間
砌草痕侵任秋庭折獄明斂藉藉有声前歲我言旋逢君薊
城時出鎮馬蘭今年君持節值我任監臨都門設
祖帳楊柳傷離人握手未忍別肯使雁魚沉易
水風蕭蕭感此秋光深朵雲隨自天珠玉方琅
琳開緘往復讀宛聆聲欬音爲述北地冷無異

龍江濱八月雪如掌大野冰鋪銀菜把貴靈芝
雞鳳豬獻麟北地沍寒特甚動植多難於蓄種故有豬麟雞鳳菜靈芝之誚
颶風捲地來紅日遮元霧境北有海子冬日冰合風過其上冷異他處
有屋皆夾室無牕非重裀擁鼻尚裂猪抱膝
畏盧伸署屋多夾墻貯柴熏之重裀而坐寒仍莫禦曾不以為意健
飯加三巡肥羜鷹刀割湩酪雞缸斟下帷咀三

味習射挽六鈞（署中有花園一區中闢射圃）一般勤理舊牘一一皆躬親（履任後即清釐案牘）所惜輿圖志未詳柳塞煙疆（域）溯在昔部落證以今（聞作志書尚未脫稿）豪興想勃勃長言味津津方語轉瞭間重飲高風醇以君文章蔚足氣復完卽以君人品論良玉與達璋家庭特孝友（君先人病篤曾割肉入藥救之無及每復談言余以姻婭微知端末）節儉

出真淳論交人從後藹然結若琴錢子遐素昧

契合古朋簪裘馬輕肥共瓊瑤報頻情堅膠

合漆誼重雷與陳吾輩孰云賢彼此敦砥礪舊

京（邊）華似昨雨淚沾羅巾從此步關邊誰復知我

心莫念三兒郎共怙若莫楚兩姻從君志憤發

免負韜振翼沖雲霄何患常清貧

望雪 臘八日

趑趄遲雲來又被風吹薄霎霙零復零飛霰昔
憶昨窓影淡大昕須臾走浮雲郭廣庭何積素疑
有之兩攫作似舞絮花鳥散枝間蕭瀟如霏玉
屑天外東皇搏盈尺復退階矣止老農果告和
何斯之時必無時作豈悍潾山營詎恃下土矜

頒布雲湯〻諾被雪漢〻

陸贄同年贈蘇靈芝怡臨之數〻愧未詩

似感而賦之

吾師趙承旨日〻揮雲煙思溯李北海惜未得

真傳

北海与靈芝同與唐盛名有如李[illegible]杜詩伯仲相

争衡

晴窗就愛日，試墨有三臨。精進愧未能，奈此歲華侵。

天人去古遠，換骨無金丹。欲識是中趣，究熟應筆難。

恭次 家大人歲暮示懷元韵

遠被慈雲覆東方宗氣生寓書勞迢雁時局八九窓

露集殘更徹雪前日黎明獻歲花爭舞昨呈指畫花卉小幅知

喜鳥弄聲喜聞書示日新霽曉山明京師得雪五寸寓樓

遠收山翠

人日雪

望雪賡詩思隱日霏霙喜雨地春朝如風細細雅雲催

隨風送集霰漸落瑞雪佳節驗々菜正桃亂舞梨花徹誤
鳥遠來餳食賣吹簫市間餳食來自易州巡檐點殺盞
只會雖歡聲達慶宵

唐花

山中氣候殊寺常在氣提寶因春光一株兩株
花霏香露始倚麗稱花王恰宜觀紫陪姚黃

風忠孝人相宜美人高卧雪飄飄丰姿未肯儕
群芳誰鎔絳蠟披新裳羽衣初試霓裳飽饜
瑞雪吸清霜飄飄霞舉嘯長房更洒燕支上海
棠園滿香國三天陽生我壽風花之旁嫣然相
對節稱揚

園居十詠次同年潘功甫中翰韻

鳳池亭

春草碧油〻人立青梧裏嫩涼鼓五絃颯〻清風起

凝香路

紅影圍成團支節試小步如織濃香來迷却採花路

先得月處

林缺補遠山山間待月吐薄寒人不知纖影落庭户

梅花樓

百尺高齋雲四面列畫景愛此玉梅花啓窗放瘦影

蓮壺小隱

林暄採蜜蜂樹竄齧藤鼠其中有靜機坐對心

焉許

有瀑布聲

一夜雨瀟瀟樹杪激飛至枕石夢生涼衣上粘

苔綠

綠蔭軒

寒烟破復圓，一鳥斜衝去。惟聞綠竹聲，此聲出深處。

孔翠居

夭矯鬱蒼蒼，下有閒書室。好雨來復來，那問春

秋日

烟波畫舫

能留五月秋，鏡面晶瀲瀲。閒情欲借鷗，羨爾狎垂雪。

玉井泉

修綆手頻汲，甘味多如水。呼童啓茗莉，潔白心照此。

即事

春風淡蕩春光媚釀花輕霧陰垂地負手當軒
半日閒踏來早起曾無睡遲遲游蜂忙覓香芳
叢誤把花旛穗個個檐雀樂將雛入巢斜翻風爭
碎境偏市遠極幽閒却向靜中窺物態物與
我兩無猜暢遂天懷發詩思

次潘芝軒師行館即事韻

白茅堂啓榻初安絳帳趨陪禮數寬咳唾九天驚玉墮陽春一曲繼音難論文妙獨先生擅昨侍側得聆論文休緒學步心嗟弟子殫慚愧緇山舊桃李臨風不作等閒看署中紅白梅聞師特賞之

讀芝軒師詩草書後

敬展我公詩一言一傾倒抽思妙倚合鑄語究
天造獨得大家秘筆陣驚揮掃行雲過不流餘
韻雕梁繞體物無詭阻懸胃明月皎初似游元
圃幾度費探討渺如到究垂萬卷開懷抱使氣
無矜才兩擊謝之早忠厚繼葩經文壇摛華藻

箋紙貴洛陽傳抄無爭賞盥薇百回讀詎敢輕
心拚承命勉綴詞塗鴉媿草、

次芝軒師行館逢家書不至韻

朗鑒難迷五色霞工林富麗杏雨芽穠葩共詫
勝秋風嫩柳間看鞠暮鴉繞砌翠生書帶草
萬茉連闌野人家東風何事遲芳信把筆殷勤

問好花（去歲花時師校士鎮閩李文李使旌此，故）有年年辜負滿園花句

疊出兩頭代東君潘星齋茂才（芝軒師次子）

開纖光燦（恩鶯天半）（朱）律天霞再讀（三復庭）倚窗雨後芽才調（詩來纔發兩六日）輸君

同儕虎賁酬愧我嘆寒鴉刊詩每許收殘句向

字何修達鄴家（師刻能與四君題名每事請業［illegible］）料得耶樓（倦稠）

與壽甚錦囊不負暮春花

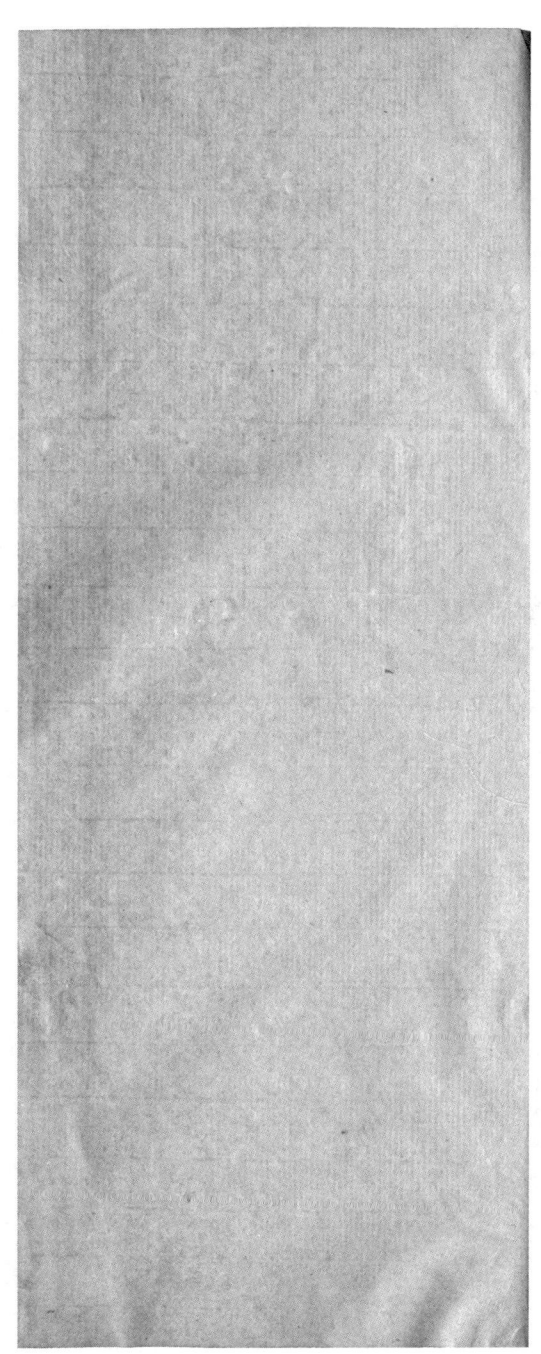

九月初二日蒙
恩賞戴花翎恭紀
典兵右輔及三年近
華周原勤
九天雨露曾無毫髮報雲霄竟
許羽毛騫力鄭驚戴知增重書協鴻儀尚勉旃家是娛親
添樂事萊衣影裏舞翩翻

九月初二日蒙

恩賞戴花翎恭紀

敢云報稱已三年。深幸傳

宣出九天風際綴纓搖孔羽日邊耀彩映貂蟬氄毛細

選金黃老鳳眼斜飄翠色鮮愧比緋魚榮

特錫

恩

蹕路馬蹄前

晴黛樓詩

顧青撰，一册。緑格稿本。

此人《清人詩文集總目提要》《清人別集總目》不録。《(同治)蘇州府志》卷一三八藝文篇「常熟縣國朝」條下著録有顧青《晴黛樓詩》一卷、《緯蕭集》一卷。

卷端題「晴黛樓詩　庚午歲五月中浣七十有八老人青」，晴黛樓或是作者居室。有閒章「停雲」「僕本恨人」(「僕本恨人」爲王元化家傳閒章)、「心如田野翁」「顧青之印」「芶峙」「一肚皮不合時宜」等七枚鈐印。詩稿有朱墨筆圈點、校改，頁眉有批注。

詩稿前抄有《唐張謂贈高琳》一詩，有墨筆圈點、校改，鈐「我是癡人」押腳章；又抄有《古歌行挽徐愷亭(代前令張疊作)》一詩，有墨筆校改、朱筆圈點，鈐「僕本恨人」迎首章。

詩稿包括五七言古近體詩，爲作者晚年之作，主題多爲寫景感懷哀挽贈答，有多首雪景詩，除詩作外，還有數首詞作。

(徐慧)

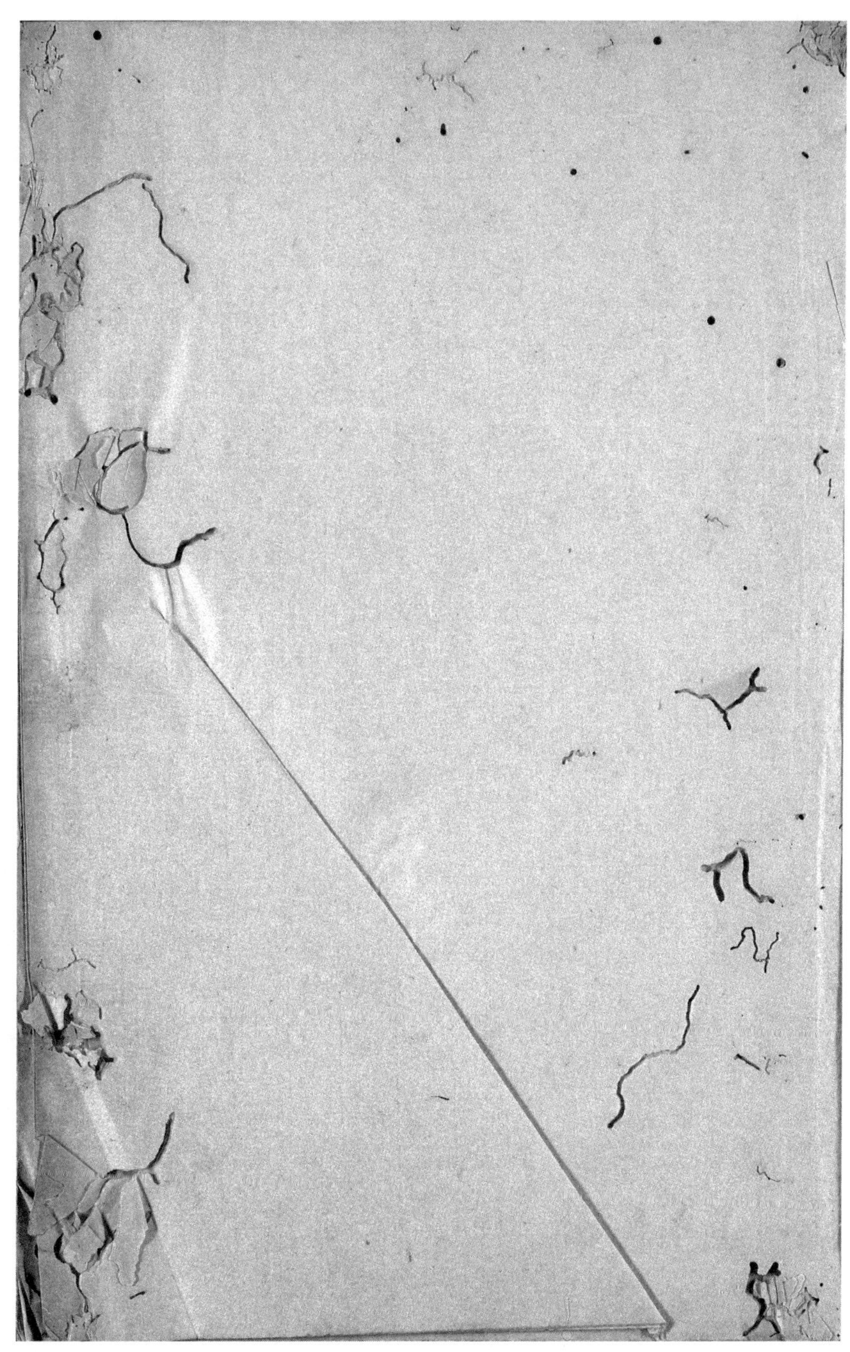

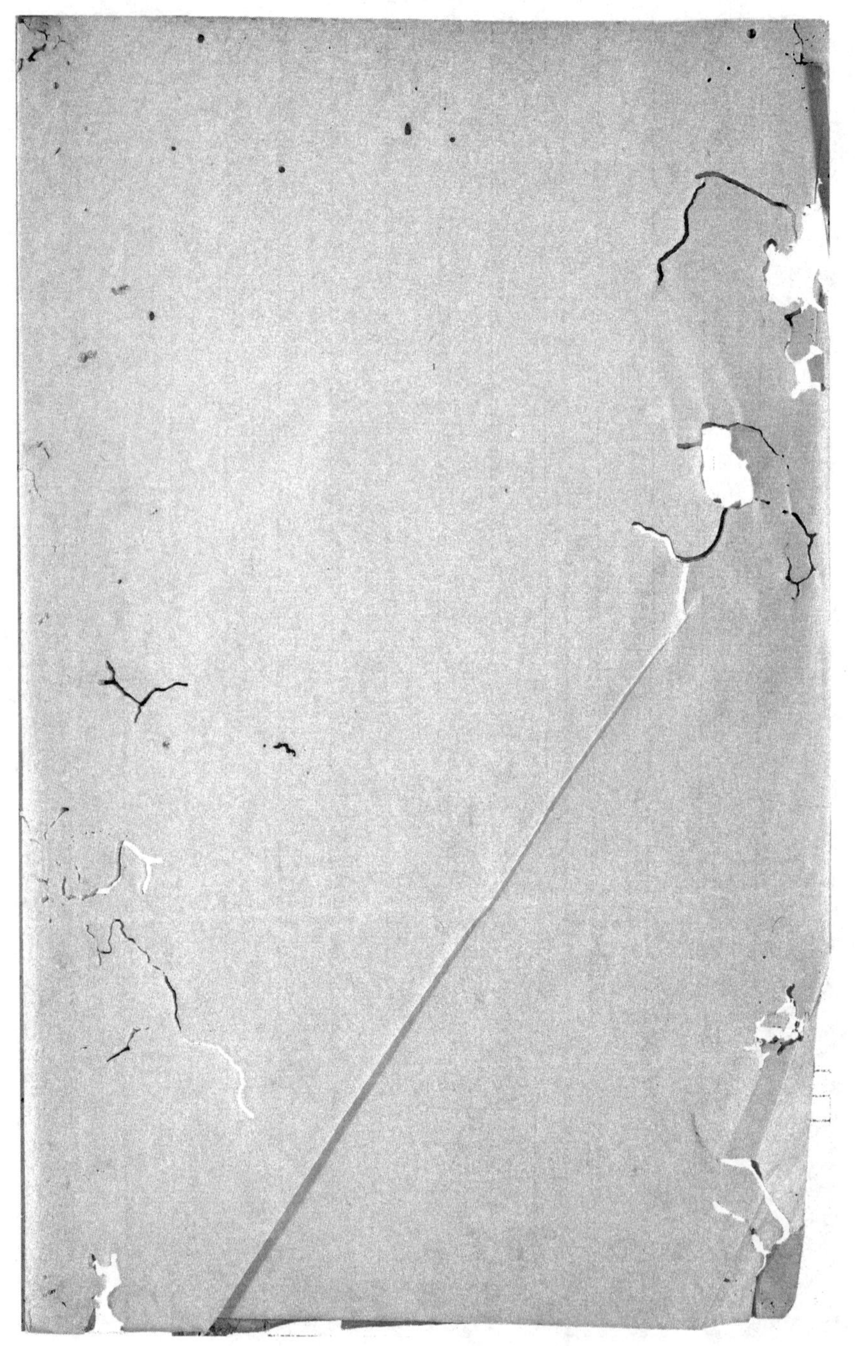

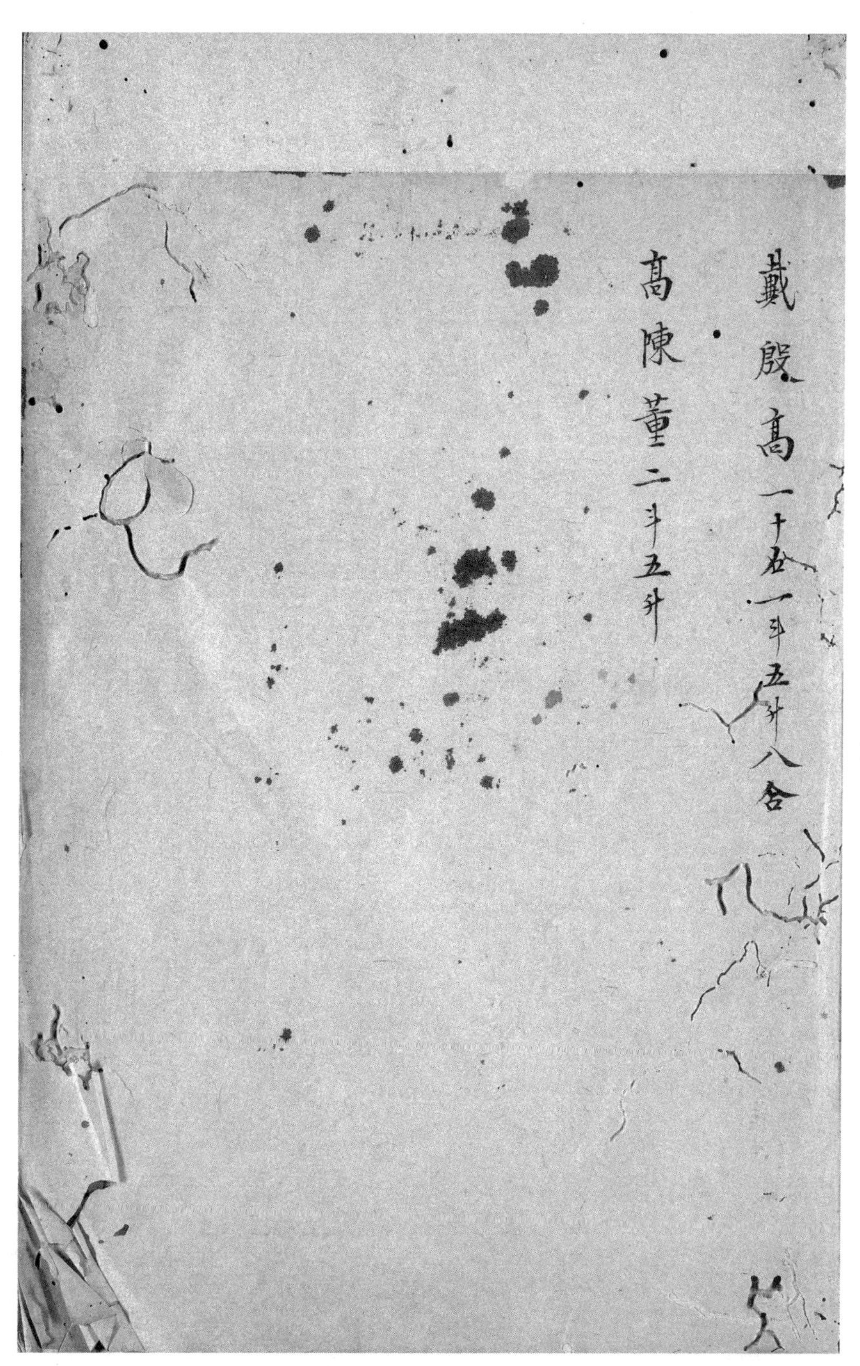
戴殿高一十石一斗五升八合
高陳董二斗五升

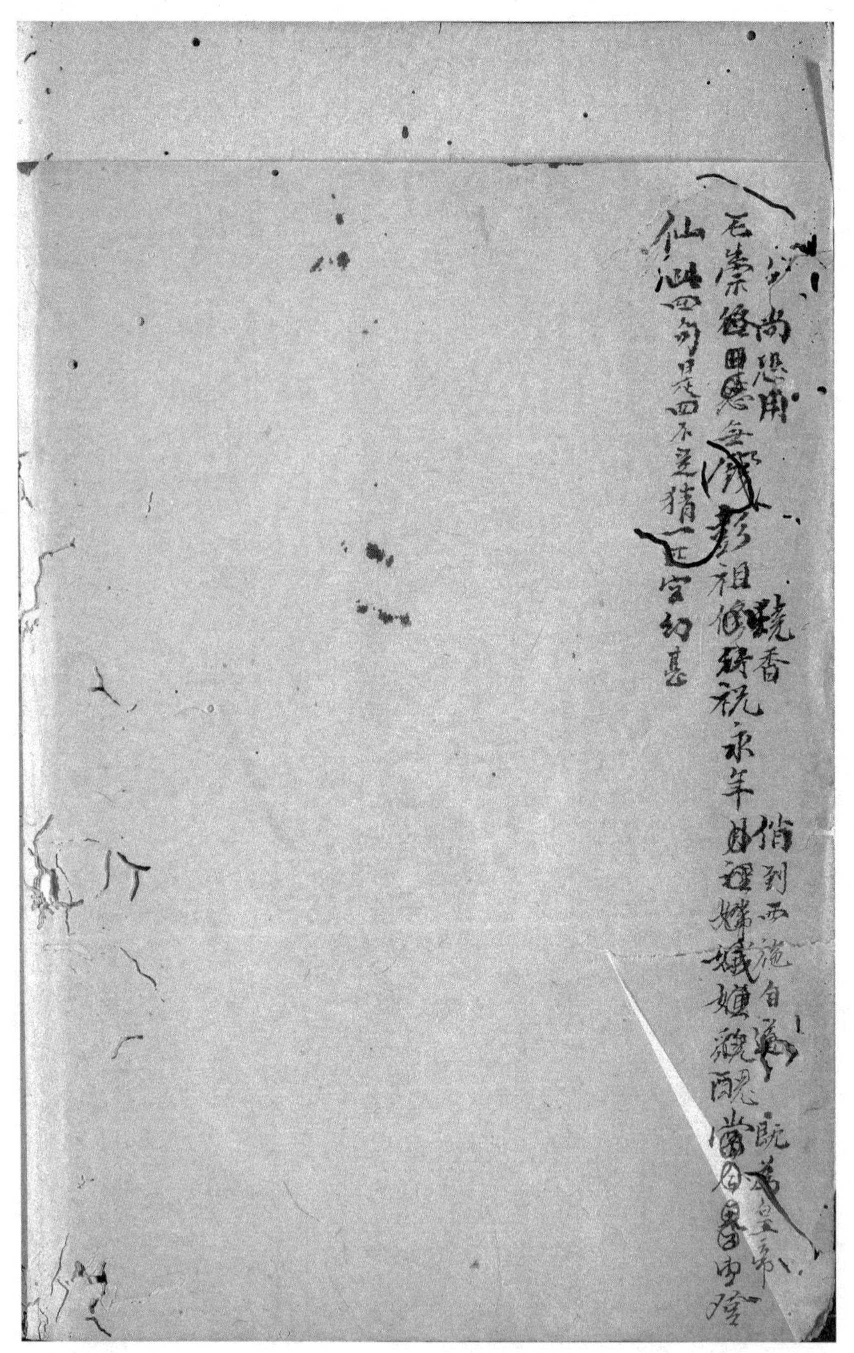

陳見復題李綱之紅竹梅百壽如意湊成十忠字畫

易爻以雜物撰德。媒贄取嘉名見意。茲七品之寫生。何聯合之有義。

當獻歲而發春。懸高堂以爲瑞。比庭階之蘭玉。尤芳華而美倫。

唐張謂贈喬琳

去年上策不見收。今年寄食仍淹留。羨君有酒能便醉。羨君無錢能不用憂。如今五侯不待客。羨君不入五侯宅。如今七貴方自尊。羨君不過七貴門。丈夫會應有知己。世上悠悠安足論。

古歌行挽徐愷亭代前令張晉作

友也良楚塞将暮雲春樹相思無限刻刻縈柔腸此何故非尋常忠孝節義居其一者言之齒頰香大江之北不概見大江之南有一人兮善一鄉虞山天下少翠而窈水縈繞尚湖江海支清且漣山卯峭山靈水秀萬千載中有正氣呼吸塵寰異寶盤結間世始一散散在人間昔暗賊忠孝近有義士徐愷亭是吾友也仍可道余昔奉

楓宸

簡擢尹昭文新分大典缺創建頻紛紜不得考成

輔難以見功勲前令桐城韓徐君具所欣舊尸告新尸
此則能超群余性硜〻之交也寡論交必擇士之仁況且
百里是任下車始明比歛諳難治民確訪悉其真乃
是尚書後裔論秀才咸均一生義是好惘人困善
無論親疏周卹對既非圖豢与墻難何為遂〻圖安飽
又非圖蠅与棍亂何為昧〻無分曉憑城依社駐綏
縱借燈取映蓋擾〻徐君徐君迴不同蓄念但欲臧
媚里党無寒餓与疲癃見有墻戲坎坷難遂無路容足其壓
者必且搜肝刳腸置彼坦道于途中吾快聞其風結
交得璜琮彼具潛臺概為公剖共剖桑邑有臣

典惠政不諸大一事賴以有始而有終傾囊倒橐費無吝
啼號呼籲生机逢邑中賑飢施藥餌捨綿衣及建育嬰堂仁政供奉武夫子追贈大门皆
其出力籌劃
捐助有成 經營皆可即閒退市恩棕羨何但無庸再屢
陽是名壤學人文士足企仰任俠輕財不多覯東
门之外東海真吾所尚○○歲○去官歸請別南浦
情惘惘從茲三千里迢遞猶冀一晤溯舊雖最何期
已已歲月更小傳廿篇訃音廿年來一天津禮當哭
諸寢門外雲山萬疊相間增傷神牧將老淚且寄
理有來有去有因有果獨有寄且不如其早成
去來有宿慧
無那施捨維持力已倦
一旦翻然撒網
遊君遊上清細推元會運世千百四十六甲子

禍福之報甚[彰〻]分明忠孝節義能撐持[自強]厄其遇者勞
其名天亦豈懵懵不辨渭与涇必將吩咐六甲与六
丁護送紫府仙人特降徐氏之庭一再賜玉麒麟玉麒
麟振家声剛吞當年一人行義為一邑之長城

晴黛樓詩

庚午歲五月中浣七十有八老人青

立方徐子小照索詩吟十四韻以應

何處探幽好雲山境似仙潺湲瀠邃谷（曲折）瀠漾見平泉翠

岫迤垂練亂松遠拂煙晩冠遊乃快選石坐來便畫上人誠

雅樂中衆服賢萱帷娟供奉荊樹樂安全輪奐門墻峻

栽培花木鮮成橋成路義頌德頌功勝善士超于世佳兒降自

天王麟將叶夢（徐陵生母梦麒麟從天墮懷群稱爲天上王麟）奇驥必隨肩（徐勉才大難及）

（世虞之曰人中奇驥）東海曩與此南沙今復然（名南沙）吾虞昔高飛看膝下榮

聊拜堂前一杯心情切分枝期望專長吟十四韻題遍浣花箋

吾邑有陳子者身寒微家貧窶其母王氏三十歲而孀八十歲
而死苦節五十年因不符例不出家題請于甲子年徵詩以
為母壽今又乞言以輓之伊子可云孝矣余吟五言古以
表之

陳子念母心哀慕能專壹乾隆甲子年母年正八十徵詩表苦節
見客即跪膝倏忽今庚午母亡年逾七又欲求輓章懇請如往日
余病久廢吟塵封硯與筆憐子更憐母二節應再述母一生
苦祝嘏已細悉今獨感慨生不入旌獎列三十歲而孀二不符例律
酸辛五十年貧窶人不識高直矗歸峯塘綽楔如鱗集寒餓練冰
操金玉埋草棘無異男兒中窮達各有值[illegible]

古調彈金徽時耳聽來蹇此理不可解翼嫃毋見汝痾棄君齋門更莫非有數也如毋真可惻天与毋以齡不与毋以逸然剛必鎔冶精光難以匿貞節秉正氣清淑不可滅雖死而猶生何用闡揚加況今頌言濫塞塞何遑恤我為陳子言毋向

朱门乙

将進酒一章祝雅馨劉翁七十

将進酒将進酒北埜山人神似黑青年強健齒黄耇誕辰问我何物躋堂祝祝以膚詞見欲嘔掃却麟脯擘麻姑掃却冰桃獻金毋任黎結契卅年餘今日介眉有言中露款酌大和何日能忘一劉向心儀心寫出諸口入俗超俗不偶都有偶嗜詩如嗜飴好交必好友浣秋月以為懷和似春陽以待友存風雅之性生成淵習酣酒

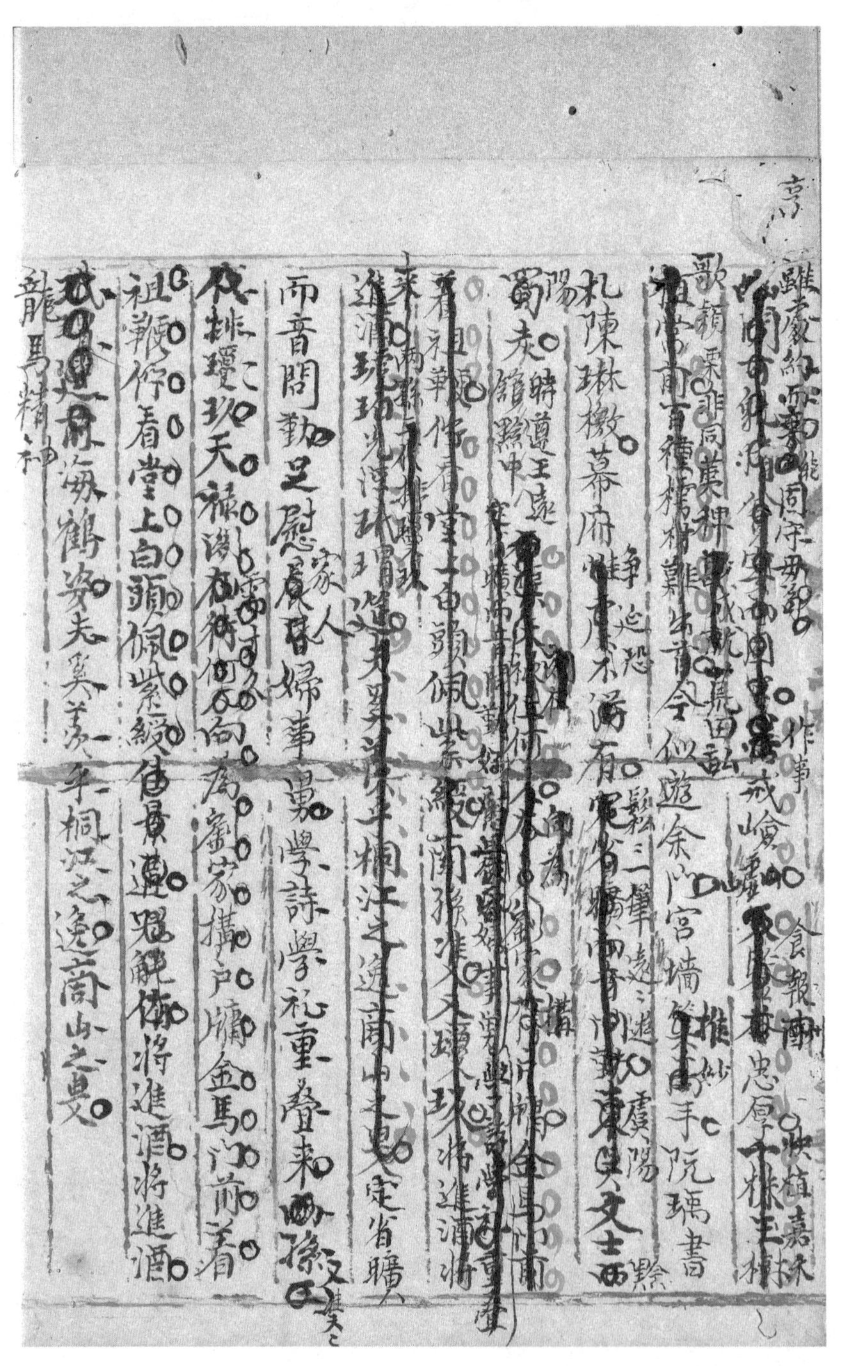

陳文蔚母輓詩 又作

人生宇宙間，貴自立，身死論乃定。百年後，有知陳田曹，載其感歎而泣。

俟忠孝与節烈，從權人當各猶多盡。風雷為之震，鬼神為之信。君

藉詩表揚無邪佛色，惟然存表揚來，豈無善可聽？陳

母守節苦五十年，堅忍撫孤，只賴指塵，觀室懸磬踪。

生不若死，死後生，誰勝子孝。乞輓章，我以聽言瞻。

夏天早起掃地 如夢令

一片蕉陰聲聲霧，抹烟消人靜。早起趁風涼，閑掃小庭荒徑。身病，身病，且看數枝花影。

新秋曉窗對蕉懷舊 憶秦娥

芭蕉好翻月樓露天初曉天初曉一載碧綠尤宜秋早　當年同賞

歡偏杳蕉今依舊人今老人今老芭蕉曾記幾人去了

婁東王東声過訪留宿山樓　調寄踏莎行

別去難來〻難分手積懷今夜應須剖天公况與好風光山樓淡

月剛初九一碗青蔬一杯紅友醉鄉暫入忘妍醜人生尋樂最便

宜而今世事君知否

居凝預約七夕過彼早飯全往看荷風雨不得出門悵然有作

前調

難譜詩事難期大都如此一灣煙水之處居凝所居心常企近來恨抱病未動

過主人早約情無底　兩師忌之風伯妒矣虹橋咫尺同千里直教

繭縮命中排詩家一飯難嘗旨
七月初十夜天氣涼月光皎一段新秋景況又到眼前極欲趺坐
庭前不覺身似軟綿不能撐直而且眼酸頸痛神思恍惚
其衰甚矣逢秋不但可悲而更可嘆因作五言一律
所望皆虚矣生來命固然若論明月上儘可看庭前病見難鬆
放衰年美倒顛千金值良夜拋却到床眠

北埜山人七十　調寄洞仙歌　代

〇〇〇〇謹飭自守耽幽雅厭煩囂雖不能避俗而逸深味星涅而不
緇之義非高爾可見亦見意也只有所之趣為短章亦不求人嘆賞今似為名諸
生工詩賦一枝挺秀趨庭有人矣辛未歲之四月十四日為七

十覽揆晴黛預吟古歌行以祝余繼小詞以佐兕觥之獻贈人以言貧交藉此自擒諒好友不笑為菲薄也

豔字仍改韓字應用韻

憑誰献壽正清和時候氣爽薰風為君透叩華堂擢眼薔薇芍藥花光襯裝點仙翁錦繡福也從今又勝下郎君志在榮親紆組綬且看當前佐香醪綠笋朱櫻噴鮮鮮青青豌豆奉承那七十年之叟浣花詩好古來稀有

七月十四日猶子冠珊先中元而荐先并荐遺于錢古女安郎雨窓有感賦此

南面東西合萬先今番情緒更淒然又添一座添余淚曾否婦來領紙錢

尋常風雨總傷神，歲〻悲秋〻又輪。合并酸辛不可說，一尊堂上薦先人。

欲嘯

欲嘯湖山積悶舒，反教抱病（病侵難矣）。（駕騁事悠〻）賦間何嫁舉世無知己，不憐（諸）乎。

生尚讀書看畫有，為水上泡甘于常，棄木中樗低〻小屋（容枯）樗。

（坐擁詩）在擁有殘編百卷餘。

晴黛樓留客戲作

青菜非甘白酒渾，貧家留客〻何欲。少焉待以千金價，月滿山樓供養君。

前年山北曾有虎

前年山北曾有虎山家到晚皆恐怖關門欹作屏声息揚闃零
星要早顧雞母毋燒倶值錢呼来雞落灶前住鶵ゝ鶵
睡人与畜天明無恙謀朝晡虎歸来處毫無傷猛獸有仁
人可悟誰知虎去今有狐似狐非狐有所附獸心人面一鹹夫投入公
門虎僉痼趣出暴斂充爪牙為虎之伍為民蠹猙獰厥狀声
咆哮到鄉声說官府諭袖出火票開切明示等緣何猶大賊家
人婦子生戰栗登時錯亂無頭路燒飯買肉殺雞遲貰酒罂渾
逢大怒歸愚畏縮不敢前任他擄掠酬脚步雞犬無留一掃空更
捲將成机上布吁嗟乎前年有虎如無虎今番無虎而使鄉
鄉性命如朝露

跋居礙所贈南瓜圖

渲染神妙，畫與真者不異，流畫棲霞寫。居礙得之，藏之。菴詠之，繼索余題之。因余屢玩，贊嘆不已，遂見贈，却謝，堅贈甚。居礙曰：名畫與歸賢，交孰勝，疑哉。為勉強而受之，懸之晴黛，以為過義論心之下，亦可共賞數揣。

庚午小春，餘而病，病而危，危復差，差復發。噫！四十餘載之知音，一旦存亡頓判，琴雖在，御丹鼓何情，觀山不禁潸然淚同。流留山陽矣，天乎天乎，胡為如秦漢之風概晨耶。

庚午長至後　跋此為語

又題二韻

只有窮交況味幽，京瓜相對話閒愁，從今見畫添惆悵

憶煞當年風雨秋居碍与余同嗜此種每秋雨涼風之候必覓佳者烹以食余竟日話舊

晴黛樓看雪有感即和荀御來詩韻

銀為世界玉為天，闌眺樓頭殘暮年。莫護衰殘簾怕捲，雖侵寒冷晝忘眠。看山遥想東郊酒，昔逢大雪硯友南陽自東門外携榼來樓共賞今不可得矣搖筆深思西澗篇。昔有春雪倡和之件西澗先生命押東坡詠雪叉字韻余有飛讌找劉鐵作樹燕尋王謝王為家之句極其嘆賞西翁名作余恨不復盡識矣今得珠璣同雪下，清空悟句早通禪。謂來詩

題僧房墨牡丹

着色偏輸墨色工，天然富貴梵王宮。看來須識東風面，萬紫千紅都是空。

正月廿六七八三日大雪寒甚感賦和友人韻

暮春年作詩雖三出色好句絶嘆一氣呵成

交春〻意(氣)少(也)漠〻雪飛〻蹭蹬蘭芽茁凄凉毒蘂微讀書(情)已懶故椊只全遺使我心腸冷難逢暢遂機

連朝雪勢大如蝶滿空飛掩戶風寒逼圍炉火力微(妥)

(其)期(月)紅日照綫被白雲遮麦〻顛頸生機受殺機

外甥王孚年甫十三好吟咏有頭緒次前韵喜而勉之

努力當年少將來望遠飛充腸淹學問立志掃卑微苟得行吾是何妨与俗違勉甥良有故筆底湧清机

連朝雨雪陰寒太甚二月初二乍見日光喜賦次前韵

曉窓紅六扇非復白雲飛頓覺寒威減休嫌暖氣微今朝喜得見来〻盡戒相違就日人情暢欣〻活潑机

山人身 分

雪寒日久昨詩晴和今又天雨陽春難遇莫如今二

月之甚令人慨嘆不已又和前韻

曉天如未曉黯黯雨飛飛客情晴和好芳華氣息微今朝仍

失望昨景又相違杳杳金烏影雲閑未有机

哭居碍汪大十六首

布襪芒鞋六十春雞尾無儲粟研無塵芸窗細帙牙籤遍煙

水門闌不見人一灣烟水居碍齋圖日

如金如玉竟如斯天道看來一片私魍魎公然行白晝倒顛

消長莫籌思這番時

一病長辭賦大招左羊古一然難消頓教蹤跡庭前斷庚

（移在他人不得）

午初冬十月朔

俗氣捐來腐氣除，手標淡遠又心虛。從今覓一如〻容（又自號如），如老鶴鷄群那得如。

（究似西人西山看楓葉時）

客（姓名并厭動王之氏）兼四綺戶見母，援僧院雲山杪〻所留。一路聯吟擦爽共，大都楓醉蜀香秋。

飯香酒熟佐鮮羹，月夕花晨話素心。舊雨追思常扼腕，無雙才子恨難尋（黃五勿非亦最投契，每〻言及悼嘆不已）。

丞相中郎秦漢兼，八分一字炳千年。自王皇掌動掘息而修文詔，碧落群仙（仙人）才少及肩。紫府蕭臺第一仙。

子期絕跡亦到無聊，流水高山懶不調。莫怪龍鍾衫袖濕寒

風雙淚自搖々

晴黛樓閣若個遊跫然可喜到羊求兩年二仲遭淪喪

獨對青山嘆白頭余嘗謂居碍曰我非蔣詡勿非與居當得二仲不可疎也一殁于己巳之春一殁于庚午之冬傷哉此也

怕看毋那又貪看贈我詩中訂歲寒昔贈詩云除却城西癡頓二歲寒朋舊又何人

粘在樓頭人已杳一心一讀一回酸

大夢翻然醒曉鐘未醒哉那影堂東清茶五盞香三瓣難

鬢傷懷哭奠中

如漆如膠竟不牢先為薤露水中泡回腸百轉酒爐蹤跡曾共藏鄭陳搦多事

金蘭訂久要往來卅餘年兩人如一

迋踈與世似參商賴有怡々作雁行骨肉森逾來情貼切恨余命

絆累君亡 豈是出門天地窄，思量何
村·葉闌珊暮未訛，無方投足奈今何。處可容居
聽得鶯鳴嘆奈何，人如鳥我偏多。東門南浦傷心路，黄勿洲居
東塔前居碍，并依西州不忍過
住南城河上
籍鄰淒涼是挽詩，聞人者見也生悲
策杖思量何所之，放意會友長
寂寞淒涼獨剩泉，殘影風雨山
共此一箇

樓哭友姊

返魂怪事豈無端，海外香燒返吾願究。幽怪錄云：海外有異香，爇之可以返魂，古有某某藉之再生。喚起如前相考究，此詩仍舊與君看。

劉二北埜别有兩月不至，偶寄二韻

城西城北同千里，臘去春回信息虛。為報石毒毒正放寒

香難道也交辣

山北孫氏小園看梅

山館緇塵隔梅開別有天寒香凝一室瘦影亂窗前

點點疑雲黯皚皚似雪妍頓教身欲化彷彿渭南放翁

渭南詩集中載光福看梅之句若能化得身千億一樹梅花一放翁余甚愛之

竹樓惠燭吟贈

雪消幾日拂和風螢又難期春正中時雪霽未久將及春分念我囊空何

繼晷惠來昏夜照窗紅

要花開放煖為烘燈火雖微亦見功〔氣所通〕庭外小梅醒夜半為燒蠟

燭晃誰功

春晴即景有感

不遍々洗緇塵兩勢白重圍碧漢日輪紅明朝須把晴光照得

慰人情驗歲豐

花朝不得朗晴大風幸無雨

花辰到矣爲花怙清酒沽来祝一進莫許耳邊声獵々勝千

昨日聽淙々

石梅禪室看梅有感

探梅勉强陟崚嶒松徑泉阿香雪凝花々放又驚新歲月人亡

難々覓舊交朋（昔年看梅勿非居碍歲々兩人偕我而往今皆歿矣亦可悼也）樹經纏影依孤影

我恨々叫々僧々頑讓野僧々飯向空王勤懺悔々龕參悟一禪燈

衰病之軀又值風雨日作愁悶甚矣畧述以詩

嫩春交做似殘秋冷雨瀟瀟連百卉体愁抑鬱討老懷身釀病淹留

年壽日加愁避晨風直似傷兮鳥覓句渾如上瀨舟只有

舊交難撇下晦明一一到心頭（謂汪黃二兄）

喜晴扶病上晴黛樓兩點

難古魁元又望晴來樓上正宜人山晚雨霽勻輕黛草媆春分（如遇朗快登）

簇錦茵歷亂鳥鳴如倡和黃花影當鄉隣頻年遍訪無良劑（臙脂暫醉嬌同花園杏精神）

縱目令朝療病身

積陰之後首廿二日又大雷大雨庭前水漫足許難下麥有

秋矣大可嘆也

農事苦春陰春陰麥必寬最是今年春有夜不晴不見日落

燈到二月風雨雪相急白晝還泥如鹽陽冷秋卽群芳遺疤
運百草畢（如）染疾陰霾（肆）作（刻毒）孽人物皆塞室更影（人）雷雨交
鏗訇震心魄閭里驚汪洋歸卿都泛溢二麥腐爛多窮
民飯難必幸而九重近蘇世正軒轅（今）定于二月廿三日到蘇一路
而來日少晴和至廿首一定轉良癘疫未必為魚鼈
霉雨去作不知何故

客來

有客來冷嗑嶽轍（韓）求御（韓）寒鬓頭白貌不寢（擒）年高亦可觀（出繡）一復
豐而享藹學必空詞譚雅其耳目相獨廢心之官烏知
此官廢哉不言其端殷勤叙温凉竭蹐辟盤桓看來
佳本毋慎勿繞加餐

新柳

本是消魂種，春光整嫩條。峭寒籠睡眼，薄霧嬝柔腰。桃李嬌相襯，溪橋韵獨饒。向嘗京兆筆，奩畔不辭描。

每歲梅花未有今之阨者，連旬風雨不得一兩日之晴，梅固不受憐，余則不能默默也，誌以小詩

一生飽歷是冰霜，那有心情戀豔陽。雨雨風風花過了，被人錯說占春光。

逼人清氣動人詩，雷電書霄綻蕊時。庭後瘦梅大開，二月廿日雷電大雨，一朝零落，大可惜也。世界如何偏洗俗，孤高幾見得舒眉。

一半春從雨裡過，將來麗日暖如何。天心有屬余能曉，李妹

桃娘偏愛多

丰標直似璧之清海內爭傳香雪名薰熘場中難着腳凄涼習慣是平生

慧日寺前買硯歌

偶從慧日遊攤上石研一價昂非我物易以錢七十道旁富家兒笑我若無識謂此石之粗難以拌緗帙我謂能蘸筆雖粗總見德有言汝須聽有遠汝即弼硯不論精粗岸一在磨墨面凹起雲煙功用自奇特素有石田名耕穫起賽后稷作書創六義雨粟鬼夜泣籠罩爍今古碑碣盪天日蘊海韓潮興泛濫研心出大觀藏在中何論貌淑慝然我愛臨池亦當定點

陂素性厭銅雀巧朴無一得世人皆貴耳附和尊古式曾思遣叔
多誰留漢魏質龍尾與端溪純粹罕具匹細膩堅而嫩流涎
我欲貪一朝有百忙偷閒勤洗拭金星滑却類陪臣非屈柳難
居席上珍可居席之側賞鑑歷年久觸撥生嘆惜硯不異
乎人運有通而塞非無上上材淪落下下廙主人寶金銀惟勾
股是急視硯為冷石那曉重四國硯庶廣絕交銅臭不可即好
吟握管徒幽窓樂相習癖諸娶新婦自然擇美色棄捐不
生男徒須比白皙我今買硯歸娶妻正肥黑

曉晴

更鼓初傳鐘正鳴漸升曙色上窓痕垂垂簾幙禽声啾疊疊

衾裯病體温前日淒涼今日朗梅花狼籍杏花存吟䰟白醉無煩擾剥啄年來不到門

○題先大人抄選白蘋兩詩集卷後

香山選過又眉山追憶當年抄寫艱手澤遺來先子筆蓼莪未讀淚潸潸

和徐母陳太君七十二誕辰自壽原韵

滿庭香雪恰芳辰（太君二月十九生辰有容堂梅正盛開）祝嘏瑤階東海賓二月春光喜換舊七旬福祉快添新母垂黃髮神猶矍子著青衫學不貿釐倒簪珠錦帳寡婦節老年工詠句清真

壽田中千歲許翁〻有女無男亦不知其號里人集分介壽朱崇詩余吟此以丑之

世間罕覯地行仙應並次高陽八十年秋李獻春方時豔冶賓

朋介壽亞日噎顛最堪左女供甘脆不慕稱男譜紹傳今由取

長生酒正熟怡然快飲且陶然

三月初三爲修禊之辰春光到此極其爛熳士女出遊極其

雜遝吾邑錦峯一勝會也不料今年自落燈節後其

間雪而雨〻而雹〻而風〻而再雨并兼雷電直至三月初

約有四十日外晴朗不過一日兩日餘則晝同昏夜矣景況淒

凉何知春氣一番花世界變作冷心腸斯言極當望到

初三陰霾更甚愁悶難遣成詩以歎之

十年作寺平點下何等書字可嘆

春光修禊最堪矜，兩晉三唐盛世情。亭上觥飛名士會，水邊
翠繞麗人行。今愁看兩勢殊難測，昨畏雷鳴着不平。隱ゝ
冷雲寒霧裡，錦峯黯黯
時 西城

畫家以松竹梅三友再兼百事如意象一忍字寫成軸子李
綢之索題，吟此以應
千古良規有一字，逆來須以忍自勵。人能守此超尋常，花木得之
過出類。霜侵雪壓不凋同，冷香勁節拜爵異。苟非堅忍三冬寒
無殊蒲柳三秋瘁。然當難以耐之時，却無一事逢順利。拂亂逾
來日後思安，然百事俱如意。畫家好手構思深，寫果寫花
有取義。徐熙妙筆衍倉頡，毋鄭戒手躁率累。讀畫益人並

讀書元禮于斯寄所嗜

又題調寄賀新郎

寫花寫果千秋炳，宋元來、向誰彷彿，字中之意。此幅構思真絕，頂承雪洞精神，松竹梅花鼎立。可羨水仙作配，妙巧相聯如意，成佳景，春光嫩，春光耽。

索居

無能莫嘆食無魚，不容侯門且索居。鳥喚夢回午睡後，花醒香透晚晴初。逐封苔蘚行來少，塵蝕書衣看甚疏。自笑力衰真耐得，蘭蕭文未曾耡。

贈錢廉州即次來韻

難以相形難以論邦之幹也又家珍且辭羈靮拘名士嚮約湖山縱放散人好古有虞還有夏笑今壽富更籌壽顧瀕川自信為舟楫莫向肓聾問憤何堪據要津

題竹祝許瓛臣八十誕辰

耿浔封侯錫士勳材能鈞渭性干雲清風掃却繁華相千歲無凋謝此君

復盆蕙蘭一盆十剪苟御齋頭起發極盛主人作詩咏之次韻賀瑞

蕙蔌取長養罕隨肩燁燁龍門盛往年花吐清芬心吐素瓣如瑩玉玉潤如瑾爭增光造化春三月暗

西菴云前半從未用心之詩不及帶劍此聯字派宜知這段意

示年姿價萬錢，處處藝蘭思占勝，一盆那得千枝全。

改作

龍門藝蕙罕隨肩，合長養今番勝往年。心哇清芬情俯仰，瓣排碧玉勢編穠。鄙夷金紫春三月，繚繞球琳價萬錢。一室花光傾一國，一盆百朵十圓全。

再贈廣州二兄次原韻

高懷難与世間論，我素深欽我素珍。撓路莫由遵亥路，要人不見諒必有為生此士豈豁不遇

伸山人球璣有筆尊，山眷嬪媛無如富貴攸，蹤輸時淹驥足。家傳奉馬能忘貴，筆落珠璣尚道貧。且漸如雲手段好

泛槎即日到天津

餞姪即次前韻

鮮居晴黛向誰論，雲山來榻我為珍。昔迷塵海浮沉路，今作蓬門洒掃人。似夢八旬百事廢，如銀兩鬢一家貧。此時尚想桃源避，洞口無緣懶問津。

天遠

天遠遲遲難與論，眼前何器可為珍。所當寰宇海內無如我多事塵中有是有為應須由古無用胡然聽天人。似夢八旬百事廢，如銀兩鬢一家貧。此時尚想桃源避，洞口茫茫懶問津。

題曼倩偷桃圖祝北堂七十

吾謂北堂壽無量，而有四劫外有神仙游戲難測識。任他千百年，另有春光挹北堂。其庶幾歲增福更集。

回思辛酉紀堂懸楹以名士筆丈蘇頌以禱善仙子仙苑列迹時花甲迥今又逢七秩雙鑠勝于前麟趾勝于昔桂蜚与香萼佳况快無極且賡介眉辭復遊稔逾十

題蘭竹祝北墅七十

喜報平安信日逼更蕭〻九晚逼香風枝〻葉〻俱條暢不老春光擅畫中

北墅之言尊王述頌貴州首句最切

題竹贈虞邑署尉

助詩封侯錫土勳表東海者賴乎君清風勁節人欽仰直上無難捫漢雲

顧某原配陶氏像贊

整躬端坐凝粧靚服超軼群等儼垂芳躅儕德媲而齊驅絜少君而不愧画圖今示幽閫閨咨昔憑振肅晨曦夕魄組紃迫侵暑席寒釭刀尺歷處操作勞瘁豐隆運屬起痼而腴優盛而冠南東其齡肯獲青穀克昌厥後以似以續寄塵罕餘秋詒謀美善難録一旦返真婦位應爲誄德勵俗儒矣齋南閨儒臣之裔而女賢立則阜哉武陵乃江東之儁而佳儷何減

題竹貽當路

勁節枝常茂無彫寒與溫清風傳百載甘露浥千邨向上凌霄勢生陰覆物恩天家需大用禹貢並瑤琨

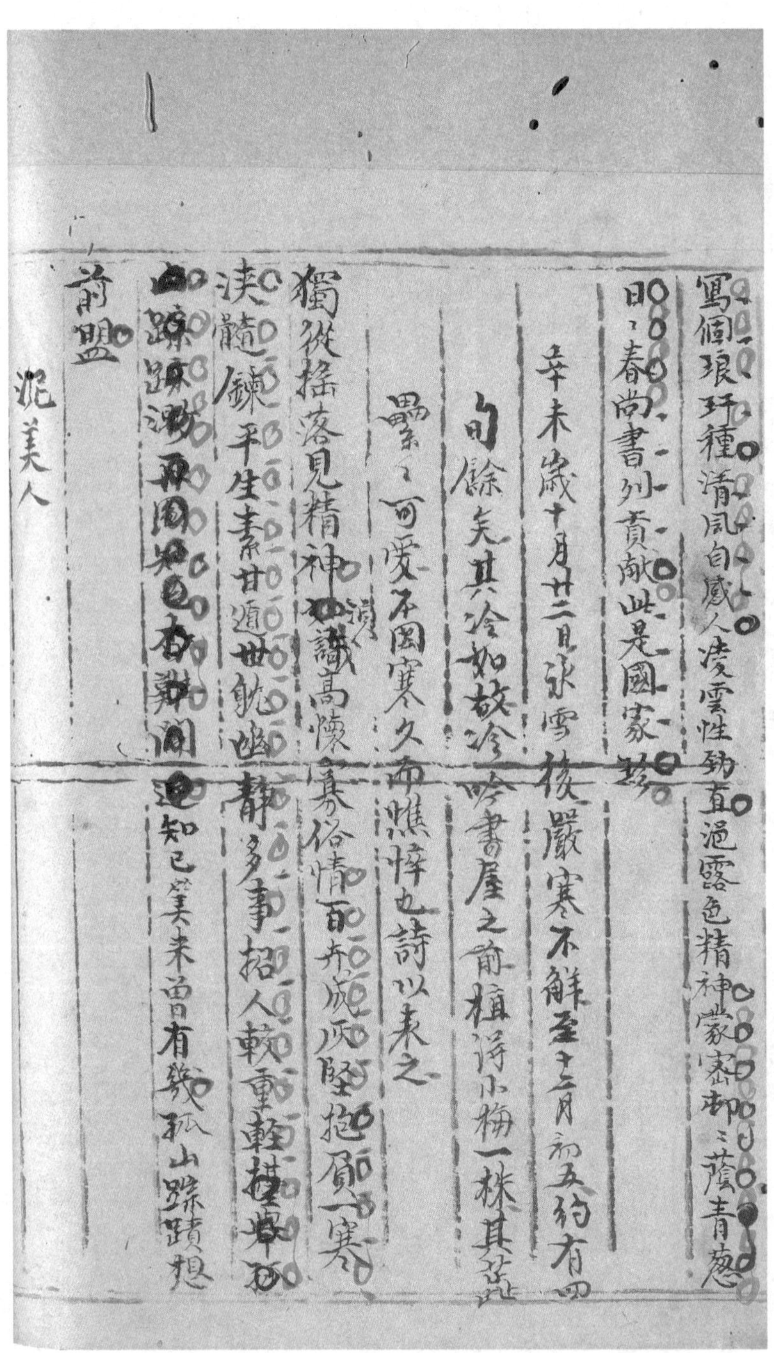

寫個琅玕種清風自感人凌雲性勁直浥露色精神蒙密柳柳蔭青蔥
日日春尚書列貢獻此是國家珍

辛未歲十月廿二日詠雪後嚴寒不解至十二月初五約有四
旬餘矣其冷如故冷吟書屋之前植得小梅一株其花
纍纍可愛不因寒久而憔悴也詩以表之

獨從搖落見精神[illegible]識高懷寡俗情百卉凋殘堅抱質一寒
浹髓鍊平生素甘遁世耽幽靜多事招人較重輕梅塢西
山蹤跡渺兩園知己有誰聞遐知己矣未曾有幾孤山蹤蹟想
前盟

泥美人

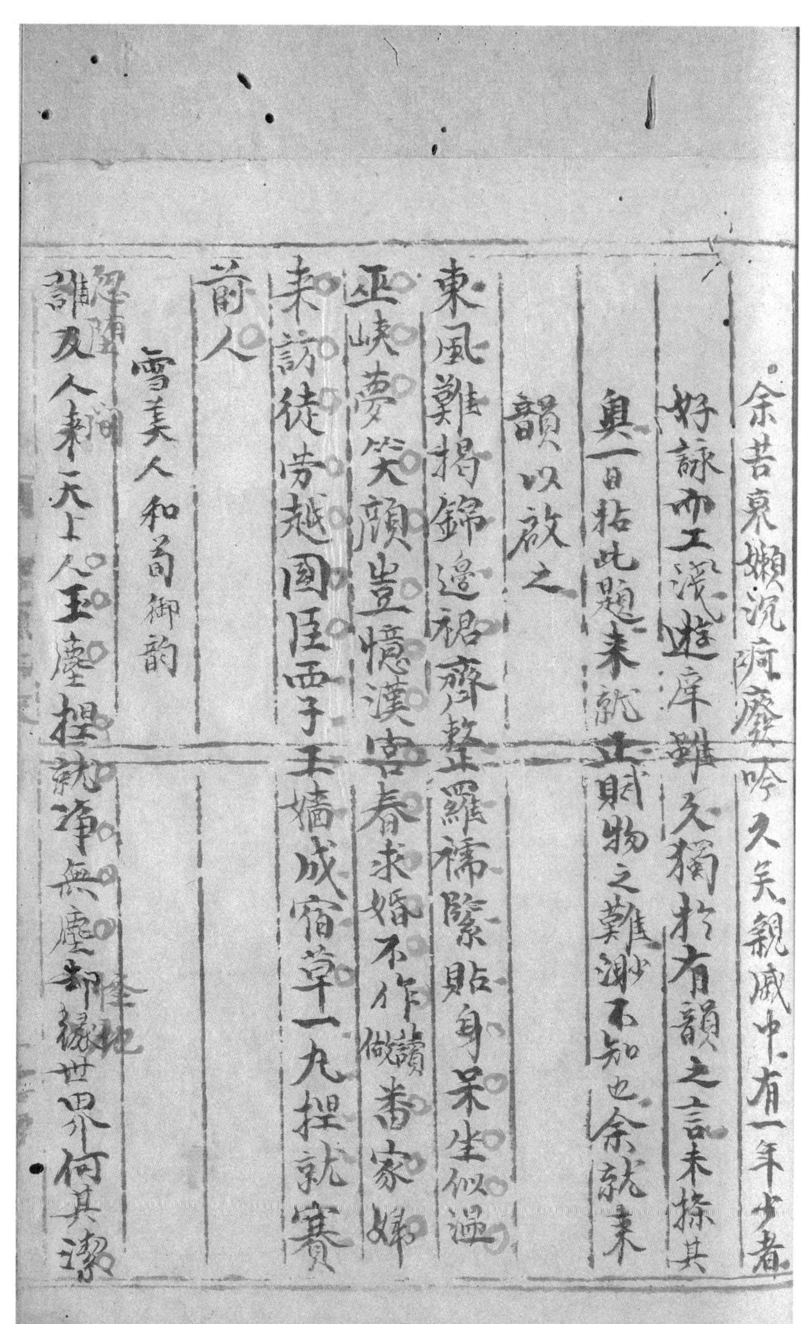

余昔秉嬾況疴靡吟久矣親戚中有一年少者
好詠而工淺進庠雖久獨於有韻之言未採其
奧一日拈此題來就正賦物之難渺不知也余就來
韻以啟之
東風難揭錦邊裾齊整羅襦際貼身呆坐似溫
巫峽夢笑顏豈憶漢宮春求婚不作做讀番家婦
來訪徒勞越國臣西子王嬙成宿草一丸捏就賽
前人

雪美人和前御韻

謫及人來一天上人玉塵捏就淨無塵却緣世界何其潔

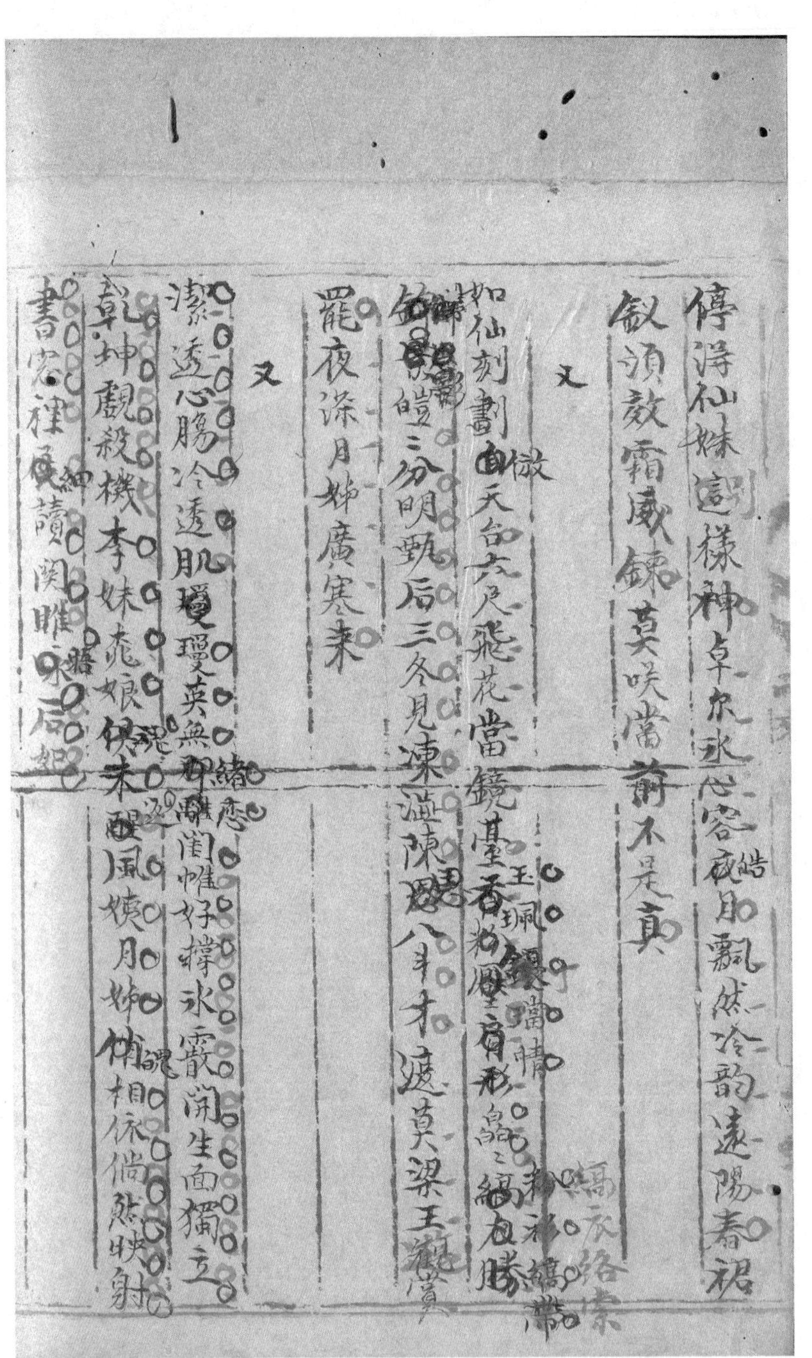

傳得仙姝這樣神，卓然冰雪容顏皓，月飄然冷韻遠，陽春裙

釵須效霜威鍊，莫笑當前不是真

又

如仙刻劃自天台，六尺飛花當鏡臺，香粉壓肩形鳥鳥，縞衣勝縞帶

皚皚三分明，甄后三冬見，凍涇陳思八斗才，渡莫梁王灑賞

罷夜深月姊廣寒來

又

瀲透心腸冷透肌，瓊瑛無限閨帷，好撐冰霰開生面，獨立

乾坤觀殺機，李妹花娘俱未醒，風姨月姊俏相依，倘然映射

書窗裡，細讀關雎好后妃

又

紅線紅綃見畫驚，誰將骨格鍊冰清。衡寒絕不生寒態，
月還宜伴月明。萬有消歸龍立命，一無顏色獨傾城。姻緣
不作繁華妙，鬧艷爭春蘊此情。

又

洛浦湘娥韻自同，脫乎萬類襲冷翠，樓難見此芳蹤。除是非謝氏園林見，應向
梁王池館逢。托命自春自易，安傾人情色自難。禮何如
霜潔丰神遠，粉黛三千梳容怕附庸。

又

看來粉黛有雄豪，獨向西風整翠翹。死日軼群生意俏，春光
壓眾朦前嬌。十分羨玉寒能辟，一朵名花凍不凋。總得瑕疵

誰浮似臙脂何苦鏡奩描

贈徐思祖

難將羈靮束斯人傲蹤絲綸尚釣綸可並丹山金鸑鷟原來碧漢玉麒麟潔清氣宇秋潭月和露襟期閬苑春咲我寡交庭闃寂多君不厭往來頻

贈徽州秀才吴某

乍逢山館語言投儒雅翩翩手度幽何幸遠來如舊友卻教近範訂同儔兩肩風月遊千里（徽州到虞約千里）一筆珠璣壓五侯此後料應霄壤隔明年衣錦立鰲頭

補祝西菴上人八十

人生天地貴不朽能不朽者乃曰壽壽不視年而視人物久則
彌人則吾人既傑出年又加斯眞可以傳諸久五濁塵世
蓋髮多夭與歲月人蹉跎叩其所長一無有艸木年
將如何惟有西公聞道早内典外典日深造釋振宗風儒立
行不負年華事遠討年華八十届今秋誰人識公解公
憂不許一日閑放遊成名早矣非常流人知公立禪門表不知公若
由年少一瓢山月半簾風千塵掃卻萬緣了人知公立詩家
宗不知公若由陶鎔鶯花綢繆屛香鬟清空磅礴歸春容
人但愛書求公字豈知書法天然足夭矯不龍鍾王畏筋
骨直教顏柳次人知儒釋兼公身不知忘世能忘貧對客不

作綉眉怨忍餓空山息影春余寺与公交莫逆師出同門硯同席知公惟我述公詳不作諛詞稱嘖嘖名高不朽重人天因而群賀公之年從茲再閱千歲成儒成佛誰能先

婁東故友王梅圃贈余古鏡作歌謝之

婁東故友情迥別寓情于物言難説持書遣僕到門來惠我古鏡無凹凸如掌之平如水清圓如明月瑩如雪晶光一片如許空妍媸萬物于焉晰紫檀為架懸山樓能使魍魎不敢匿形之纖者顧而透廓清眼界無蠓蠛然而所重不独此鏡中更有深情結我友肝腸冰雪明使我心膽透清澈所以至寶不自愛不將他物來陳設世人餽問用土宜珍錯紈綺詩羅列尚肥甘又尚鮮華一朝用盡

同一鏡不若百鍊青銅鏡百年隨我歷遍鍊凌晨莫照庭

前花昨夜三更風雨折當々莫照梁間月練到團圓得久缺

但照詩人面目真生產无資神不竭對此時時念故人光瀲灩々

誠相將何以報之々瓊瑤聊作長歌誌兩節鏡為圓明須愛珍

交因情重毋輕絶

第七　吟雪美人

驚見瓊瑤降並肩無花寂淨此花開早

西豆搖妍酒肩妍如花梗說雪花肩寒朝念放春朝杏臘

不到十分

離來一個

呀他附款

月爭開暑月蓮為過清宵銀世界纔寒潔白玉天仙遇鳳戲

寒居何品恰孫背對

凍慣不耐陰雲疊吟烟

夜長

那得鐘聲動更〻鼓不休鉛華原寡欲展轉似多求不做夢
中夢徒生愁裡愁明朝珠桂貴打算夜悠〻

第八吟雪美人

漫嫌命薄損朝陽誰是趙炎得久長最好一心渾似
水何妨兩鬢竟如霜無瑕不愧稱為美有玷含羞
讓此香〻草離騷多寄慨泠吟病榻筆尖僵

辛未小除夕簡視集字故篋偶得昔年遺稿未載
集中錄出在後

牡丹 仁壽堂讌集分題限南堪三藍酣五字

才冠群芳位面南僅論香豔意何堪包含造化泰

多少結果韶華月二三濃色越羅張粉白寫真容
紙劈雲藍天生麗質難容比薄殺楊妃酒半酣

借房虞美人　和友人韻

花嬌蘭若是何名如泣當年垓下魂芳草豈知思霸主紅
顏不得托空門楚宮難占君王寵梵宇能承雨露恩
寂禪寐矜豔色虞兮歌闋一枝存

閨房僧鞋菊

非僧遺蹟畫廊東菊放枝頭雅許同難逃踏雲山逃世界
亦荼隱逸伴房櫳秋容想像從行腳繡户依稀作梵宮豈
是思西歸思窮寵示人隻履在花叢

三

莫秋泛舟訪友

一棹東猶訪隱淪，暮嫩寒秋風景最宜人。荻花湧雪秋江老，楓葉蒸霞古岸新。其奈篙師迷斷港，又從漁父問前津。幽居曾記當年到，草舍低低繞綠筠。

八十自述　壬申正月

竟歷鷹揚遇主年，只堪痛哭不堪言。良朋至戚相聯歿，痛兒窮魔兩訂緣。叠予春秋寬地步，浪拋光景負天憐。今思雕鏤成何器，樗櫟安能變棟椽。

鬢髮須銀樂體裁酸集燕餞尤增懊惱團似我百年生亦死

如人一事易而難鼓音不噪遺陰濕募手非低耐局殘

二　五　四

這屋尚容撐老眼小樓一角罨林巒
湘簾漫向樓陣陣牢騷滿滿兜使我惱來偏有夜看書
要悉正無油穿楊手難相屠狗輩竟拜侯門卷不
如聞雞好舞騰斬中意頻如混沌縛籍立
祝蝦稱饒古豈無貧家親串莫相過孤鴻叫月聲尤裂殘
蚓衝風淚盡多多淚歸屏詩富貴慣安蓬戶嘆蹉跎
可憐老馬蹉跎足曾識途來歸易說
憎前漸綠長苔痕春韓香夏冷韓溫一領破未離瘦
骨五年病兒起詩魂舊遊難到神為往新句貪
看眼未曾要看懶殘宜靜閉養堅辭賀客掩柴門

輓北楚一劉之

滿腔淒切滿頭霜，剩一知音一旦亡。我罪伊何偏子影，三年淚盡哭三良。勿非殁于己巳，居碍殁于庚午，北楚殁于辛未

二

去年曾記熟梅天，山館論心亦一編。分手殘陽期後會，那知從此隔重泉。

三

約計知音百日遥，書來問我近如何。去年又五月初旬別去，即入病床，我恨力衰不能到北，八月初書來問我近況并囑自愛叮嚀切莫多吟咏，念友偏憂自染痾。

四

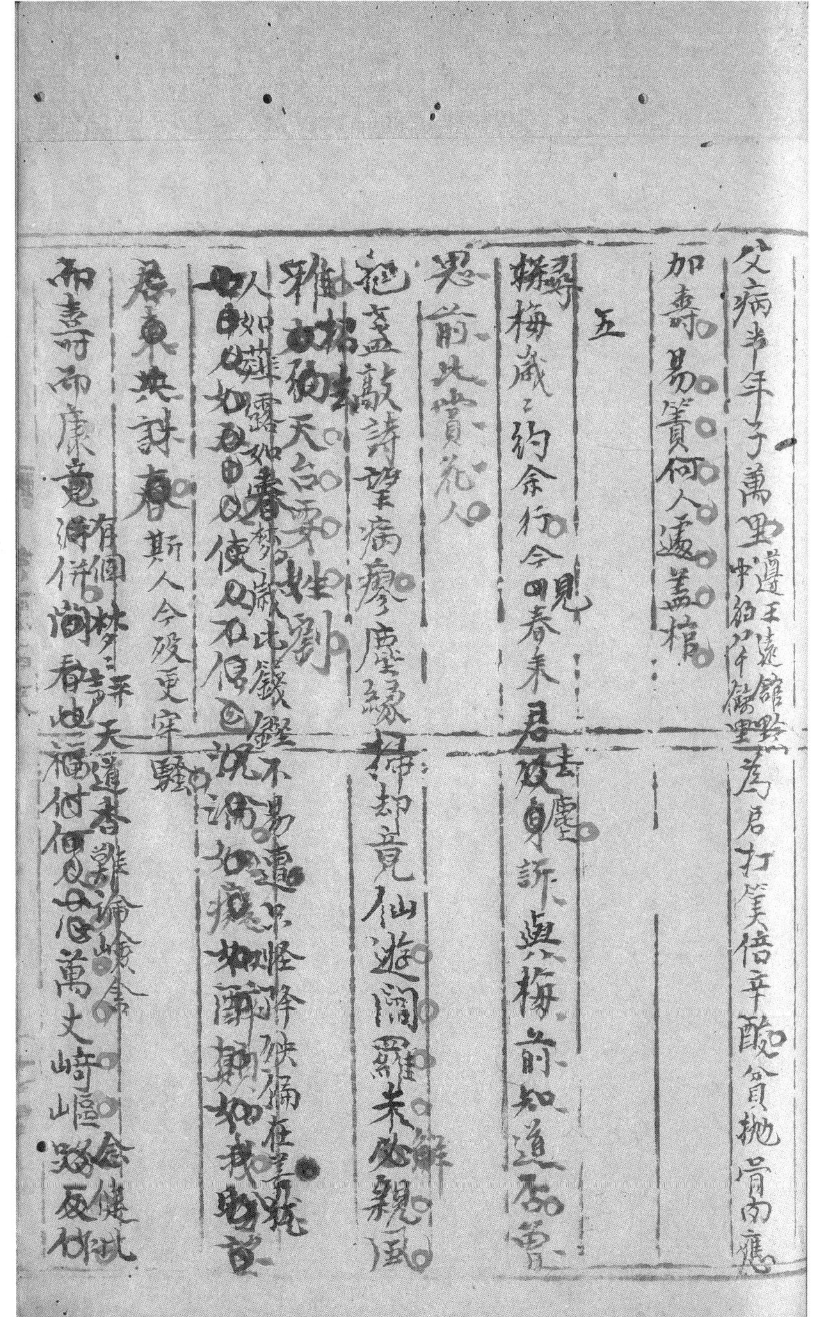

父病半年子萬里（邅王遠館中約八千餘里）爲君打疊倍辛酸 貧拋骨肉應加壽 易簀何人還蓋棺

五

尋梅

梅藏藏約余行 今日見春來 君去渡身許 與梅前知道否 思前此賞花人

抱盞歎詩望病瘳 塵緣掃却覓仙遊 閻羅未必親風[illegible]

雅稱天台女 姓劉 [illegible]

[illegible]

春來共謀春 斯人今陂更穿鑿

而壽可而康 竟將併[illegible]春也福何[illegible]萬丈崎嶇[illegible]

金剛不壞身

時又因悼友天垂淚（天雨不止）義詩晴氣累心寫哀詞筆亦愁（筆頭搖落，連換兩枝）搖颸

素旛難望北，霧凝烟鎖黯山樓

哀儉難來哭寢門，石奩遙奠感君靈，一尊薤拜悲酸句

冥鑒憐余也淚零

元宵大雪

賜福佳時節，淒涼更覺增，祇憐終日雪，不看上元燈，竈灶新壽

何供衆佑烝糰，例所應闌須關門及早睡，一枕夢騰騰

再補八十自述

捉月攀雲枉費思，暮年贊笑少年癡，安心將醒傷心夢

覓友還延看哭友詩 梅非居硯北埜三年相雜而殁哭之以詩如得見面孤劍床頭雜伴隨隻影

瘦梅窗外笑相知硯耕梅生書比田不羊從業滑田叟漁郎且拜梅師

玉粒雕籠早撤開湖山空濶徘徊踈狂久染烟霞疾兀鼻

雞瘳參术材蓬島雲霄翔鳳鶴侑勸金勤東鶩

駘自知栖栖雞毋投鏊為閶闔羅罪也該

兔走烏飛不肯延好春可惜過錯年年風光漸見清明近時

世難尋晉魏前米貴囊空籌減膳釜寒塵積少炊

壁時價一斗米約銀三分斗年來未經此者特領稍肉見何詠不若窮窮病得痊

史近領鬼詔斗千以上有猶未稀肉之恋

食無魚也出無車彈鋏誰來麗索居洗硯攤箋長晝靜

寒輊梅綻午晴初空齋壁上綵懸磬枵腹心壺笙倉破蓄
莫怨蘿鹽了無味悠悠聊藉度居諸

簡歌引西施渡船亭徐芬度曲而作

西施渡口停船亭亭之清吟與生喧囂嘈雜寂然遠一派蒼
茫烟樹嵐光西妝如帶園山城亭草暗遍新香雜花放亭
樹風飄嬌脆幽禽鳴倏而花如咲禽不鳴堪聽幽咽激
越移宮換羽徐芬度曲聲聲盈盈時非潑豔三月好無異郭
鶯美香喚夢春方曉時非玉露飄金風無異海鶴唳空引
吭秋月皎調縱絕處轉換神柏皆中節抑揚妙行人倘
浮隔墻簡吳姬十五年猶小可惜樂府失所縱変更不一

無太宗凝碧池頭管絃講注自平名調曲未工沿至金
元競詞曲秦腔狀曲尤庸〻不若萬曆起崑腔崑山
特產兩豪雄衛良輔秦季公歌中聖歌中龍天為歌
場開生面天將惡調一掃空徐芬徐芬今步武梨園妙
選不敢伍喉吻珠貫值明珠辦得明珠不我賈空亭浸透
梁間簌〻塵飛舞
月明中月正午聲被遏阻使我忘倦不肯卧作此闋歌小
引將名桂詞譜

贈法南和尚付慶山去

既覺名藍失所宗頓拋吾黨悵無窮東來振鐸諸山內西去
登蓮二月中法雨幸沾恩舊迹天花再現嘆今空凡夫未會

主生理猶把蕪詞拜奠公

輓對

名山不照乎慧燈念昔當年每聽諸惺禪心光普如烱入蓮華（旁注：昔日之　明之前）

藏裡

塵海難尋渡夫智檝憶當年之法語圓通遊來優缽（旁注：想　泳之）

香印

再輓一律　普仁法眷棠之

覺世年多撤世塵去來無碍總前因諸方蘭若栽諸弟

一朶蓮花寄一身韻今日慶山失唱導昔年靈虞嶺得導迎

猶曾沾法雨皈依切猶望精靈眷普仁

再輓　代作

曾放光明照大千寶珠藏矣顯林泉昔徵鷲掖
恩重疊今赴蓮臺厭厭年唱醒慶山光祖席
化碩慶嶺大支傳真空休慳勤歌德華雨沾
來豈漠然

歲遇生日每思 母難設羹敬祀五内如刎今届八旬親知有
欲來祝者吟此謝之

兒有生辰母難辰年年此日更思親椿枯萱萎難追影書
卷林樓畫喰神堂上一尊祝爲我山頭四尺掩何人誅余
未報劬勞答語到齡長愧自真

題畫蘭爲陶南犀罕

春光郁郁照南邦，千載清芬邁群卉。降韻雅不矜君子性，
須知尊一品世無雙。

和陳素伯四十自述原韻

久缺虛道風雅賂難期，又訂相知有離。不知幸訪嬾殘三月暮，得傾吳澗

鑾年思棄鐘聽鳴釜，由子貴賤錦爭締，生此時宋贅鄭聲

燕兩絕，余更甚聰明鐵路遇良醫，

回春手段邁陽春，讀破奇書筆有神。文士旁通助藝士濟

人獨不困與人。醫必柔轎，更和予倡汝名詩句，惠余和韻八章

自述

王潤珠圓畫雅馴，心腸來有自天邊，嘉種降

嘉星辰。

照徹清顰處，逢年載露同。地塊風鬅鬙古胭脂富貴當

紫紆青眼界空懷攣鳳矜緊補家偏千載庽積陰功
青春盡東齋景緻懚世章句曾絞香紅
漫熱爐香漫撥灰摧殘利刃為黃君椿樹芽總苦辣
我殘燈徹夜強仕壯年鵠勵光去教星莫損怎悲哀
陽才稠陳琳葉竹看飛騰往昔蓬門諛咲

題翁元枝家並頭牡丹畫
千金難買並頭飛撩起烘國色進文橋
薜華難通籐繞范頰鶯啼相崤映彩霞玄木有禽皆比翼
藉君日草本同車樣中聯鳳鋏裡雙鳥不愁孤挾藻
詩昔日草法唐宮見令在南堂瑞賞誰家奢

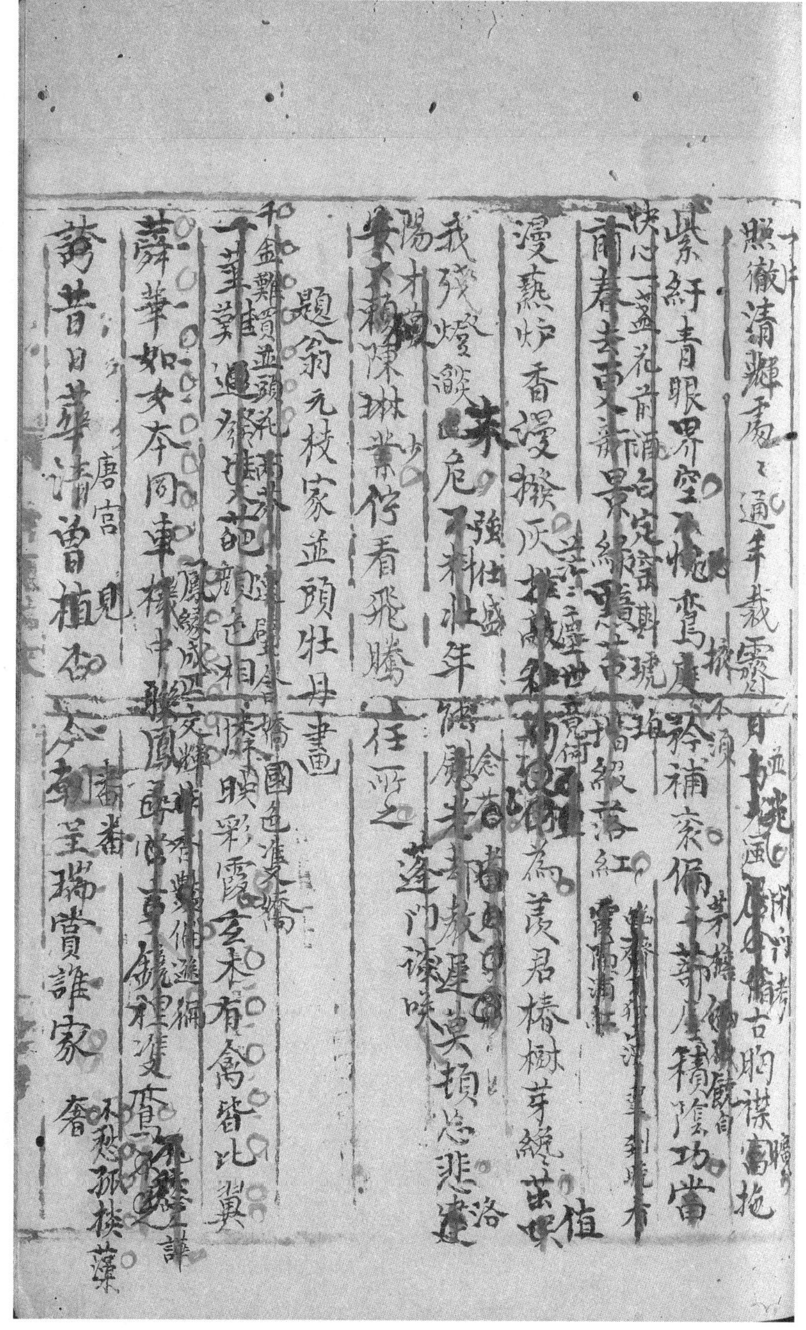

清華

本常舊學算紅鮮，一段晴烘二段烟。對面更饒經意豔，騈肩爭放盡情妍。仙姝兩醮舞華境，彩筆分張富貴天。從此玉堂懸桂香，屬洛陽春靈虎北山前。

又題 調寄青玉案

洛陽名種春光滿，疊瓣重樓，何妨蔦過並頭可譬少西南。薗西子舞殘，楊妃酣了，相向還相笑。華清宮裡多奇寶濃豔。姮斯猶未曉，會日誰家富貴齊城壯，偷摹臨神巧覓句歌佳兆。

再題古歌一章

造物鼓鑄生奇財，牡丹樣巧費剪裁。彩雲團朵雜香香，錦帷繡都。

相猜浴金盤觀海天霞作倍，不若一莖發並頭，重堪異。

遺貞白姑射（品御瑤臺）（有偶）綽約姿，色并兩行。色并（閃爍）豔兩雄，遠披百寶欄外種。

（希奇）遂遺瑪瑙盤白玉杯，（列）唐天子珍之，二種為異卉。更寶（風流天子恩珍）早一段嬌甚，數今李白（醉倒）橋長

來今日共開爭妍（有花）鬬冶相排。徊並綠醉倒花間好夢尤能賞（撒詩志美情……）

最誰識取真香國色不盤。寡富貴豔華[illegible]酪宜其對畫

攜想總覺（大可）台虛然筆亦生花勢恐握筆寫得賞見（春從回花回）（[illegible]顏尤）

閑雖然有筆如花（有筆如花排）來何有生高歌（狂）（老）聲為翁家富貴堆之来（有與如嬰）

又題七言律

如耦仙姝偶降塵，翁家花樣富貴家新。（牡丹譜花中重樓准入閣皆富貴家新樣）

輸贏難定輕雲態，彼此無分曉露神。變影國香滿院

數一笑嬌色兩行勻，好教星瑞盈階下，從此頻探閬

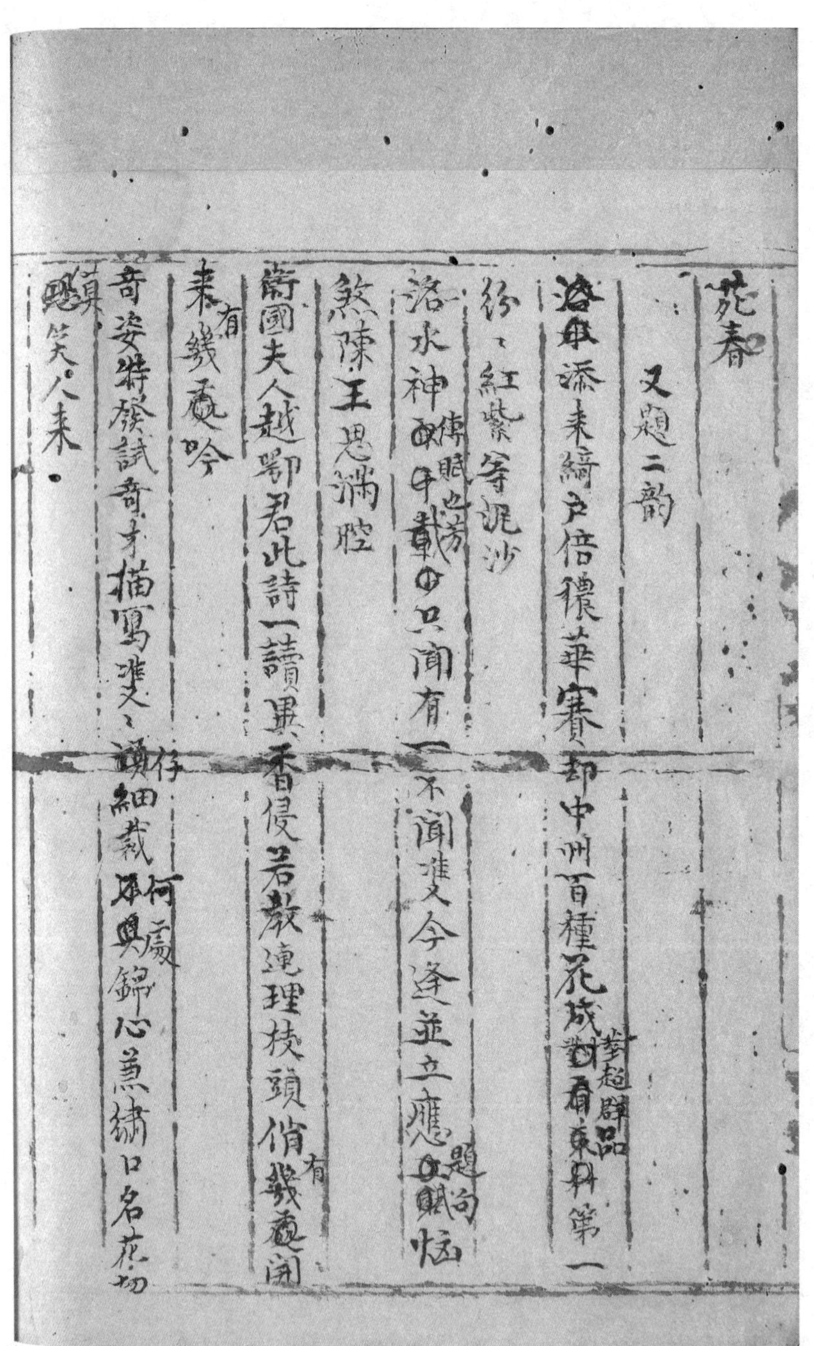

花春

又題二韵

洛邸添来綺户倍穠華賽却中州百種花歲對看東科第一

紛紛紅紫等泥沙

洛水神醉千載中只聞有一不聞雙今逢並立應惱

煞陳王思滿腔

衛國夫人越鄂君此詩一讀異香侵若教連理枝頭俏有幾處鬧

来有幾處吟

奇姿特發試奇才描寫雙雙存細裁何處與錦心兼繡口名花切

題笑人来

題墨牡丹手卷

天我無能偏有癖，与昔周子同其痴。昔周櫟園先生一生好水墨画，構樓三楹，名曰讀画樓，曰論画子

此不好讀書好讀画，三[illegible]好[illegible]脂粉餙塗金抹紫烘白眼，画工渲染俟

錢炫奇術何知清，麗見殊致，鐵骨力却在乎水墨半神，[illegible]在

墨痕外求讀宋元，[illegible]高[illegible]義弟樵雲藏手卷，索我題句

今日[illegible]圖展卷坐我春風中，自不暇給開胸臆。人情誰不慕富貴，

寫[illegible]時具絢爛[illegible]画卷中，每教牡丹衣[illegible]冨貴，与世俗别不一式，[illegible]向者

如迎背者訣，圻者如語，含者悒[illegible]，俯仰褭側各盡妍，妖韶女[illegible]貴，

或不香偏勝，[illegible]香無色包含，[illegible]色何須追羨華清宮，何

胡嘆金谷園久汉，三春錦綉遜千秋，萬状繁華收一筆。

拙運松烟輕點奪化工實獲我心素所好即是此好手是為誰我家
有才字鈍伯不與思話俱自是龍身真當白日食畫輿畫畫晚下靈機
種種我第愛吟掃俗見吁嗟寫其所難寫出意真無窮識以淺人不易見識看
淡中含淑景長不比豔穠轉瞬而猝異
笑我無識偏有癖無殊周子昔抱疾畫昔周櫟園先生好聚古今畫家有讀畫樓日坐此論
筆墨不好讀書好讀畫畫不取脂粉飾塗朱抹紫烘白眼遺
染換錢街奇術何知清麗見深致骨力却在乎求墨手神
增墨痕外求元超逸趣有匹我弟樵雲示手卷索我
題句五四七夏初坐我春風中目不暇給開胸臆人情誰不慕
當前寫花取兆絢爛極卷中層疊皆壯舟與俗迥別不一式
句者如迎者訣者坼者如語合者愒俯仰嚮背側各呈妍妖韵

女老都尚貿不香占奪中州香無色包含姚魏色何須追並次
華清宮何惜金谷園傾瓦綴錢錦繡堆三春難敵松煙勻一筆
大塊文章隨手成寶獲我心我家一才華如是豈繩之
張吾軍者惟鈍伯不與畏話是前身腕下靈机肯種
種詩吟我弟句清真畫亦如詩應什襲冷淡中含淑景
長此等風光不可得

題韓鏡山畫梅

澗寫瑤臺品絶非詩讀星工既寒露一枝崛強見百卉豔穠空香
透餘寒外春含小朵中不同道濟手寫意杳無窮我輩何遜筆吟賞未能工

改作

題畫蘭二名石隱要寫出此意詞寄滿江紅

睥睨烟霞，笑人世紅塵如潑。討同盟林泉空牖，儘容長嘯。潑豔闌珊穠杏媚，後凋顏。托松筠障九畹，種何嚴齒榛莽。淌阿甘放，王者香，香無讓君子性，性無兩他綺戶豪家盡。心不向，爵與湘纍為紉佩，賢路鄭園偏憑仗，恨今番白眼認青山，皆俗狀。

題鐵山畫梅改作

孤幹橫天地，寰中賴爾喜。萬山寒月夜，一聲野人家樹。有如斯種，春來自覺香。筆尖兵矯處，但見玉痕斜。只此春深足，冰姿叩月輪。霜雪能耐歲，天地自回春。有意就深谷，無情擬要津。林家相聘後，秖肯伴高人。

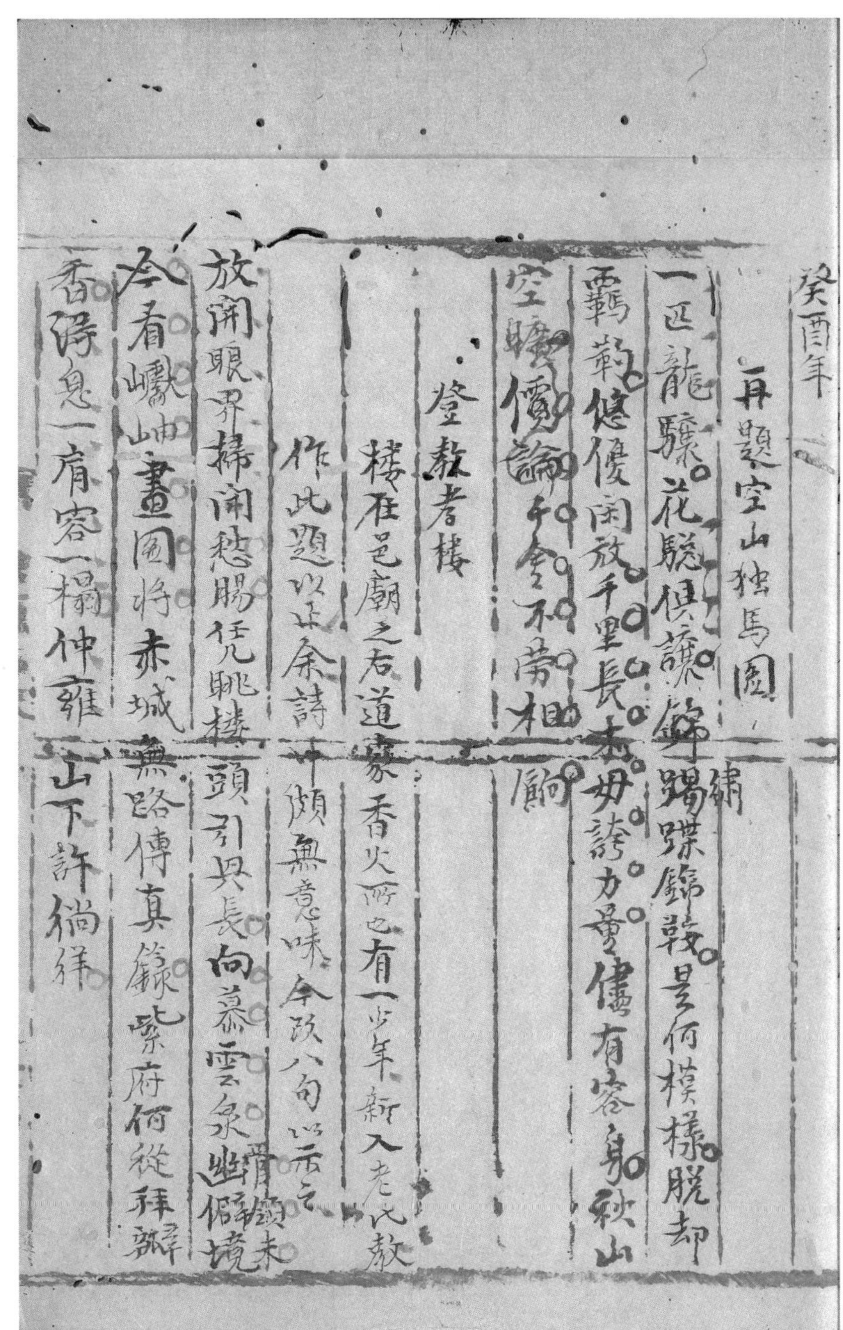

癸酉年

再題空山独馬圖

一匹龍驤花驄俱謙鍏蹋蹀錦鞍是何模樣脱却羈靮悠優閑放千里長山長杰毋誇力量儘有容身秋山空曠價論千金不帶相餉

登敎孝樓

樓在邑廟之右道家香火所也有一少年新入老氏敎作此題以正余詩頗無意味余改八句以示之

放開眼界掃閑愁腸任凭眺樓頭引與長向慕雲泉幽僻境冷看巘岫畫圖將赤城無路傳真籙紫府何從拜辭香浮息一肩容一榻仲雍山下許徜徉

重遊紅鴿山房感賦并序

即今改作虞山書院也康熙初年邑有中丞錢黍谷因愛此地為大朱仙太葛洪煉丹之所丹成有紅鴿從井飛出遠去仙亦不知所往名傳為丹井故屬致道觀道士收營中丞費重貲劃丹井山地約畝外因構躡雲堂三楹旁列風亭月榭前則森布花木後則延緣桐竹從平坡而陟山顛縈紆曲折遶繡石蒼苔非塵世境也中丞于春秋佳日招余先師圓沙公跌宕於詩酒之會圓沙師為中丞之從兄故有紅桑雁行唱和詩卷有紅鴿山房詩卷詩卷之名居山而著者也文彩風流可謂不負此山不辱此山矣厥後不振為有勢者所購究不克保其終未幾而再更最可惜者兩

根者省未數某從中梁指力誘蘇州縉紳慕建造張羅高閣丹井之旁埋沒丹井于樓層之下所謂紅鶴山房者割為他家所有一更再更名迹從此而湮湮矣嗟嗟一山房耳就我半生視其隆汚興替有若此之變更難料者今日重遊而置之漠然試問當年之隨園沙公之後酒酣詩就之時公嘗曰一山林一廊廟兄弟之樂各得其情倫闕此言者是何人耶一回憶之黯然欲返因作古詩長句以志慨

名勝看来半已非尚存石磴路芳菲花光接地香侵屐樹影彌天翠潑衣古寺頂中丞遺構植迹尋仙迹境希微青山寓林（當年韻事）遊今何在人自亂窗風狐憑此處依狐欲来憑鼠欲依

題徐寄南小照出獵山中馳馬射狐

樹樹丹黄叠叠峰，秋風陣裏騁雄風。書生夙具封侯手，減節

豈孤豈論功。

騎原尋眼界寬，誰容畜孽磵阿盤。山林本屬吾儕地

不掃狐群恍擾鞭，要聽清音洗耳端

獵原渠魁尚有歸，罪居其次播危機。剪伊一矢嗟伊醜，何故

更有渠魁難律赦，善疑善媚狀猶徽

平生假虎威

巢穴何人搗，誰無不期善射。看吾徒此時牙爪俱休矣，犯戒

前驅自遠古

去年挑亂震城東，書入徐閭儘逢兇。唐李華擊狐記：書入徐子之閭，衆畏孫

中之劍擊技窮窮道去今，除此種萬難容，指今第山家

殺盡狐群眼界寬雜居此土夢難安山林本屬吾儕地留取清
音洗耳端
如狐貪噬亂人懷那得如狐一箭裁盡把為妖為害去放纔
好水好山來

立秋後四五日酷熱不異大暑苦吟一律

今番酷暑倍尋常炎僅惟求爽之氣將豈謂世情喜附
熱卻教秋令不生涼繩床支体如炉火蕉扇搖風似沸湯
衆籲晚來雲幾縷須臾白處变紅光

耘石道士來鴨一隻以佐余飯事雖尋常因此而感嘆
生詩亦不可已也

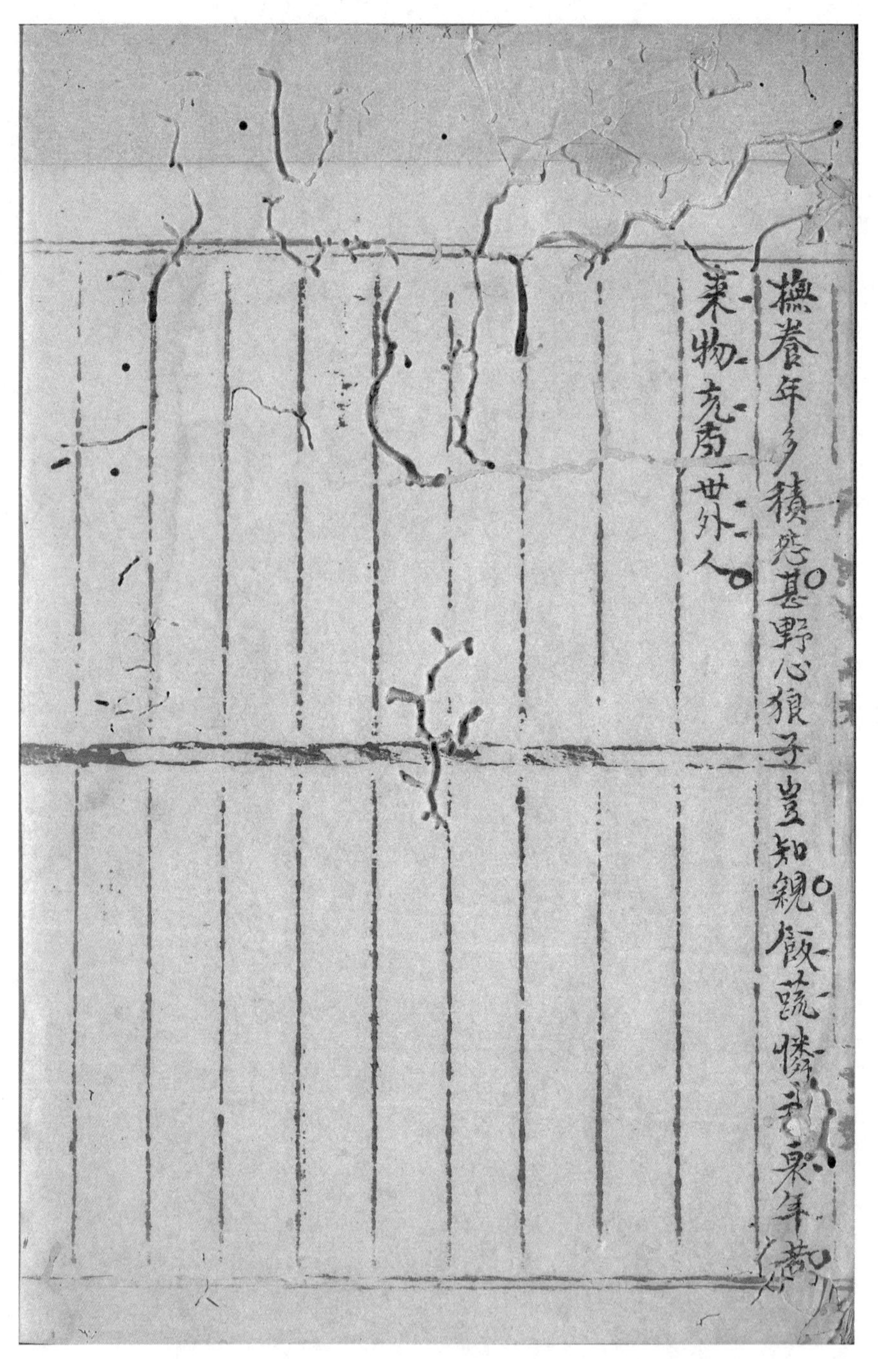
撫眷年多積怨甚。野心狼子豈知親。飯蔬憐我衰年歎，
未物充爲一世外人。

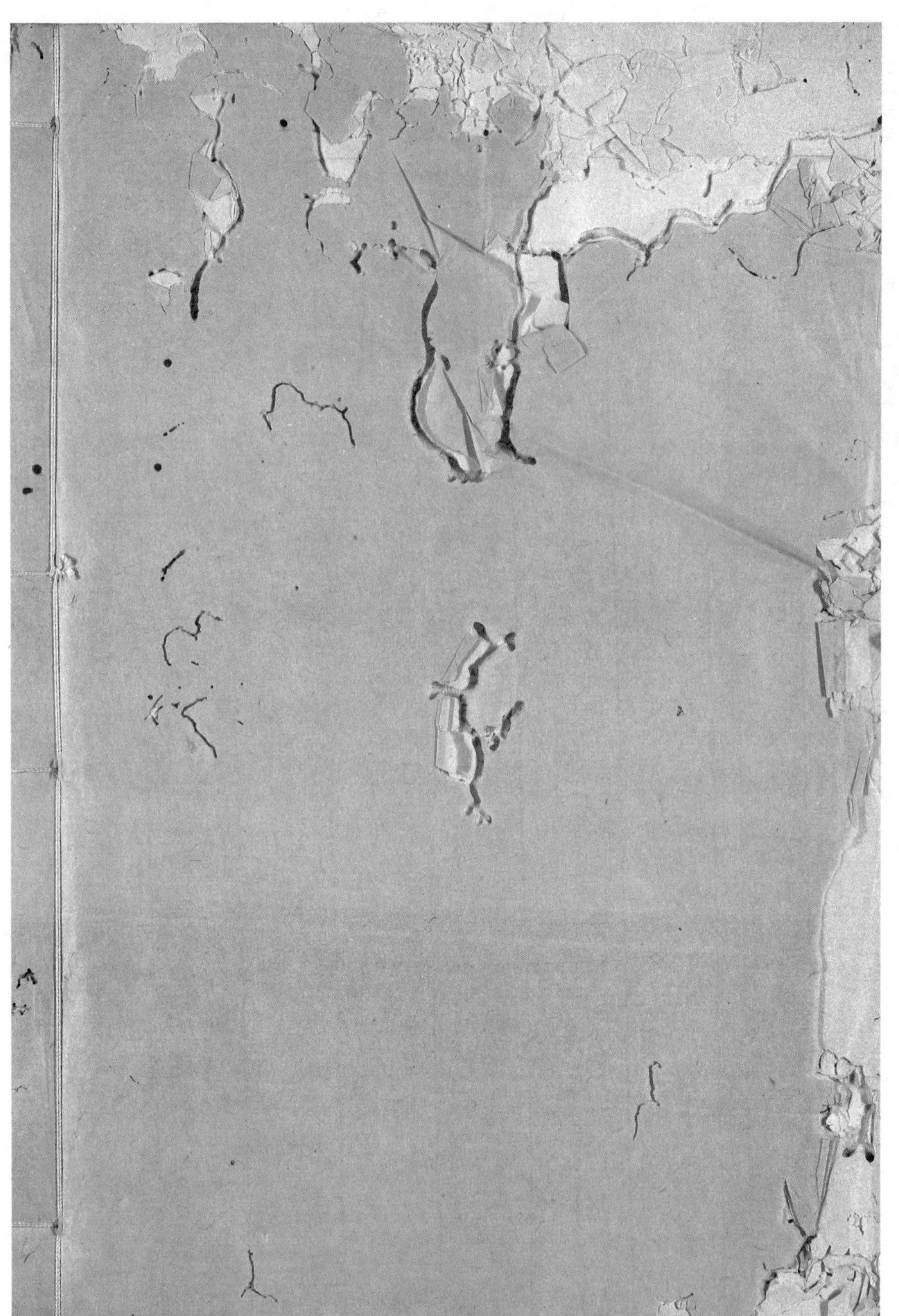

知足知不足齋詩草

遐齡撰。清光緒間稿本。一册。

愛新覺羅・遐齡（一八二六—？），滿洲人，字菊潭，封奉恩將軍。齋名嶺雲齋。另有《醉夢録》《嶺雲齋詩草》存世。

《知足知不足齋詩草》共收詩三十八首，按「壬申」「癸酉」「甲戌」分爲三部分，當爲寫作年。「壬申」部分共有《梅花》《詠竹》《輓明達上人》三首詩。「癸酉」部分有《食菜有感》《雨後過故居有作》等二十七首。「甲戌」部分有《盧溝》《良鄉題壁》等八首。

這些詩如《序》中云，是其心聲的寫照。「咄咄書空，境似屈平，年年感遇。故每届花朝月夕，獨坐聳肩，風雪寒宵孤吟，擁鼻竊笑，秋蟲作響，何敢云詩，不過抒寫性靈，聊釋吾悶而已。」

詩作最顯著的特色是通俗淺近，不加雕琢。正如作者自己所説：「我詩敝帚非珠玉，才疏刻盡三條燭。雖然俚句語且複，難得相看真刮目。感君知己因手録，更乞詩禪示掌握。」（《題問齋小照三十八韻》）但亦不乏生動者，如《影戲》：「無端平地起樓臺，一紙燈窗混沌開。彼或尊王此稱霸，全憑十指送將來。」

有些詩如《盧溝》《良鄉題壁》《淶水道中》《易水懷古》等，描寫北京附近遊歷的情況，非常貼近生活。《淶水道中》：「新柳初摇緑，雛鶯二月天。馬蹄沙路軟，羊角野風旋。隴麥青于染，山桃紅欲然。漫嗟行役苦，且自著吟鞭。」刻畫了一幅桃紅柳緑、草長鶯飛的春景。還有一些反映民俗的詩，如《泥孩》《鬼臉》《傀儡》《鼓鐺》等，生動風趣，反映了當時民間的生活狀況。

有朱墨筆眉批，行間有朱墨筆圈點修改。卷端鈐「藕客」「銕泉惠目」。「藕客」之印亦多見於正文中。

（彭文芳）

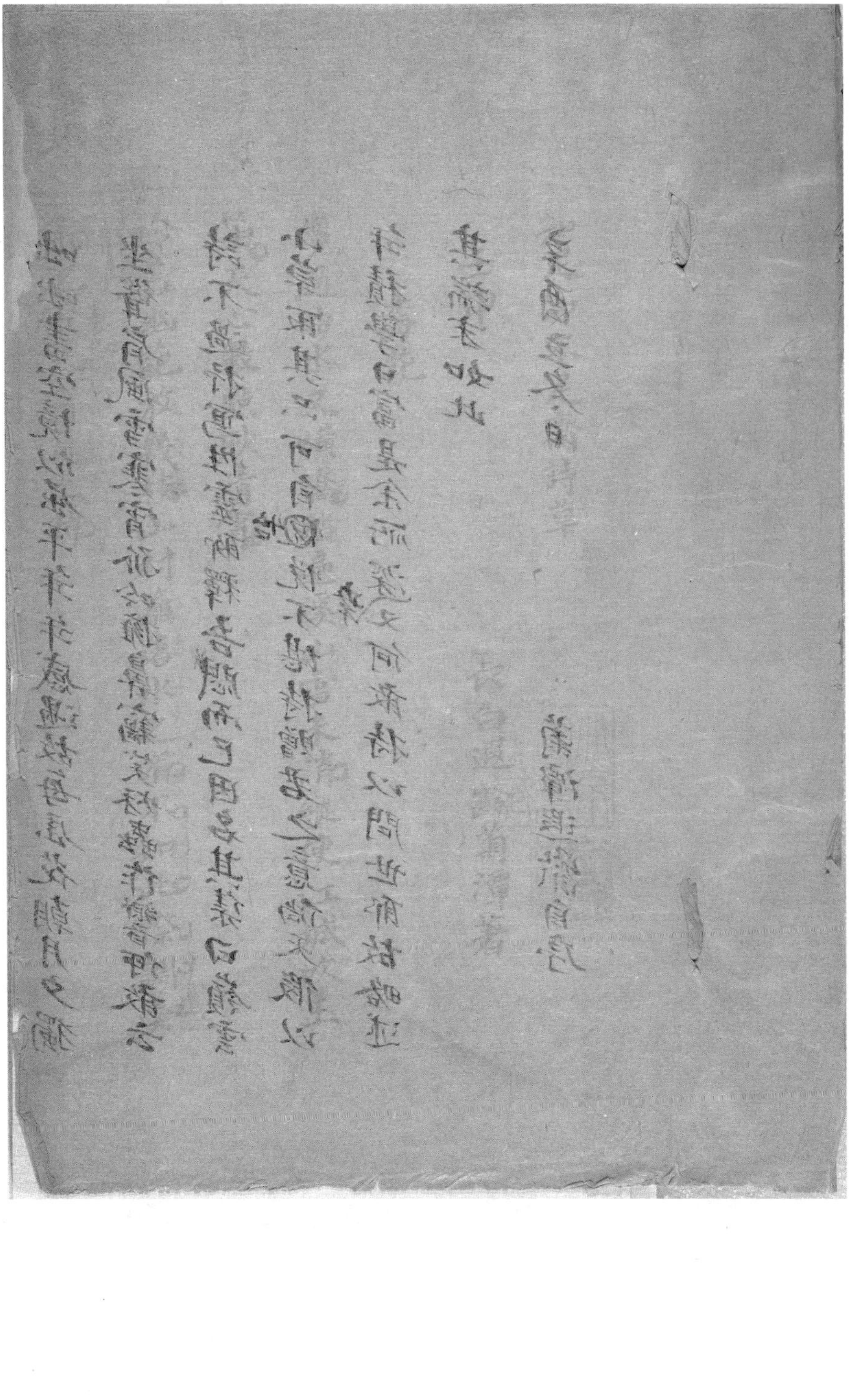

咄咄書空境似屈平年年感遇故每逢花朝月夕獨坐聳肩風雪寒宵孤吟擁鼻竊笑蟋蟀作響何敢云詩不過抒寫性靈聊釋吾悶而已因名其集曰嶺雲小草取其只可自怡悅不堪持贈君之意倘天假以年積學日富是余所深幸又何敢持以問世耶故略述其端末如此

辛酉立冬日　菊潭退叟自序

知足知不足齋詩草

壬申　　　　長白遐齡菊潭著

梅花

繞過曲水又橫橋。踏遍溪山雪未消。縱使江城吹玉

笛。天心數點耿清霄。

耿字太硬

冷蕊幽葩放幾枝。山村籬落水之湄。不知此際調羹

手記否。寒窗月上時。

收句似托不佳

流水空山獨閉門黄茅蓋屋土爲垣幽居可似林和
靖冷抱毒花避世喧

世喧二字似生亦不雅馴

△嫌山庚嶺舊栽培大地春從鐵幹迴不是得天清氣
足如何孤冷也能開

存

△ 詠竹

附韵妥可喜

雨風喧昨夜解籜影娟娟浣淨碧無暑窗幽青可憐

芭蕉好物也不奇寫他

行枝妨客帽涼翠上吟肩何事芭蕉樹居然號緑天

上人雖苦
可取詩却
好

輓明達上人

春夏猶相見，三秋一日違上人於立秋前一日圓寂。蒲團疑眈睡，錫杖想因依。白墮逃禪久上人性嗜酒，青囊救世稀善醫而不循古方，活人甚衆。不堪重到此，松竹冷禪扉。

癸酉

食菜有感

富貴與膏粱，藜藿不甘食。惟願民父母，使民無此色。

大氣昵大
度量少草

狷叟人以句互上一層樓

年年嚼菜根亦可下杯酒如何食蔗人偏說甜無有

雨後過故居有作

雨後涼蟬六月天庭軒松竹尚依然記曾晚醉饒清興玉蔮如盤入饌鮮

又

題問齋小照三十八韻

學問經綸誰滿腹問齋良友頗不俗手展輕綃纔半幅英雄名馬丰神足腰懸寶劍新結束匆匆行役無

僮僕倚馬才華本名族故應先我著鞭速臨民不久
皇恩沐馳聲豈必九州牧行吟亍亍緣溪曲暫時消
受亦多福夭花紅映酒顏沃新柳遠添陰鬟綠遙指
青帘鵝醸熟糟床滑辣聲相續安得從遊共炊宿饑
涎一飽資吾欲嗟我半生徒碌碌上書杞能繼臣朔
宦海雖榮亦多辱略嘗滋味甘雌伏誓買薄田贖薄
祿青山影裏結茅屋一卷離騷千日醁塵囂世遠埋

提筆妙
不經乎皆
矣
安句精
筆亦妙

頭讀，我方涉想退山谷。食無魚兮飢無粥，立錐無地
身難縮。我醉不覺感而觸，君今寫照詩盈軸。鴻才舊
雨紛多屬（畫中諸前輩題詠甚多），我詩敝帚非珠玉。才疏刻畫
三條燭，雖然俚句語且複。難得相看真刮目，感君知
已因手錄。更乞詩禪示掌握。

燈花

檠短凝輝斗室幽，夜深結彩故淹留。光搖書幌點紅

垂捲隨替四字皆峭拔

結句意在言外妙

豆影射蕉窗捲綠油底用敲棋隨自落漫勞刻燭替

花愁而今懶向燈前卜何事還來照白頭

題性畬弟晋遊草

君昨歸自晋往返四千里示我紀遊詩字字風人旨

想君弔古時風日多清美韓侯嶺上雲豫讓橋邊水

所歷雖其餘亦收此卷裏我欲道隻字苦無警句砌

酒顔紅勝花詩思溢于柹援筆聊報命而書之如此

柹字峭對仗亦工穩

長夏遣懷

庭樹午陰圓簾垂晝似年熱偏逢夏閏涼不換秋先

俗句

李紫珍堪把瓜黃清且鮮晚來宜對酒薄醉欲登仙

綠珠

金谷繁華過梦奢錢多卓識婦人身墜樓自足高千古肉食應慚石季倫

麗華

曾侍深宫荷寵光一朝家國判興亡美人抱恨君王
辱凄絶胭脂古井旁

起勢突然
順筆寫來
一氣呵成過
兄宿法全
請
安詞三字妙
極
收束壯哉

隴頭水

隴頭流水鳴濺濺征人此去何時還何時還兮摧心
肺摧心肝兮路漫漫路漫漫兮行多艱再過此水知
何年安得功成勒燕然掃除胡虜靖烽烟鑾敲金鐙
揮歸鞭回頭一洗壯士顔

問劍

把劍手輕彈光凝秋水寒可能飛出匣先我斬樓蘭
欲折爾成鐮或待一夫用成鐮雖刈薪幾人知劍痛

夏日讀書

門外馬車跡廣路而通衢軟紅塵十丈只隔牆一隅
中有茅蓋屋雅潔寬有餘綠陰借鄰樹莎草上階除
[illegible]蕭下遲日淨几相依於平生無他嗜所樂惟讀書

縹緗非鄴架。亂疊青山如。把卷欲忘暑。下帷實愧余。
有時苦岑寂。微吟步自徐。差勝襏襫手。日日公府趨。
大隱吾豈敢避喧聊自娛。

影戲

無端平地起樓臺。一紙燈窗混沌開。彼或尊王此稱
覇。全憑十指送將來。
一人高唱衆人聽。偶爾詼諧亦近情。小小戲台窗一

面照來燈月每三更

高談鄉國興無窮，竟許持衡掌握中。三尺生綃燈一盞，忽然兒女忽英雄。

繪草惟憑兩手揭，聽來老嫗動悲悽。難分善惡惟形影，顛倒燈光為指迷。

選

子美妹丈有詩謝贈酒並蠏依韵奉答

少小嗜腥羶，酒更弗能戒。雙螯入手持，未啖意先快。

那怕囊無錢，畫幅青山賣。因風想寄君，暮夜遣敝价。
肉食豈無人，君我實無愧。誠如君所言，斯味勝魚膾。
我豈真解脫，我意別有在。蠏入湯鼎中，人醉壺天外。
不疎脫稿遲，騷壇甘下拜。

錄原作

我如老比邱，不肯開殺戒。大咲過屠門，見肉意亦
快。霜螯蟹正肥，挑出沿街賣。久假遂不歸，欲買先

自愧鮮人殊難得。薄暮勞走价。盈盤森戈戟。入口勝魚膾。亦成真解脫。我得大自在。西風吹雨過明月上天外。舉酒成短章。聊當和南拜。

剝棗行

秌風起兮秋未老。小園新熟安期棗。一樹離離壓屋檐。火珠萬顆紅嫩甜。兒童聲剝爭歡喜。鄰婦吳郎惱鄉里。吳郎不學婦無知。請君三復工部詩。王敦雖饞

文似看山喜不平

㫺太嗜我齒今年落其二今年齒落竟誰憐老饕倚樹秌風前猶記兒時持竿斜如今那得兒時樂兒童他日亦成翁不妨擊斜任兒童

絡緯吟

秋風起兮秌葉黃秋露白兮秌草香山中節物得秋早絡緯啼上幽人堂山邨老屋與金井古牆苔壁非銀床鳴聲上下斷若續或遠或近隨風揚東村少婦

抱泣二字生
之字酌改憶
字

夕抱泣良人遠戍之他鄉。西鄰嫠婦心彷徨。衣未裁
兮棉未裝。我亦因之感秋興。孤檠耿耿宵方長。我比
嫠婦差勝強。曾吞墨水通文章。安排筆硯略思索。詩

揮字酌改
費字

吟一字揮千觴。酒酣未肯便擱筆。賦體直欲追歐陽。
醒來自失還自哂。秋蟲作響何其狂。吁嗟乎蟋蟀作
響何其狂。不平則鳴類若是。勞勞終夕庸何傷。

△竹坡有詩見懷書此答之

天潢沾
恩等字不雅
删

古意來豈
豈居然

君我别來兩匝月忽得君詩代尺素拈毫我欲和君
詩才疎那得驚人句自君奉詔出京華未能祖餞隨
征車君才執筆果鳴鳳我力張弓猶殪豭吾宗君我好
身手天潢何幸沾
恩多此番君入浙我仍留京師衡文慎選士定使才
無遺閒情亦可寄詩酒羡君日向錢塘走羡君題遍
錢塘之水餘杭山羡君觀潮東海門羡君身凌泰岱

李杜

曉瞰扶桑暾，晚向棲雲看瑞雲。我無長房術，君免扱，
我魂、我今惟所征，軺至聊具壺觴話離思。

酒債

藜杖青錢免挂攜，糟床麴部任君嬉。雖然醉夢都由
我，未必尋常不累伊。白墮中山登記日，黃公壚畔買
春時。酒人結習今猶昔，定許償還歲暮期。

山

詩魔

二聯語有寓意三聯尤好

獨客挑燈夜不眠幾同擁鼻聳吟肩悲歌慷慨頻年事亂章紛披竟日緣狂病難醫甘自苦名心未死已成顛詩魔欲遣終難遣始信騷壇別有天

△癸酉初冬第二日同社中諸友出阜成門以此地有崇山峻嶺茂林脩竹爲韵得地字

時屆歲初冬炑盡餘秋意出郭共尋幽詩朋欣畢至行行任所之偶來場圃地野屋枕寒谿霜林落荒翠

斜陽促歸步歸飲黃公肆共舉千萬觴拇戰增豪氣

此或醉攢眉彼或吟把臂詩髯怒似戟酒腸熱如熾

百年詩酒場是我關心事越日須補圖別樹騷壇幟

是日屬偉人侄繪圖

自題畫蘭一絕

風〻雨〻昨宵聽數葉玉蘭放幾莖終勝唐花開頃

刻不知九畹為誰青

佳 李杜路音

寒雅

鳴噪竟何急，寒鴉認故林。斜陽淡遠色，薄暮起層陰。
地僻門常閉，城遙路更深。生涯吾與汝，饑渴日相尋。

佳 任遯二字大有深意

孤鴈

中有蘆汀鴈，哀鳴獨忍飢。肅雲任高遯，白日避群飛。
湘水難留字，燕山覓合圍。南樓一夜坐，使我淚沾衣。

和載道生本木氏詩元韻即用其首句

本色資純黃堆盤必用良伊誰登上品亦獨異群芳
懷橘非儔侶言柑孰短長洞胥無敗絮幽室見真香

泥孩

朱加抹肚粉塗腮三月綳孩果是非泥土雖非真骨
肉債郎惟有命相依

此等佳句佳則佳矣華痕大戲四首皆然

專
鬼臉

何退兒童太弄神用頭鼠目失天真本來面目都藏
生

却客亦知知患有身

傀儡

真情假相古衣裳，富貴窮通為底忙。
可慨古今如戲局，早先優孟競登場。

鼓鐺

兒童三五聚成群，響徹屋邊一朵雲。
不是吹噓甚輕妙，如何也使九天聞。

除夕送窮詩

俗事窮愁隨年至年移窮愁仍不還萬家燈火逼除夕窮愁何苦相周旋昌黎送窮窮依舊我今送窮窮去否古人送窮不可見今人送窮古尚有窮神如肯永相離我有斗酒君休辭雖然既醉必飽德但願此去無還期永無還期我心喜富貴功名自茲始回頭意緒轉茫然固窮世上誰君子

甲戌

盧溝

多少輪蹄鐵易銷黃塵斗撲滿征軺盧溝橋下桑乾水一線能通萬里遥

良鄉題壁

孤塔斜昜峙土岡縣城荒僻是良鄉迩来詩味濃于酒免向壚頭進一觴

選

半壁店風夕

離宮燈火照山明。拒馬河干水自鳴。遠近營盤喧市寂。雷硠石子路難平。烟迷嵐翠流無際。風捲沙黃夜有聲。行役勞勞天未曉。轅鈴響處又宵征。

賈島祠題壁

欲訪荊軻里（去荊軻故里數武）先尋賈島祠詩人有同志壯士竟何為名播千秋句才逢一字師今来一展拜撩

又字妙

存

撥動吟思

涞水道中

新柳初摇緑，雛鶯二月天。馬蹄沙路軟，羊角野風旋。隴麥青于染，山花紅欲然。漫嗟行役苦，且自著吟鞭。

易水懷古

易水滔滔萬古情，燕丹曾此别荆卿。（可憐）誰知斷送田樊首，猶（似）作當年嗚咽聲。

長新店客夜寄內

長新店北路東頭，幾日眠餐不自由。此夕料應卿念我，計程今已到盧溝。

問齋以安怡齋畫冊屬題率題六韻

久欲賦考槃，此志今未果。所幸見此圖，恍惚曾遊臥。逸品類荊關，名早高人攜。看山當遠行，拄杖穿雲過。泛水揚清波，穩坐凌風舸。令我如是觀，君其定許可。

其字不妥

古然月 補録 共四十八首

共四年七首

十四

長新店客夜寄内

長新店北路東頭幾日眠餐不自由此夕料應卿念我計程今已到廬溝

問齋以安怡齋畫冊屬題率題六韻

久欲賦考槃此志今未果所幸見此圖恍惚曾遊臥
逸品類荊關名早高人攜看山當
泛水揚清波穩坐凌風舸令我如

其字不妥

長新店客夜寄内

長新店北路東頭幾日眠餐不自由此夕料應卿念
我計程今已到蘆溝

問齋以安怡齋畫册屬題率題六韻

久欲賦考槃此志今未果所幸見此圖恍惚曾遊歷
逸品類荆關名早高人播看山當遠行拄杖穿雲過
泛水揚清波穩坐淩風舸令我如是觀君其定許可

其字不妥

古今月 共四十八首

補錄

共卌七首

李慈銘手稿

李慈铭撰，稿本，一册。

李慈銘（一八三〇—一八九四），原名模，字愛伯，號蒪客，晚年自號越縵老人，别署霞川花隱牛、花隱生等。會稽（今紹興）人。光緒六年（一八八〇）進士，補户部江南司資郎。十六年補山西監察道御史，轉掌山西道。有名士之風。以詩文博盛名於時，自謂於經史子集、稗史佛典、詩詞戲曲無不涉獵。

李慈銘家富藏書，博覽多聞，著述等身。民國十七年（一九二八），其遺書入藏國立北平圖書館（今國家圖書館），時王重民爲該館館員，纂輯、校訂並刊行其著述，嗣後其散佚手稿不斷被發現並刊布，今可見有《越縵堂日記》《湖塘林館駢體文鈔》《越縵堂讀書記》《越縵堂文集》等百數十卷之多。此稿包含其完整文章兩篇，題曰「政治」「理道」；另有兩篇殘缺不完，無起首，不知標題爲何。皆駢文，爲文縱恣。末有題記云「同治十三年歲在小春月李慈銘并識」，知抄於是年，然檢同治十三年《越縵堂日記》，未見記載。

有「宗室盛昱」「長社錫九珍藏」等印。

（樊長遠）

53382
李慈銘手稿
函 1 册 书号53382

嵩。庨。可原。武物。壆。假。歸而行。誼。正。多。可識。　觀師氏所掌。孝以順
行並崇。考司徒所掌。不孝不弟並糾。　乾餱致愆。豆觴犯鬭。
誼協。壎篪。情熙。華鄂。　此角弓翩反之詩所由作也。此鄉黨和親
之書所由上也。　夫允諧垂古訓。讀史井程有舊心。況歌迎之被于當
世爭。夫々習禮有儒生。梗頑左右為動氣。況溫恭々美于天子也。
讀楚茨。知天家右笑語之歡。賦行葦。知寢室有几筵之設。　獻鳩
養老。特尊百歲之頤。稱兕興歌。為祝萬年之壽。　暖景四而
周易。而澠天王。永戴夫明聖。治西人而炮烙除。我而之篋其悰
悃。文王事振旅而代崇。密不隆貽。餞之家。詹刑妻而御家邦。堪副
嶽。音於聖母。文王事　鑫斯之子美。繩々麟趾之子。歌振々。文王事　穠祿

爲王父所寵誕登受祉爲孝子即爲慈孫閨闈爲天化所基治內

內功有孝子並有賢婦（文王）事虞克諧夏幹蠱　強如晉霸詰隧

不獲於朝梟若王寵加籩遷程傳於鄭　魯恃宗盟以侵薛知

知疏不得踰親晉援命圭以賂吳知賤不強物貴　抱柔北山

每朝夕而念父顯蓋南澗乃夙夜之在　慇懃勞則寄情蓼

莪懷孫王室則興懷稷　盛傾蓋而遂訂知交盛割席而終成隙矣

武立誓曰一心伊（君臣）之訓曰一德八柄之馭（君臣）何以慎簡乃傳三德之

宣何以揚撝謙居　元首（君）明而股（臣）肱良　天子必有父（父子）孟孝近乎王

雄雉言情亦相期以傷性雞鳴示警亦相勖以成家盛夫婦鐘鼓

集于房中蘋藻供于牖下夫婦　陟岵興我歌必興嗟于季

斯干有咏亦殊戒于無猶兄弟肆筵而授之几吹塤而和以篪兄弟
覽棠棣而歌華鄂昆弟之倫所以盛之也賦角弓而歎翩反昆弟之倫庶
以哀之也　昔在文王太姒嗣音昔在武王邑姜治內夫婦　以分君臣朋
孰以恩女子和接以親夫婦相須以序兄弟相隨以義朋友相合　燕及克子道諧行誼
高光乎天地勤施誕係精誠上格乎風雷周公臣道戩隙俎豆心傷
五安子道之衢戢掌牛羊臣道歲窮一官之祿孔子　燕翼难貽墓僅封
手四尺廣表有詩政難成以三年　風木無愆牽搔先人之
色笑猗蘭未操常依我后於宮庭　翔陟山而秋葛藟繁系
瞻宗國而空懷芹藻　循天子姓羽賁風御戀尸位於庭詠鵠媳
息鷺鵝與嬉妃親臣鴛鴦歷逆媛宦臣　白雉呈瑞越裳渡海以來
翰音契而於西旅重譯而來貢朝周命雕題鑿齒我從國于方

被髮文身禮最近於荒徼 迤爾不暨勇荒不服 咸卒之朝也寓

王靈

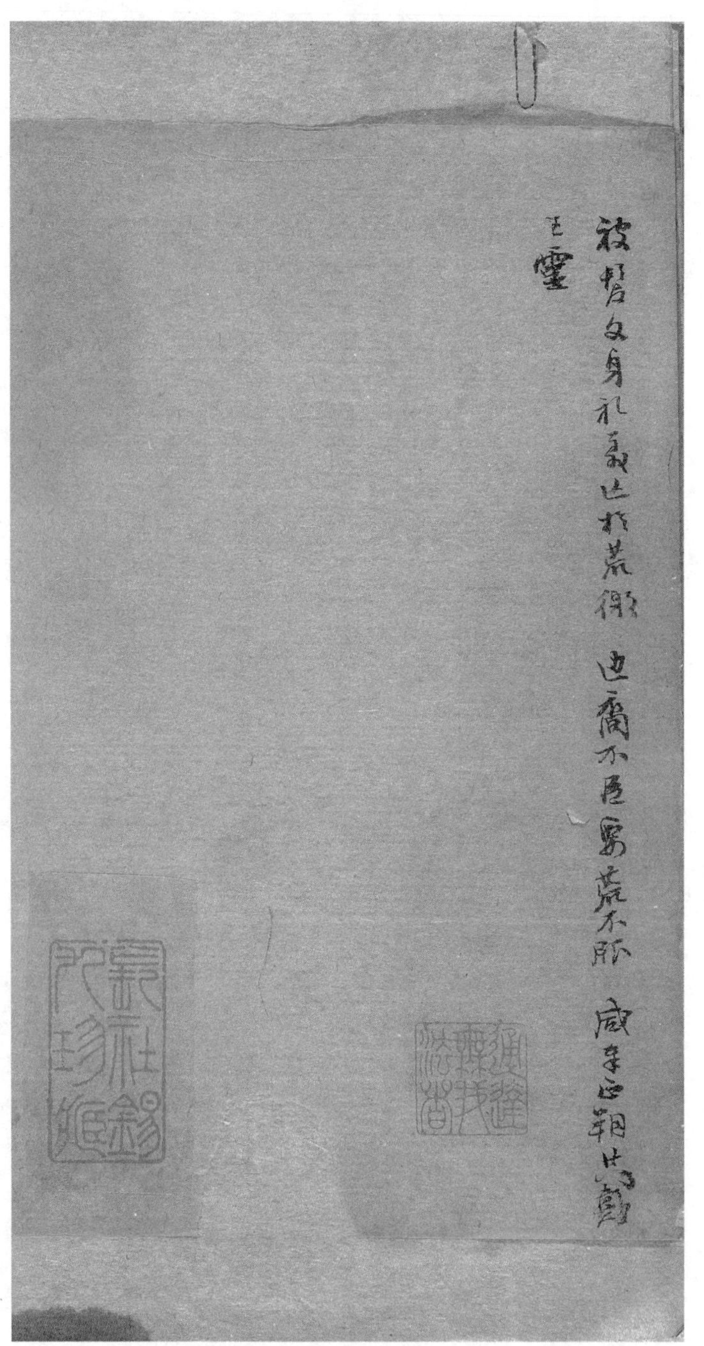

定大策以扶社稷。革邪[illegible]以防太平。[illegible]而免。詰其[illegible]

而直誅[illegible]。運策以安也疆。禁諸以除內亂。[illegible]作論其[illegible]。

[illegible]齋治一本身[illegible]諸年月終。

庶務豈必躬親。持此不河。自答未年之豪端。一教信化裁之要義。

密細不苟。愛物推誠。招興學舍。[illegible][illegible]蘭蕙。勸農興利。

外交內和。進善退惡。正色不撓。白金黃符之謠。[illegible]

託疏[illegible]循[illegible]之祀。[illegible]廢謬荒悠。甲子未定以前。渾[illegible][illegible]乳坤[illegible][illegible]

高人之行業。文字既興以後。私撰述多隨歲月以遷換。至事

而策筆[illegible]等書之嘉定。[illegible]而錫[illegible]失[illegible]为干城。[illegible]假。至覺[illegible]

皇之極。作福斂惟辟之威。雖未南越[illegible]貢西戎。彼獻[illegible]貢

[illegible]之侶。豈後世嗷鴻碩鼎之嗟乎。知[illegible]表其[illegible]之符。豈後世之[illegible]

藻棻華之諷筆。駿奔而錫之雅邑。歌赤芾於羣雷范露之旦。
揚帝猷而黃以鼓鏡。學形其於骨，懷書躬之命。北發渠捷，東拓
西甌。乃躶身賓旅。壯纂成而歸化。南民闢之之守野冢界也。頌詩而惟金
野之訓。知銘彝之理微。讀書而悟王道之蘊。知主教之陽聽。備編
所紀，綸之諸身心性命之微。宋徒以精白名學于朝，供學士辭華之用。栽籍兩陣，倚之諸田間，倚士亭之理宗
其以前言往訓，持經師氣謹之知。借儒識理而高，雅儀論而
國參異議。何士聡明自謂，逞才華而持辯天人。婦女亦壯兵
戎之危。童子且工井竈之謀。武夫非徒雄韜略。將士忘且亡
傷風。勳之士重志況遜。徒之托身正路，以邀斯世之指摘。畸人托迹
孤高。徒之交絕書遊。不受權門之羈絡。

沐仁澤於髓髓。銘字心於腑肺。匪孝匪忠。思以補於君父。小忠小
信。究其書於經術。匪日不要於義理。而不作迂士慷慨之風。臨窗益
贊其生平。而不如近來深讀之詩。誦陸游之作。諷蘇黃之章。每日歎
嘘嚱莫甚矣。況一動一靜。循循於規矩準繩。一笑一嚬。咸謹謹
于祁所幽獨。肆其北同自善其年年。儀之感而嘆以之諸乎。
綜而揮而解嫗。圭之錫而成功。協之以國重之典。補之以盛宴。
上世書成封禪。繇紀功業之崇隆。故世俗書歌謠。思簡轄軒
之棟樑。一人明而群情安睦。九重聖而四海清晏。因儀協萃之隆。
稽之以敘之詞。帝典一書。治先睦族。知丞文先諧。即為所發所由慶。
世之一篇。道先敦孝。知閨安視膳。實為化理所由基。彝訓也而可以承

欽乾隆也。常以將敘，凡格也，而可以扣陞。極盛也，而自以扣時。

識中國有聖人。普天皆王土。自軒轅之利，於百年異族，貢來夫

長服。集各種之山珍異國。修威於貫胸，固陷阮阻，懷望而來

敢越鄉。逆旅多難，適館而誰為接桀。性情風俗之殊，各自行皇王律

度。文字言語之別，未由窺內史國書。歌興茂草。莫通象道之車。貢表

之茅。不過南徼之辯。惆悵無人問津。然事而棄置，莫當為嘉虞。臣地而

錫之矣。倚為干城。且夫鶴唳之依風雨矣，且夫宗邦之遠隔長矣。

接祖祖不離在乎。頌詩而採麟趾之精，知制作通於官禮，讀書而象

鳳儀之化，知大業溪乎神明。抱經才而達其時，成之績，輔佐

垂而思遠其德時陳異之書。中外倚賴，乃心王室，戮力天家。

生成天籟。既爲天地普大恩。忠孝存心。況石琴先造大德。風歌南國

居之棠也甘。雨洒東山。山之爪也蒼。歌蘆岸之風雨。瞻雲陛之星雲。

鼓鐘振于頫璽。琴瑟譜于玉門。從衣侍夫燕翼。儒棠詠夫鳩

飛。情戲諧吹[illegible]華棗之笙。友愛敦[illegible][illegible]之樂。夜闌篤燕翼之謀。道

肄聆雁行之序。洪台克集。譽苑克諧之美。側陋無遺。化現鴻鴻之聖。

梓材命誥。受封于上庠成人。桐葉分贈。錫土于[illegible]屢弱小。歌牛羊

而成勿踐。瞻鶺鴒而篤孔懷。曲隆尚叢。誼重右肩。篤親於

不忘肩孝之綏。爲弟於亦重肩隨之義。玉門演易。文照孫孝子之

貞。丹書和銘。敬義受書父之訓。畫武演文。勝謂晴[illegible]範。

善承[illegible]膳[illegible]之獻。友恭篤肩隨之義。趨庭篪倡和。因氣讀同心

之雅。天地踏蹈踏之形。身世鮮寬舒之度。鳶旅飲泣。順長道於杜
泣云。鶺集怀音。廣泣心于多士。驚羽振振。薄枝棲依蒿翟。寬居綜
綜。偏長悉伍封疆。譬若浩浩奚恋一隅。亦猶擇木而棲良羽。
濺不慕文藻藻共指為祥。也傑同類屬屬不究以遠。即傑類于如鼻
之射雉。亦雉鬪。詳詳鼓鼓之近羊。郝琛聆聆家。久怀東国好氣
垂伸而辰告矣。搭苗而寅華矣。攸華亦野。實只赴嘉。棲相
之鳳。士其克吉。吉風雨雞鳴。埋設儒生志氣矣。青單茅慢屋。清
屬志士光濃知今古。鵝鳥鳴。而子和。鳳鳥翔。而王多。云隋昏暮。
而吳大道廣衆之地。不免報譜。属節小人。必至端人。正士之等。南思飾指飭以脂
韋之態。猶權門而得意自鳴。反以傲其同類。以妄得之道敢寵。而擇棲之
鄉。并以示其賦子卷。

遨于王廷吹竽濫廁窺于秘室彈鋏寄歌杜道徇人夫固宜所不屑也狗盜

雞鳴羼稱傑士雕龍炙輠卑與通材慕勢趨榮夫固宜所不忍也

未嘗攀緣横構闔之門安于鄉邦也歟又嘗朝暮楚相秦之輩往來

均名也歟　論作義而翔廷厭貴逸物核井田而葬世父旋其蹂躪

處一集而奔國感以為不宜便發一論而盈廷成以為不便

謀于政趙乃予由達而及遠也　譬如為山不悔于晉墟乃殺由自界而至高也　譬如行路不

上世州縣而闔度較形簡吸　小比惡華　并在文明御啓制作更張禮祥

於行于宮闈宦寺之恣睢之害於行于宰陸之鄉里跋扈之變肅之疵之其

安于天子之天　於行于學校儒林之驕矜之習於得于閭閻思既之尊序

之風既之瞻之安于忘于不爭之地　權舊數悃于碩人蔚然飢于卒安

推殘坎坷　正役蔘造　鐵炙[illegible]之資　壽順安帝　正豪傑　麋餘骨收之日

婦女而壯兵戎之氣　何況丈夫　童子而工丹竈之謀　安問壯士　感[illegible]而深

處蒿之悼　雜以逝恨　齎留屬而抱智　憐之悲　歎古而推　處傷遣戍從軍

之釋甲而[illegible]　[illegible]悵於[illegible]　隱陣之挽張而戲　致慨徑玉迺開　名人章趙棄

[illegible]弟借作　興師而忘於同袍　簡軍則務于四時口往　別多玉之策　[illegible]徒

而缺　因路去而古哉　半生競業　証歌亮花　耄朋[illegible]　季澤為然　[illegible]

作千仞　甘雨和風　胥后粃康　旅卑倉館　鼓腹化君　牧奔療癆

與曰達聽　語曰好兒（羣兒）　帝曰詢考　若曰方求（羣賢）　單膝而開　[illegible]神靈

之和　而科條不及　南勸化不及講　友朋而流　重譯共飲　其手東風　高下而樹

遐荒率道其性者　勿任至誠　干能秀性學之宗　隆法而窮　行道以陸德之高

任身厥行之道，魏一變而爲經說之學，再變而爲著作之學，三變而爲議論
辨難之學。卿孝至遂之法潔，一變而爲明經之士，再變而爲清談之士，三
變而爲深文苛法之士。慷慨而說（策）者，自謂其情，其實亦擿之巵，特重而安
萵迎識，早僑爲社稷之臣。主設而取卿相，志士不羞，其遇逢對策
而詩馳驅，莫一主早知其說懷。挑經術以售，其貪官祿，獵蔽施，論煮
而多慢，讀古書未通其變，祖宗成法，付之子孫而已矣。慷慨以陳時艱
而薩蕃不深剛銳，究非報道之罷，援引勳蓋，古郁而拊循，守禦官祿志
奉護國之書。主設而取卿相，唯論而集返扶。假詩書以馳辯
借道義以文奸（恆文以降，列傳職陵），乃執拗解通之業。所以須倘，獨天命，歃頒，將各而（出居以西，羣姓深敵）
陽王章和亶，留東擇原叛，思殄族，羞錄而訴，前年痛憤訪昆

政治

季觀 鳳翽除歌美於岡之儀，羽鹿鳴譜曲，懷草野之好音無讓

王者居九垓以收經，物類亦知多同恩依之情也，蓋乃則必導民以鑿井耕田之樂，而首萬物以作靚則必動
民以瞻雲就日之憁。制國賦者三十年，擁提封者百萬井。鳩扈鶩之
鴻雁雝之。秋士稌于春官，贊幣太常，舞勺秩宗，銘儀琵何肆
乎房中，鼉同逢乎靈沼。蒿之者玉之鏘，職之者寫之步。杜常欽
慕球加寶吉。府吏推原於精一，官禮歸本於雍麟。春宮有
縣令奉璋之置無腥，秋士有襲衣游江之女無獄。孝子叩華潔
之筮，野老贊恩桑之酒。執兆釋兆徒之甲，請盟操八室之戈。
支起魚門甲胄，興於境外；覺寓蒲圃弓玉，竊郎宮中。念先
君債罵興謀，而外野蒙塵，惟藉二三臣之戮力，慨私鬭難擯

譽而登臺請命已非閒兩社之忠貞 魯自淮徐誓衆三郊三遂
咸戴吉靈魯自見繹保邦出車出征久徵轉睦 泮水之鳶
祈父昭而辟雍之鼉鼓無聞六族程承啓守之遺而九經未之獲子
來之效 觀其感於惟風惟草協其好於惟畢惟箕 揆辰宣丹
宸之風令甲偃黃圖之草 敘倫燕寢勸法虎闈 泰雨崇
風胥調玉燭桃華梅實並鏤金枝 天下之患恒出於意計之外國
家之運恒定於開創之年 内重則祚移於權相外重則統奪於
强藩此六朝之大勢矣 功高則歷數主而中興德邁則閲
數傳而遷斬此六代之命之大凡矣 炳西京於日月而寵我紹修
光湯和殊纘禹爾下國之共球而式蕃彝憲載毫而啓臨雍

彝叙与彝倫相紹洪範無弓周書烈文与烈祖同符周詩亦登殷
頌　尊如虞號猶是仙之綿也貴如畢榮猶是爲之卿也　賓自西
雝咨為鷺之飛也尹爲東夏咨為馬之縶也　蔡侯来朋五妹
無官且有支庶之徽不得躋於辟公後先荊偖緇酒秦守庭燎
且有神明之胄不得列於辟公班兆　后稷未敢配天古公未敢
追王龍旂不敢受其朝冕鷩不敢飲其胙　鄭宮作廟之年豈
無虞芮誕邦執燔而至此何不可載歌膚敏以為禹盛光乎閟
宮祀先之日豈無宿侄誕國奉璋而來者何不可載詠祿將以為姜
嫄慶乎　文子文孫吉人吉士　默歃服其先疇衣冠穀其故雲
九州一廢興迭嬗之區而何以纏向准均必動稱為御遠百王有作述相

承之統而何以明德之遠經世誦夫禹功　易不紀禹之畫而九疇有範可
以識彝倫之理微詩不列夏之頌而五子有歌可以識作賦之義古皇祖
之訓既亡而徂征有傳經能據政典以懲廢職成旅之功易替而遺質
有鬲經能修舊法以致中興　般土芒芒元鳥之祥已渺商邑翼翼
白狼之瑞從誣　自九圍式而共球是集卒瞻典者咸欽纘禹之宏
謨自九聖遷而景亳衡衰肇我邦之非復戴商之日倍　續衣
耆老經而稽黃白之遺型蹤自明慶即以寓尚質之精意　周宮周
禮昭大法於一朝同德同心勤贊襄於十亂　鑄鼎夏時而物象其形錫
圭而書成萬貢盈庭文贊且共之慶夫明良萬邦正而語以作九圍式
而歌以傳一德咸孚且德膺乎天命　杞列蕭魚之會求成而嚴繼宗

邦宋承玄鳥之封陳詩以風遺大史 小正一冊之篇把雨虞而經寶

先考商頌七篇之闕宋滌志而執守遺經 古聖人創建非常動有

上規千古下規千古之識後君子敷施有本必有其量十世其量百世

之思 丕顯丕承（用文王武王之某）佑啓本一家謨烈善作善述積累開教聖精神

宣重光（文武）以陳教受新命於舊邦 星雲紀緩之世三五烈祖皆嘗

賡拜舜陛以頌文德之數字歌和會之年兩性神孫肯未備恪

幽雅以積秉文之德 四海仰（夏禹）祇承之義萬邦（商湯）端表正之身西京列藻

冕之像東序煥球圖之色 鶴鳴為羽爵之縻馬錫有康侯之寵

蓬廬風雨繫念於蒼生草昧雲雷側席求天子 何敢安希

（知）微遠之鳴鳴岡之鳳 佐帝而為師匡王而為友 羣生之托命端繫

宸扆一德之元化可維風化　鵜在梁而濡翼祿養之隆吟矣象
有雀而焚身貪狂其目熾矣　感鶺鴒之有集從軍忘其興嗟矣歎
鷄鶴軒之有乘援甲地且遠御矣　詠白駒之食藿在朝者將有遁
思矣歌黄鳥之集栗在野者不思歸處矣　出載都人君我往
追矣念彼作　我車不興於六月雪雨有懷于三年　士破東山之
芳兮歸雨年罹難民成西土之基子來役詠　名之棠也甘而化風
可慕周之仰也善而雩雨興懷　益寢修元象魏典書
緝熙執競懔懿訓者十七銘慎憲有成殺邪康兆一二四　思無
斁而駉馬斯臧德有孚而豚魚可格　我凜虎尾盟重驊旂　朝不
興蜉蝣之刺野不聞鳴雁之嗷　我祖東山人佩姬出之馬邦行南

國家封名伯之崇　耕南山之田尚稱豳雅西京之範亦田畯疇
圭有告乎道敷四海也玦有學乎道式九圍也羽而舞乎道在昌
言也弁而調乎道惟一德也　董彭帝之琴音在九韶馬戒彭
王之冠志在八誥焉　周家以忠厚開國王跡已肇幽岐周家以
農事開基德澤已浹黎庶　刑賞不參以喜怒而恩怨胥融
制作必酌乎古今而聰明不作　慷慨赴功而不為躁急從容觀
變而不為緩圖　經行易於積事必比藉群策之陳濟險賴有
成謀毋參主廷之議　經制之閎乎國倚有事實猶襲田之名成
命苟拂乎人心轉圜何俾更張之迹　便宜尚可以利國何必稽官
司逼促戚之牘建白無補於民生即當為田宙保安恬之福　而
媛公之赤烏　尚父丹書　琴揮解慍之弦東序亭紀与鼎彞之芬

率作不聞叢脞之風亦僚寀不蹈闒冗之習 而澄懷非阻功名之
路亦振拔無閡於進之謀 作恤所加祿原示勸襃矜所及刑
亦稱祥 義以行仁仁所推稱吉威以濟愛刑亦名祥 政布以
仁耕鑿何知帝力人情可教庠序不棄編氓 事屬游閑雍雅
虞惜中人之不為矯制閫軍國雅歸廉有萬不為奢 賸歸地天
之道故載墻傾覆總無傷壽載之宏將惡其仁之施故喜賞怒
刑仍無損慈祥之用 戢事變寔於難圖而疑議並集成功名出
於偉術而譽望交推 亂之極其治之機剝之終其復之始
無平不陂無往不復 十世百世兆民萬民 有徵斯人無與歸
者有舍斯人莫與屬其 燧皇四佐包犧二相自古非無官方之敘風

后用於軒轅。重黎任於顓頊。自古亦多賢孫之輔。上世。多。頑。嚚之。
胄。故窮。奇。檮杌。不庭。誅。殛之條。中天。諧神。聖之臣。故朱。虎。夔。龍。亦領
疇。咨之。命。律修文命。遂開夏辟之三千。美濟高陽。早兒。虞廷之
十六。兵與刑皆馭世之權也。後世分為二職。虞獨以刑。而流。兵。刑
與教清寧世之務也。後代判于六官。虞獨以刑。而衍。教。於禹謨
見任賢之德。於舜典。見求賢之勞。夫刑理有。專司。而分。職。和。濟予。
四。岳。明刑。推。邁。種。而亮。功。並。懋。於五。臣。稷契。同。出。於帝。胄。元愷。
並。顯。於一。家。惟辟。奉天。惟王。建國。井田。亦分。星。野。庭氏。亦曰。
惟。星。詩豳風。亦紀。流火。帝佐。特。美。從風。唐虞。之。勳。華。成周之。謨。
烈。皆此。一人。達。人之。心。所。推也。惟星。協。風雨之。好。戴。星。諗。出入之。勤。
且自。由帝。敬迎。八伯。景。景。之。撰。維皇。建極。庭氏。協。帳。星。之占。

井田等點星野之分桑田勤點星言之篤 萬邦為憲三代同風 惟辟
奉天惟皇作極 民風常懷慄于有仁為善不同同歸于治 自集
元后作父母中國有聖人 肅肅者鴻羣集中澤（言民得所也） 翩翩者鳳
載鳴高岡 自集 憲彰以動動惟厥時為彰不同同歸于治 翦桑
封唐分茅錫蔡天子猶篤屏藩之建歌興敦葦痛切常華古木（家想）
時廑根本之傷 實廷命官兵刑不聞蕪撫周孔分戢教養名
有壽司 兩社夷輔尚賴親賢三壽作朋不遺小大 恩澤旁
敷怙冒在不從西土民心愛戴歸附（化）九年待東征 鳳鳴岐山王
者和不言待瑞鷹揚牧野興朝原不傷兵威 二南起化三誓
陳師 魯崇衍祚不忘一章于雎麟鳧鷖造邦豈斬服謀

於燕翼　紮騎著金玉之音君以茁雚達誠意鳴鹿貺笙簧之
誼臣以革蒿答厚恩　勒銘有文士路險時憲夫蠶叢梗化有頑
民鞭長莫及於馬腹　貢雉貢獒日思遠人之字納縞納紵賓牽
迫聖人之居　商頌列全詩之末堪徵亳社鴻模商書居三代
之中亞當波王龜鑑　西蹝重我家之務東樓為神明之胄
般士裸將于侯服商孫黼冔以來歸　百年垂紫利之休
理不越布帛菽粟三代無富強之計事祇居飲食農桑
珍也而聘以席璜也而載之車　鐸有聲而期其振石之磬
而節其堅　桐在岡鳳棲為而思翩桑在泮鴞以而歸懷
圭璋達而人仰國華奎璧輝而世欽符瑞　席上珍耶
琴堂而既能致祝長恢志爰之帨

儒推爲寶，溪有璜，則帝以爲師。歷聘而溫良共仰，入世
而磨涅無財。惟白藏于龍之圖，志豈顧爲堯之繫。兵刑錯
穀而不知，變理在陰陽之大。刀筆簿書無過問，漢獄之居沃之乾。
無過之國。上陳黼座，鑾居之什下，僉興情。我周自蒼兕一呼，
遂集萬邦之貢賦；我周自赤烏獻瑞，爰萃四國之車書。
崇伯之讒，其知行善不逃，爲要結；廬來善譜，其見氣順，不譽爲
奸謀。文王滄魴尾之災，化汝墳以爲王室；獻騶牙之瑞，歌蓬茵
而樂春田。文王懷保宣博，好施之名，蒙難以俯，翰臨之計。和風
翔洽，澤徧南國之魴魚；協氣旁流，瑞應西山之鸑鷟。匪頌宇常
制計，臣不登生穀之書；徹業氣民，頗深宮時有滅絕之嘆。

崇伯本功罪相參。厲俎續黃熊之祀。顓頊之宗支不易。孝牲用黑
牡之陳。　禽荒甘酒之箴規。洛汭娛述其訓。膳宰褻人之戕韋
夏書不備其官。　五行。百産。皆歸。大造之恩。列鼎。鳴鐘。皆節。先朝之
賜。　既甲。以朔。挑安（求）。其誰知。大義。呼庚。則諾。食肉。為束。孫遠。謀
載邑。載笑。鳶飛之歸。從公。乘數。茅驛。駟牡。牲畀在野。稅斂（畝）
闔（病民）厚斂之端。郊甲召窮兵之釁。　泮水之涯（鳶飛之俯）。載歌（怀捉蝌）芹藻
八家。守。同井之規。萬邦。進。屢豐之頌。　兔罝。赳赳武夫。虎賁。圖之
吉士。　艱鮮。並奏。萬民。蒸乃粒之麻。干羽。備陳。七旬。致有苗之格。
。田耕。疇向。南山。譜桑稷之歌。師誓。商郊。東征。舊莊（秦）。錢之氣（續）（師不惠其倒戈）
占維。魚而。瑞兆。豐年。載紀（寶不…悉…）。千千維耕。穀如。茨。向人。懷壯志。復振三

萬公徒　三年九年藏其富祈辛北田鼓類閔六伐七伐壯其威披

甲冑簡書莫畏　登山之鶴[弱戲]托無梁呼庚則諾執來北圖知大義

釋甲以號　鴻有嗷而集於澤中人多饑色馬之喪而在於林

下士之戰心　準什一以定賦照伍兩以治軍　倉箱露積

士氣雲從　北門有歌嗟室家經宴東人寄詠[次]收[杼]柚其空

倉千斯而箱萬斯千稼爾而戈汜爾　命官前祥[師]發務直疆

萬世福厚匡誓師以伐有其僅記七旬之逆命　彼已兕家稼

儼進餓以在壽公公歸而思獻且肄烈以纘功　命官前[辜]詳發

稼業邦家乃粒粒麻哲后文重誓師七旬而致白苗之格　務穡

契自后稷烝民鳥乃粒粒思徵伐狼于鳴像帝后知其蘇蘇迺　豳風

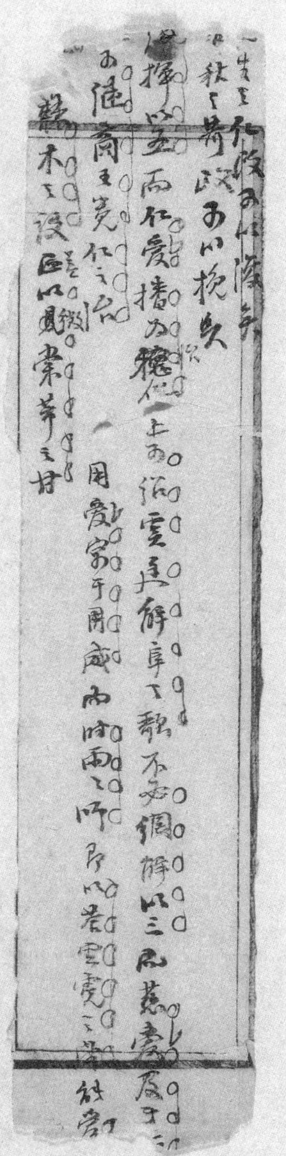

一生之仁政而仁深矣
秋之骨政而以挽之
揮霑而仁愛播為穠化上而行雲連解停下歟不如調解以三両慈愛及于[illegible]
而德商之寬仁之治 周愛家于周盛而時雨之所即以若雲霓之望[illegible]
蘇木之復區以風棠華之甘

謳頌興云歌上堂樂稱祝今夏官重司馬之職邦國賴以安和

田耕助向程懷后稷以頌功羽舞實陪不憲上苗之逆命　富厚

自知禮義士卒亦載争歌　忠孝生而菽粟足修聲禮樂興而干

戈昭偉烈　富厚敦動禮義風俗可登太史之書士卒樂戴

尊親大化無仗道人之鐸　則由順帝不識不知道由尊王

無反無側　大豫禧無既恤恤飢詠苕華共尤嗟鮮飽

舜之琴而揮以五為薰民謳解慍之歌湯之網而解以三為斯

世開自新之路　棘木明刑析楊垂憲虎門觀治象魏懸書

日之宣也三德風之動也四方　耕南山之田而黍稷流馨犁扶年而

頌仁人之賜仗東征之鉞而雲霓繫望且傾心而仰王者之師

鐘粟戶鍾鄭國豆古斗字區釜鍾齊國家量公貸　命官以推后稷而
稼穡之義直使萬世之後清廟生瞽師以伐有苗而干羽御陳不
闕七句之格尚遺命　邦之極也奇於政鵠之肅也懇于征　思台伯去
芾棠南國從周公去蒜采東山　吏彈堂上之琴兩苗沛德民復舉
門之鼓風草靜悅　禮樂興於百年而雅頌象其德經法垂于後
嗣而孫子守其成　建極而錫之福及側而自而形絜矩而協其情
好惡奚有於辟　風賡莽菜階清雀角鼠之爭降被條枚克濟
鲂魚之螟　風行南國羣怀台伯棠甘雨沛東山襟谛元公而
君　芸生洽星烽草偃驗風行　冪蕤拔而明良有慶雅
桐生而萬吉揚麻　燕翼貽謀藏傳豐水之芑鳳鳴朋嶺

共仰高岡之桐　兩沛西京膏偃郎侯之采風行南國詹
留召伯之棠　緬鴻獻于昭代榛苓遺澤如執御駿烈于
宗祊芹藻之休風教艾　南行北亦及旧德興懷召伯之甘棠
西歸北歷以好音致頌郎侯之苗裔　菁莪餘秀于汧隴條枚
紀感于故墳　作牧豳岐咏域化洽誌汝墳有芑興懷瑞呈豐水
保乂盡夫鞠謀治化同于草偃　咏蒹葭于秋水探蘅蘅
于春祠　衍慶北戴咏瓜緜隱旦兆東歌芹藻　芑穡
不愧于下泉蓼蕭而歌夫湛露　依乎其蒲魚藻頌美
王居彼茁北葭騶虞亦集宮甫　揚水益咏束薪濯淵興
咏萑葦　王綱丕振無寧雖黍興懷雅化遐興不必芑粮致慨

泮水之藻芹兮采(此二節皆用魯事)遺泮宮存閟宮之松柏兮如新依風采艾　言睠
淇澳有竹猗猗兮如甫田維莠驕驕其桀桀　睠左野之
華蒿每青蔥而挺秀條東山之薇蕨常綠得以爭標　杉柏
供角樞梧桐當琴瑟　仰西方而深榛苓之慕瞻東國而沐
思樂之休　睹鎬京兮美依蒲居豐水其思之芑　朱草呈祥
嘉禾獻瑞　青莪耀乎泮之采榛楛茂于旱麓之林
澈彼東西思服于南北　彼蕑言采美蓬蔭于春田宛在物
人灃蒹葭于秋水　葭美蒼蒼而澄流秋水葵生揭揭而向暎
河流　深宮無畔擾之氣而亦隰亦保歸化于己及六州重樞洪洄念
之秋而鎬豐鎬盤承澤于旱備四海事(文王武王)　訪景物于卷

阿。孰寫梧桐之句。細作人于旱麓。晴賡棫樸之篇。溼周原
之荼堇。直同離黍興思。潮幽館之瓜壺。誰共條枚言肄。而
魚藻賡廷。鹿苹在野。以雅上追邠陔。郇。而棠華逮棠瓜
瓞。而歸以林。密此遠。漢郡。參差寫荇菜之歌。福履頌葛
藟之慶　寔爲賀成二國。紀歸田之雅。條揚東。附六州。橘歸化之
識。肇文王　大興時雨之師。深壁雲霓之望。卜世卜年。遂以基七百
載。靈長之景運。來王來享。遂以启八百國臣附之歡。以文王聽謀諮
後氏鼓鼙
後。不往。徵南國。雖隣用享升中。豈僅致西山。獵鷹。振干戈之氣。
即以升俎豆之馨。而豫順以行。孰非磐石苞桑之政。鼎而固。即四月
之陰。復繼以雷霆之震。而師直如壯。六即國家社稷之所賴以永

西土仰帖胥之仁南國歌孔邇之德較文王 爰啟赤烏之祥遂拯
頹魚之厄較文王 雅辟作福雅辟作威靈承于帝靈承于旅
茁葭溥化義協騶虞求桑葚揚休祥美螽斯較文王 基成不日麀
鹿興歌漢廣詠風秣駒致詠較文王 倬彼雲漢聿新豐邑之規
迪我壺漿不待孟津之會 肅在廟雍在宮桑曰巖菜曰懿較文王
玁狁之征仰天子而稟命崇墉之伐資與國以徵兵 小雅言天
保其三而勞師旅篇繼于後 大雅言帝謂其三而執訊詳于後
八命作牧而方岳之內得專征九命作伯而方岳之外得專殺
周公布政于帝召公宣化于外 頌孔邇北人思充冀三分詠歸撫知
犀嘆崇墉肆伐較文王 臨衝奮和崇墉形矣加于密鼓文王事

昆吏喙而津虞乎彼蒼久隔其西頒江之東而漢之廣歌舞昇扁
于南邦肆文王山川土田是以承祀糗糧芻茭是以備軍魯肆貝胄
朱禄滔陷勁旅鍛礪礪羽是既元戎魯肆少成潰洪泉一旅不
興衛文復邦民五千而致庶駕驂雞鳴泯罷勞之歷誘除蠆
尾循誨殖九三年撫接循修之要術不循其職于旭慮孔可逭噤莫
詰究必肆其力飛鷹鸇之逐文章清性道之華推之即協和
平章所由見詩書者備乎之真實之即時雍風動所由成聖德一
風探之詩正德利用之精春秋一編要之緒繹經致褒貶之法更不必高
談皇羲上窺夫巢燧羲軒以往一無足述界極國殊昧于聖神文
武之觀向晦晦矣禹之績播九州邑甸之章湯之功敷九邑

無思不服丕顯哉文之謨底定保功丕承哉武之烈陰雨情懷鑄其
勤日之新盤銘其志日之昃盤將卹事火之滅慎戒如恭夙夜
匪懈日昃不遑蓋王之義蓋王之道蓋王之靈一享利百年畏神百
年服畏百年其學士好尚幽深而隱怪遂以壞風俗其頹蒙
溺于趨向而奇邪遂以害人心學校廢而實行不修十六字心法之傳
幾危如綴旒矣我夫子起而正之會盟征伐權不遠于諸侯禮樂
兵刑政柄歸于私室世教微而流禍極綱十五國篡奪之紛紛然矣
極亂矣自夫子整而持之雞鳴戒晨而江漢歸心魴尾澤累而汝墳
向化周南鷹揚在廷而從政于邁鴞飛集泮而懷我好音魯頌
穗秉伊寡婦之利稌黍惡小人之依朝來滕薛羽父徵逝

周宗盟姓鼻祖龜祝銘書鄭卿案　孫家獻功而歌湛露奠
彤弓寶劍未嘗取庚會君享后而賦文王與肆夏拜貂以敢
拜嘉　敷奏明試考以三德人之法箴明月之逵聊聊以四歡像之
典謨　韓宣來聘列聘而以觀書季札論歌荒齋以細樂
強如晉霸請隨衡蘅于鄭衰若王賓加篋矧僅于鄰　陳賢則
執手賜之作誥則猶首獻之以其雅也南國則棠陰茂之西京則茉
菑膏之以其魁也　文考演易文之蘊元之高曲植之之風行父
數患而稱之孫賦之拜忠而匡傑周姬　善言如指侯穆文之重
御與論盡收類子產之間鄭校　參訂寬章五季孔之觀雅頌考
證康失沈倚相之典墳　數典而籍談忘祖籍古而原伯荒經
顧盼自雄少年殊倨者長素氣未嘗布衣偏傲公卿　場駒勿
買不與空谷之駿買兔而囂材出而苗于城之陸　素書倚良馬而陳

赤芾同維鵜而消　碩人並進考槃長在澗之嗟髦士於宜
奉璋相趨庭之禮　尊以嶽降仰騶極于穆禹育以膠庠離
鸞聲于泮水　欽其品擲諸圭璋頭其孫蕭以笙簧邦俊之
冀君恩四簋禮又及志重上賓白馬同瞻已定情除羈旅黃鳥乎嚶
嚶鳴　羅氏賦鳩隆其典童年舞象美幼鄭其恩　逮詠舅而歌
伐木嗟爭季而陟高岡　嗟鮮能去取采菩藻慨多膜才
且歌中谷　西鰈東鶼獻瑞去禪瓶而函南使北昧歸化之歌
彝而朵　階蓂廚蒹古聖不修符瑞之書置秀鄗和盛朝自
肯休徵之頌　彼麟遊鳳舞於于盛世致其祥況同如人類
知事。彼朱章嘉和省于國時蒸如瑞鋪同康人類奉事
勞淺賴尾之魚人歌南國困蘇白歸之家兵編東征
為國畫請述之策地驅豺狼与君陳和戎之謀皮納虎豹

蒙々難雅見於羑里王室燬於汝墳則當年之風雅殺止可
知矣○商郊師旦箴諫周岐封於切明醴之載則當年之頌
慎不敢妄見矣

豪雅見於羔羊之室牲歌於汝墳則當年之風化猶止有之矣。商郊印之職皆閔岐封牲切明醒之載則當年之猶懷不敢無見矣

越國邑都既不憚風霜之苦梯山航海既已切雲日之瞻
鶴鳴思親託言藝黍雖私出使寄詠皇華　尚父著陳師之[illegible]
南宮銘遐邇之勳　既劍去三千執玉五等國　吾恐翻太常之
旂不足紀績盡九州之地不足酬庸也　元公輔孺子王報以
非常孟侯為朕其弟錫之土田　鸞延籍屬荊蠻留北面
而師東徼箕胄延勝國亦何礼而作賓　置兔虞屬平城
樴樸而稱髦士　列爵惟五伯以七命而從侯分土為三男
以五十而進子　鷺飛義孫我客鷹揚兼表雄風
平日深仁厚澤早已懾萬人心志而況戰其精糧反側之謀攻南巢
救缘之年敵國之年新朝之冠帶牧野陳師而後明堂且卑觀礼

之蠻夷。乎居布德行仁實之合千百國友邦而共生其來享來其之
慕效來世不聞以實昇慷恢而奮志矢以長征載至仍奉先靈且
而復而助旅粮之東向　征誅所以除仁愛之窮接字所以博仁
慈之澤　不敢以姑息釀生民之禍。不敢以慕并削弱國之宗。
創夏而蘗統苞震業粹其蔚羽翼伐崇而四方無拂事藍
由于收人心　興兵豈爲猜怨出師未必忘名　止殘戢暴
悖遠柔遠　睦鄰何嫌同罪興師。聖朝不尚陰謀盛世不務私憤。
謂撻伐而盛王之事何以既吾歸厲亦俾義討於遐陬謂征誅亦
盛德之暇何以崇塞不共亦奮王師於問伐　肆并吞以争侍原
雄兵而以優容戎以弭也費勞居邊疆。力是討不庭。我是征不德

雄主自守中原而要志厭兵絕域報和親之使誼薛志清也徼而
賜書通向重蒞（悟）帝之非 後后而漸雲霓珍慍而光日月
牀以度外置羣雄而遺孽未平終勞師而致寇於千域外
申罽賓而親征決策徒納郵而輸也 儞耕已家同依景毫
之河山號喙相安不廢周京之戎索 記一征于仇儞覘二國之興戚
交譬憂事詘膝請和 遠攻近取 量和並挽一世而犯為
長厚適啓奸雄窺伺之階 心不孫吳一社而託于慈祥 早開綱
紀慶弛之衛 謀求終厭賂則御敵而捐金縑疑難盈繼
且卑辭以娛謝 海風其后未其蘇銘恩其父母孔邇 括囊
頤其事優容而姑息適以從也 爨席富強其強拔制而脆與無以徧覆

[illegible]周王者[illegible]而不者隱於秦秋以降而戰國出王者陋而者

加於殷周之而王兵端　挾天府以自雄擁河山以自固

奮西土之鼓聲載九國之鋒[illegible]錯　罕其阻降其壘俘其寶虜其

屬如帝之於蚩尤也五伯之於瑕庵也如高宗之於鬼方也如武

王之於蒲姑也一舉而取直鋒之違岳囊之括耳　地非漢唐蔓楚

咸資境界嘉田肥饒多叢　錯薪之載咏魏之伐木者

時陶詩之　美其羽其興歌洪之羅于篆其殷鄭晨之

腹鏡澈增之扶知張弓之　嘉卉珍禽　祥呈穆和瑞

启騷雲義周之王也　鳴氣和於而苞苴之貢從出待以六年牧

野既揚而藻藻之陳而且遲之三紀斂日占事　祥光郎而

南巢一役，伏收禪讓之謀；赤烏紀瑞，而泰誓三章責商紂。
紀綱之局，判此兩字。暴虐編勒，箴銘斛物，如懍顧新之
義。凡杖盂盤訓戒，隨時諧除，嚴畏之神。救過不貸，於録
黃舊扁推詳，與寫得。振鷺爾三恪之封，若頌得承而
偏雖爵萬屏藩之遠，寵以大官，不為私。敵勝義勝而
事物自然不勝道，道錄而義他自知不道。爵人于朝，
與衆共之。雅封建，偏勉之，而人不嫌其私；刑人于市，與衆棄
雅教廣及數款，而人不怪其評。學殊井田，定其制于古；
而不行之勉名，犯法政刑，協其宜。四方不同，各其風氣。工霙
水火相成，于勉之勉，名犯法兵農，垂為商王之大法

士師一命於皋陶成賦且定於禹貢秋官不廢夫司寇地官必
用夫司會圜扉之征漆林之征百鍰之加千鍰之加秦重
法法而髓場日以盛楚好貨貨而索幣日以增斋則踴踴已貴量量已加
桂珮珮之佩生當為寬其法律頓蹂躪之草澤豈敢苛炽
徵求徵求之和以蘇蒂求豈因釋而南冠莫係秦纍汎而同
東之征斋則軍令肅內政作萬尾之訊碩鼠之歎赭衣
不見於道路追呼不聞於鄉閭值寧兵之時法不廢則不柳為
鄭鄉地偷不德即功不揚殘民命剝民膏
敢出於途則南國驗橐為天朝宣德意敢出於據則西洛支馬
以上自士師一段
至此皆抑刑罰稅斂
為商寶掩腥聞洛西獻而烺烙有除獨夫知鑒其志江漢

代而王室猶戴六飛且觭其讖 顯大父而謬白蘭商集於命而功

無維翰 外王 田功既勤命民倔起程不遑於日昃桑田未改詠鳳鷟

王程稽迫於星言 內 自鍊 洛馬知冤天下無義士河魚有疾人痛

難情腹心 且知方也 文內之句 七日無粮誓不下庭陛之哭四郊有壘旌且闕

慮嘗之呼 為神明之胄必不敢萌分外之思生帝王之家未必

長逝秋之蓬 為蒼生託命之人豈甘湮沒君於巖穴持壽位

而行之概要不務幹覓於宦塗 分責位于吾君吾祖扶景運

於五百年閔夏桀於斯世斯民切深懷於儀弟妹 易占鴻漸

詩詠鹿鳴人生之遇合良非偶矣 烈況伊周功蕭管冕生平之

自命真不凡矣 地天之泰運既開家國之需材孔亟 莘野耕

蠖之屈易而為龍之躍 魁之彈遠勝李禍之被

而君聘三渭而釣而老耆二　數十年名山待聘豈甘以蒙善窮
殊恩五百年間氣所鍾豈或以躁進貶志節　凤在岡而吉人車
馬鹿在野而嘉賓笙簧　聖主与賢臣相得家傳即廷獻之資
朝拜不言符瑞日星照珠璧之光河嶽久戴声雲蔽澤煥
鳳麟之彩　儀度冕衣冠歌湛露大千百國王心式金玉賦祈
招北二三臣　社稷靈長嘉和昌盛於寰野山河表裏苞桑
之缺於金甌　鴻漸于儀鳳鳴之翽　處士純盜虛聲聰盛名
之難副小人不可大學愧未見之是依　名山豈無事業讀書善
氣節何年廊廟自已經綸贊化調元總何事　報戈諫藝武
夫亦解教師儒遺秉畝田窮張且知恤孤寡　讀書纂實夏

黄衆豈甘偕庸碌享太平之福失志作股肱耳目以幸際聖明

而覩郅治之隆　星輝雲爛之時豈尚箕山介節魚躍鳶流之世

敢務北海清風　未朝而航海梯山入貢而西琛南賮　好文而不

習干戈以成以作民氣　折衝而頓忘樽俎　未至以化民心　敵愾偃王

匡亂而人爭超乘　修矛而偕作　興師而志切同袍　憂傷遣戍泣

軍無釋甲而逃　慷慨誓師　臨陣無執殳而戲　感憤而從戎

萬之呼　敵仇無懼　奮身而拖　智鑿之怒　鋭而不撓　婦女而壯兵

我之氣　況知夫童子而亦井竈之謀　安問壯士　駟鐵秦車鄰連

鄉齊執戟　榛苓致慨於碩人　蔚薈興飢於季女　假棣鏤之

名而傳　後讀國語詩書之述而移　注痛民　一室而繫四海之深

武

儒生而備出補之材　蓋業師一代術崇功德食采年俎豆
緬才華而想風規，恍往於禹皋伊旦之間；若武過之秉際會而展
謨猷，然不於虞夏商周之際恢乎纂之陳氏鼓筆　陣修孟嚴詩止
雅軒　執冰炭無武，超乘其文　將則為儒，為兵則為士，進不和
弩儒萬之勇，退不問周疆之邦　更則賦同仇於板屋，帶則懷腕
劍於明堂　兵為仁人，師稱君子　猶是風雲會朝風雨
十六族同升帝室，三千人共濟王朝　九族光以親沐浴乎堯天
日月八年勞以酣歌手禹甸山川　自家先以修和調風化於
后妃之琴瑟，君相勞以獨繙鳴鶏，難於旦之詩書　五則百度
之精天地祇有此數　府海官山之富，霸國僅為權謀　謀制度於三

十年力農桑之教第四。太史方譜勸農之作，比戶時陳大田之歌。果蓏以御帝王之羞。後人遂指其穎而迎之，若萬壽無疆，與之懷書時但備首陽為高蹈。屈原則於草木而知其邪之業。起名世於巖阿，立奏瀹濩之績。咏歌而居之，以兼堯舜之道。筆飄不敗，以齊邦國稷之心。可出可處，可窮而達，而戲終有不可寬之功。伸汝翼，汝為汝明汝睦而戲終。至不汝瘋之爵祿。郎素欽恩，既受其命之譽，台棠遺愛程而去隱之思。群黎愛日，其興孔逸之歌，六合同風，上天秋兮。杞李蒸菜，種是用物，以趣興。郎素台棠矣，所誦德而歌功蕃服而有翦商之志，家祠而有采藥之門。順之不可違之而不可，蓋此際之用心苦矣。前則東鞭而作牧，後則塞庫而為用，或以斯功，或以為

羅蓋此時之承業難矣 然此 慶曆癸十六藥羣執手以揚休稱
師儒者三十人且同心而佐命 三十人同心佐命八百國携手稱臣
一試之功亦不六爲之識色寸長莫展鑰匙六爲之不光 士有養
望巖阿隱於負四海蒼生之望 士有致身通顯居於稱一時命
世之英 天民大人之業 果貫於草廬嘯之中 經天緯地之猷
頭白於黼座對揚之日 君子所以通顯以東乘之帝而悉於汀
下也 君子所以隨坎之伐輻之啄而湫於堆岩者也 哭笳先庚
在彤偏遺形屈御占得猶居否意函包羞 郎園雜者不忘
東帛之戔戔 濬苗載賡偏未干旌孑孑 斜宮以譽南陔以
笙 声律和宣其怡 盈鐘声和鏗石声和磬古音和露其端倪

顛連無告，不爲民井之愚，悲憫空懷，莫解倒懸之厄。一夫不獲，時予
之辜。登斯民於仁壽（維席），四海未支，惟朕無聞，大利於衆集。況儒生
廑飢溺之憂，豈平造物偏頗之憾。誦章句而敦懷懷，頓足參君
相成善之德。已溺已飢之責，匪人不任；廣其心，吾胞吾與之懷。
儒者亦第存其量。　與鑄造函，示家而不亂其巧，宋斤魯削
亦遷地而爲良。　桑麻麥菽，不免歷久而式微；陋巷山櫞亦成
閱風雨而興起。　果蔬樹木，前王之教澤未湮；豎散果葉未成
之典型已謝。　閭閻久受其蘇息，以詒頌寬大，父老久蒙帝德
以偕化教龍。　道道路坦，商節徹桂，操楫軒其鴻章不易
瞻周道無步無改，政府其匱亦藏虛。遠者形爰之鄉山操
周家棫樸，殷相菩梅。

岣嶁々碑。　歌鳳鸞於梧岡。士衡稱志。賦鹿鳴於華野。賓
六稱嘉。　王吉士。我々嘉賓。良馬偕來。李邨薛龍。千禧々色。
白駒（河）執絷。　空谷。豈御金玉之音。詩々素絲々戒。易紫
霜楝々箴。　鸞鳳偕鳴。執鸞梧桐々韻。蹈騎而繁載賡
黃藿々章。　蘩史向許陳以六轉重。廬線考績。而執它以
三精馮點陳。　淮梁々鶴。赤芾以榮彼庭々貂素貂。
致詞。　歌鳳鸞於（朝陽）高岡。梧桐並茂。作鸞粹於律水芹藻
蓓蘺。　場之苗藿。不維故々之駒。野々華蒿。式食嗷嗷
呦々鹿。　寅清自勵。心不貪。謝一人于々惠。單數僻之周。花美燦。
帝典。詳考績之文。周官重繫史之法。　家宰取月。吉之書道

人稱孟嘗之譯 四海推大以知守之地合之 弟紀雜據以六之鄉
籍之 漸進協御鴻之下晉也物麗鼎之蓋 下向言 省任也 鴻節
來占空稽為御之碩鶴鳴寶翁莫而麋而膺之紫馬之
錫而康侯之寵鶴之鳴而好爵與縻 學問所[illegible]因以平
其承策道德為重統不應後知[illegible] 設施不章詩書
空來遭以誤軍國判[illegible]扭痛[illegible]孔堅招 盡以病民生
[illegible]錦秀製靈非樑可赤帶陝膺必思穆肥 [illegible]信聿[illegible]
有知羅非宮盜假北矣知未資斤信乃官詩丹立日流我矣
或民循偽門貶志節以謀頭達盛[illegible]掌策處後世務以轉
聲華 或曲附權貴假權郵以取功名或抵法要律轉授

引雨溜膺頭秩　未籌莫展徒窮朝廷眷眷之恩不知爭之
大功聊手一試之功敗負四海蒼生之望不知君子所蓋為等
天生我才必有用後當世務著之人　間思傳詩道之卑前榮

援藝之由假而性情寄之於俗生趣翻履帝王之蒼穹
為蒼生廢死命　民物莊息然而陶泳依之於不太束肯
目觸於民之苦而慨乎吾庭所慨物

撫摹之也假而性情寄之於偶生感觸履帝王之苛政
為蒼生厭耗者民物雜思怨而闡嘉依之於天下未審
目覩小民之苦而情為發庭所歸惻

引而譽膺顯秩　書籌莫展徒荷朝廷眷睠之恩不能事事
大而恥無手試之功致負四海蒼生之望不能泉子所羞為學
天生我才必有用後當世務益知人　閭里傳誦道之卑崩棄
求賢之詔　益拜時流後恩之以良友亦投絕交之書　有此豈
而美名不避處士將為盡聲之盜負此毀而為善無益何去轄
塞盧恥之防　諸人賦不題之誚眾子豈能揣度之私
陰阻艱難時失窮通彼蒼若致別其途以試斯人之器量　絳華
麻麻人世更百出其境以窺何士之神明　神靈肯出無貴
賊而威至車書讓訓燥除合智無而威通典則　四海雖大而以
家寸食之　萬姓雖繁而一作耿耿　權務無由假而流意學
之民物物物而性性性流之

理道

包 宣 柾 珊 心 西 赤 言 所

理道

理道

包犧以一畫開天而造化之貞元以洩夫禹以九疇敷命而陰陽之妙蘊傾
宣宇宙菁華之氣鬱而必宣人生日用之端失則必紊末俗動言粉飾
極揚厲而鋪張士林競尚浮華竊風流而自喜禮重朝廷而第以璜
琚圭璋列其等禮隆宗廟而第以堂基幾具循其文度先王制禮之初
心豈不徒工緣飾矣禮周學校而第以籩饌肴醴備其儀禮達鄉閭
而第以豢豕獻羔致其享度君子行禮之本意豈不拘於繁文矣
赤帝在廷黃流在瓚太昕擊鼓華黍吹笙旣誥皆言仁伊訓皆
言性說命皆言學以祀致敬以陽禮教讓以陰禮教親威儀
所以定命視履所以考祥皆古維叙而前修莫繼流風未泯

而陸緒堪錄

明哲原於性生，智識闡乎學問。辨理於乎危

微，判聖狂於罔克。精一危微，神聖闡千秋之名理；典謨訓誥，

帝王垂百世之大經。名教綱常之大，係于身而確有依據之端；詩

書象數之繁，推其詞以為敷陳之具。賡歌而叶諧管絃，文

詞具闡于金石。筆是為法，吐詞為經。理於之界，判在隱微；

聖狂之分，祇爭罔克。韓宣來聘列邦，而以觀書；季札論歌，

荒裔亦知讀樂。南荊左史，讀典墳而稱良；東魯樂善，昆隨

而知義。籀史作而篇章十五，非復倉頡之遺；柱下比而經曲三

千，未改元公之制。（末聯貼紀說）鄭子來朝，溯雲師而識皇古之紀；

吳卿入聘，聆風詩而知列國之音。後世揚於風詩，以皋陶為三百

篇之祖。而鳥知歌傳喜起。實由舜之任賢勿貳也歟。後人尚論
心法。以皋陶與五百年之統。而鳥知臣舊協中。實由舜之知人則
哲也歟。 三墳五典。倚相能誦其辭。二首六句。史趙能明其義。
峋嶁有碑。好古未嘗習其字。歸藏有易。古筮未嘗用其辭
渾然見天德之全。穆然葆天君之泰。 苞符盡。而秘洩陰陽。法
制明。而道宣天地。 外方而候。能談雲鳥之紀。內吳而子。尚論節
韶之音。首照言禮 次照言樂 湯誥為言性之祖。降衷之外無贊辭義
經實先天所開。畫卦之後。雖索解。 肯幽懷於百世以上。無遠
年湮。猶將于簡冊中稱之。況明之善之在人乎。結遐想于四海之
遠。風瀟雨晦。猶將于夢寐中遇之。況在之覽之所及乎。

陰陽剖判苞符寔有未洩之奇書契肇開文字肖之雖詳之秘
前聖已往載籍空留聖哲之知後頤紙窮倫類雖先知覺之任
炳若日星壽如金石　是微精一中天實開道統之傳孔書訂
書往蹟備聞名理之秘　文思文明唐虞已洗乾坤之陋惟精惟
一之堯舜早闡道學之傳　六行為象魯國為魚時勢殊而亟畫卦
虎為狩荒蕪為不律方域限而音韻亦訛　雲島誌鄭數四典
而知非忘祖書秋賦宗國汜西月而文書王　者其山高集馬
楚傳檮杌僕區　蟲篆鳥跡傳其制魯魚亥豕雜其訛　商
頌五篇之留于戴以鳥官九名之傳于鄭子　論書北名寶年
言祀六名之聘　雅頌播為詩歌卦交演為周易　典墳邱索
誦于楚臣鳥火雲龍詳于郯子　帝有命而典誥以三臣有謨而

序庸以五，而實廷鄭衛，僅見四巡之年。雅有琴而樂嘉賓，頌
有磬而衍烈祖，而淮水鼓鐘，猶未三洲之刺。鳶飛魚躍，悉悟
化機，時行物生，共參道妙。讀古書而不解其意，詠奇字而自
炫其才。韋編屢絕，假年深學易之功；肉味不知，在齊切聞韶之
慕。忘憂忘食，憤樂無遲暮之嗟；以學以思，日夜勵專精之
志。韋編三絕，學易尚待於假年；簫韶九成，聞樂奚至於忘
味。數典奚忘，問官則郯侯紀鳥；願學有志，訪禮則李子執就
書。去河而畫卦圖，呈洛而衍疇。自是之遠也，墳有三帝之緒
也，典有二，盡華洪在精神，畢見於羹墻，鏡後以遙聲旅
自通乎琴書。志道據德，依仁功豈[illegible]於一藝；窮理盡性以至
命，業豈廢於半途。同治十二年嵗在小春月　李慈銘拜識